家好月圓

下

風 文創 254

恬七 著

目錄

第二十八章 005
第二十九章 025
第三十章 039
第三十一章 055
第三十二章 065
第三十三章 077
第三十四章 089
第三十五章 099
第三十六章 109
第三十七章 121
第三十八章 131
第三十九章 143
第四十章 155
第四十一章 167
第四十二章 177
第四十三章 189
第四十四章 201
第四十五章 211
第四十六章 223
第四十七章 233
第四十八章 243
第四十九章 253
第五十章 263
第五十一章 275
第五十二章 285
第五十三章 295

第二十八章

遠遠的，方小翠看到李氏，邊揮手邊大聲叫道：「嬸子啊，奶奶她在家嗎？我嫂子她肚子疼了大半天了，孩子都還沒出來，雖然現在先看到腳了，但我娘心裡沒數，想找奶奶去幫幫咱們。」說話間，小翠已經到了方家的門口。

一直站在院子裡的趙氏把她的話全都聽了去，腳步飛快地來到她跟前問道：「這是怎麼？都生三個了，怎麼還能弄個站生（注）？不是還有一個月嗎？」

「不知道，昨天晚上突然就肚子疼了，跟您說的一樣，按正理應該早就生出來了，可是哪想到折騰了這麼長時間還沒生出來。我娘說您這方面懂得多，想請奶奶您去看看。」方小翠胡亂地擦了把臉上的汗珠說道。

「那行，咱就別耽誤了，快去看看吧！」趙氏聽她說得嚴重，心裡也跟著急了起來，拉著她的手就往外走。

溫月忙對大川道：「奶奶她身子不是特別好，我怕她走一會兒就走不動了，你套車追上去吧。」

「嗯，我也是這麼想。」方大川把滿兒交給溫月，套上牛車就追了出去。

注：站生，指寶寶出生時胎位不正，無法順產。

李氏長嘆一聲，邊跟溫月一起進屋邊道：「按理說她這都第四胎了，根本就是個把時辰的事，折騰這麼久，怕是不大好。金娥她啊，花錢找人算了，那算命的說是個男孩，也就因為這男孩，才讓她沒了本分，成天在家裡鬧。不是嫌吃的不好就是肚子疼，連活兒也不幹，氣得孫四嬸天天頭疼。我看啊，這要是真出了什麼事，那就是天注定的啊。」

她說完後，又「呸呸」了兩聲。「妳看我這張破嘴，在這兒瞎說什麼呢？壞的不靈好的靈，一定是母子平安，老天保佑。」

方大川與趙氏回來的時候，溫月她們也才剛把晚飯做好，見趙氏臉上沒有一點喜氣，李氏小聲問道：「娘，可是孩子不好？」

趙氏坐在凳子上，喝了一大碗的水，歇了半天才說道：「金娥她這次是個站生，等把孩子折騰下來的時候，孩子的臍帶已經纏在脖子上四、五圈了，小臉憋得青紫青紫的。可惜了，是個男孩，我走的時候，她還在那裡哭呢。」

李氏嘆了口氣。「是可惜了，幸好現在年輕，以後再生吧。」她雖然也覺得遺憾，可是這個年代生孩子，哪家都會有幾個留不住，就是她自己，不也是前後沒了三個，只活下大川一個嗎？所以對於這種事情，她已經看得很開了。

趙氏擺了擺手。「沒機會了，金娥這次傷了身子，往後想要有孩子，我看難了。」

溫月在一邊聽了，也覺得可惜，董金娥她唯一的願望就是生個男孩，在孫家能夠抬得起頭。這下可好，沒了兒子不說，以後還不能再生育了，這叫她怎麼能接受？怕是這個時候，指不定在家裡怎麼鬧呢！再想想孫四嬸，在她懷孕的這段時間裡，對她百般忍讓，不論她怎麼氣焰囂張，孫四嬸都忍了下來，這回再看吧，孫四嬸不曉得要怎麼折騰回來呢。

其實孫四嬸是個良善人，可她到底跟李氏的性子不同，犯到了她的頭上，董金娥往後的日子估計不會太好過。在這個年代，婆婆折騰兒媳婦，那可真是讓人有苦說不出啊。

到了九月初，陽光跟火球一樣火辣辣的灼在人的身上，陣陣的蟬鳴更將這炙熱的空氣添了幾分煩躁感。

溫月隨莫掌櫃坐在悶熱的車廂裡，小小的冰盆並沒有起多大作用，莫掌櫃的汗還是不停地順著臉頰往下流。溫月也一樣，顧不得形象地拿著帕子不停地搧著，試圖給自己製造一絲涼意。

「溫小娘子，再堅持一下，很快就要到朱家了。」莫掌櫃把車廂簾子掀開了一角，擦了把汗說道。

今天溫月和方大川來給莫掌櫃送衣裳，莫掌櫃看了直說好，當即決定立刻就送到朱府去，可臨行前他卻要求溫月跟他一起去，說溫月是這衣服的繡娘，如果朱家小姐那邊還有什麼別的想法，有她在比較好解決。

溫月忍不住撫額，這莫掌櫃是不是想太多了，衣料上已經繡了圖樣，再想改可不是那麼容易的事，最多只能再添些別的圖案做修飾，就是莫掌櫃去，也一樣可以清楚地傳達給她啊。可溫月架不住莫掌櫃的勸說，又不好傷莫掌櫃的面子，也只好聽從了他的意見。

想到坐在車裡都這麼熱，溫月心中一急，從車窗探頭往後看去，只見大川依舊駕著牛車跟在後面，她這心裡又是踏實又是心疼，生怕他曬到中暑。

莫掌櫃坐在溫月對面，溫月的動作自然也沒有逃過他的眼睛，見小兒女隔空傳情的樣子，他忍不住會心一笑。這對夫妻還真是有意思，他剛剛建議他跟溫小娘子一起去朱府就好，因為方大川即使跟去了，也會被留在外院，去與不去並沒什麼區別。可哪想到，方小哥嘴上答應，竟然一轉眼就駕車跟了上來，這還真是有趣啊。

車子終於停下來，下車後溫月才看到他們竟是停在朱府的後門，看來以他們的身分是連從角門進府的資格都沒有。

方大川快步來到溫月身邊，沒等他開口，莫掌櫃就笑著道：「方小哥啊，你放心吧，朱府不是那吃人的地方。」

方大川「嘿嘿」笑了兩聲。「月娘，我就在這兒等妳。」

「好。」溫月悄悄地撓了下方大川的手心，看他的臉紅了，這才滿意地跟著守在門口的丫頭走了進去。

走了約一盞茶的工夫，才終於在一個院子處停了腳步，那丫頭轉身對溫月道：「這就是我們姑娘未出閣時住的院子，裡面有我們的小少爺，走路的時候輕一些。」

說罷，她就盯著溫月看，直到看見溫月點頭，那丫頭才又轉過身帶著溫月繼續向屋內走去。

才剛進屋，就聽到一個女人輕聲抽泣的聲音，那丫頭停了腳步，小聲稟告。「小姐，溫繡娘帶著衣裳來了。」

「嗯，把衣裳先放那兒吧，征兒現在這個樣子，我又哪來的心情看衣服……」那女人說著，抽泣聲更大了。

「是，那奴婢便讓溫繡娘先回去了。」

溫月一直低頭聽著這對主僕的談話，當聽到那丫頭說要送她走的時候，心情一下子大好。其實從進了這朱府門開始，溫月就一直覺得壓抑到不行，步步小心，連大氣都不敢出，生怕一個不小心得罪了什麼人，招了禍事，那可真是虧死了。

「等等，」那溫婉的女聲再度響起。「春燕，去屋裡拿些銀瓜子賞她。」

「溫姑娘，我本是想多跟妳說幾句話的，但今日怕是不行了，不過也不能讓妳白來一趟，我——」她話還沒說完，一個稚兒的哭泣聲就傳了過來。

「寶兒乖，寶兒乖啊，都是娘不好，是娘的錯，找了個庸醫給你，很難受是不是？這可怎麼辦啊！」她說著說著，也哭了出來。

「就只是個痱子，怎麼就這麼難治呢？寶兒不要哭啊！奶娘、奶娘！」孩子的哭聲越來越大，無措的她除了落淚就是到處喊奶娘。

一個藍衣姑娘從屋裡出來，焦急地走到那女人跟前說道：「小姐，奶娘去煎藥了，要奴婢去喚她來嗎？」

「算了……來了也沒用……我的寶兒——」那女人突然哇的一聲痛哭了起來，她這一哭，屋裡的大、小丫頭全都圍了上去，把溫月扔在了一邊。

看著亂成一團的屋子，溫月一顆心都放在那個被忽視在一邊的孩子身上，趁那些人不注意，溫月走到搖籃旁邊，只一眼，溫月就嚇了一跳。這個只穿著肚兜、本應是招人喜歡的白胖孩子，現在卻顯得格外猙獰，因為他的整張臉及身上，全是密密麻麻的熱痱子。

孩子已經哭得直抽氣，溫月知道她不應該踰矩碰孩子，可是出於對孩子本能的喜歡，她還是忍不下心看孩子哭成這樣。

「孩子哭了！夫人、姑娘，孩子哭了！」溫月連叫了幾聲，可那些丫頭都好像沒聽到的樣子，只圍著那女人忙個不停。實在不忍心的溫月只好伸手將孩子抱在懷裡，又在搖籃邊翻找了一下，發現只有綢緞帕子後，也只能將就著拿起一條墊在胳膊與孩子後腦的中間，輕輕搖晃了起來。

「這都是在幹什麼？妳又是誰？」

突然，一個蒼老卻宏亮的聲音在屋裡響起，看著懷中原本止了哭的孩子皺了下眉頭又要繼續哭，溫月忙邊安撫著邊轉過身，就看到一個衣著華麗的老婦人站在門邊，身後跟著四、五位婆子。

朱府外，苦等了半天的方大川，看著後門開了一次又一次，但每一次都不是溫月出來。就在方大川已經失去耐心準備要上前敲門的時候，後門總算又開了，溫月從裡面走了出來。

見溫月出來，方大川一顆提著的心總算落了下來。「月娘，沒事吧？」

方大川上下仔細打量著溫月，那緊張的樣子讓等在一旁的莫掌櫃簡直都看不下去了，假裝生氣地開口說道：「行了，方小子，誰沒有年輕過啊，炫耀什麼呢！我要走了，真是讓人看不下去！」

見溫月和方大川都愣住了，他才笑道：「行了、行了，我這老頭子就先走一步了，若不是要帶你們來這朱府，我才不會這麼不識相呢。唉，人老了到哪兒都礙事喲！」

「莫掌櫃！」溫月無奈地叫了一聲，方大川也是一臉窘迫，只有莫掌櫃一個人樂呵呵地坐上馬車離開了。

莫掌櫃離開後，溫月跟方大川也不想在這門口久留，那進出的婆子總是有意無意地看著他們，那眼中的防備讓兩人心裡都有些彆扭。

坐上牛車走了沒多久，便來到鎮上的商業街，溫月對駕車的方大川道：「大川，一會兒路過藥鋪的時候停一下。」

方大川一聽溫月要去藥鋪，有些急了。「妳怎麼了？哪兒不舒服嗎？」

「沒有。」溫月笑著湊到方大川的身後，神秘地道：「大川，我剛剛發現了一個賺錢的機會！」

「什麼賺錢的機會？」知道溫月沒有不舒服，方大川放心地回過頭繼續趕車，他對做生意這事還真不是特別感興趣。只不過溫月每次提起買鋪子、做生意的時候都是那麼地興致勃勃，那他既然身為溫月的男人，就必須要無條件支持她。

溫月嘿嘿一笑，表情得意地道：「今天去見那朱家小姐，剛好看到她的兒子全身都起熱痱子，又是喝藥又是用藥洗的，孩子可遭罪了。我看孩子那可憐樣，就多嘴了句，告訴她們可以用桃樹葉煮水給孩子洗洗，結果朱家可能也是真急了，他們的老夫人竟然直接就找人去煮水了，一點都沒有懷疑。」

「這跟妳做生意有什麼關係？難道妳想賣桃樹葉水？」方大川像是想到了什麼畫面，一下子就笑了出來。

溫月見方大川這麼不當一回事，故意不大高興地說道：「怎麼，不行？」

「妳說真的啊？」方大川臉色一正，又一次回過頭，不敢相信地問道。

「當然是……假的！」溫月吐舌笑笑，見方大川眼睛瞪得老大，笑著解釋道：「不是賣這個，但是賣的東西和這個功效差不多，我想賣一種叫痱子粉的東西，還想賣紫草油。這兩樣東西都是用在孩子身上的。」

「月娘，妳怎麼都知道這麼多我沒聽過的東西呀？」方大川感慨了一句。

溫月調皮地回答：「因為我比你聰明呀。」

方大川聽了，大笑幾聲。「還真是這麼回事！」

說笑間，車子就到藥鋪門口，這一路上，溫月早就回憶起前世在電視上看到的方子，見她所需的藥材這裡都能買到，著實是鬆了口氣。別看她跟方大川聊天時說得那樣信心十足，其實她還真怕她記憶裡的那幾樣中藥材因為年代的不同而沒辦法買到呢。

因為不記得配量，需要回去試試，所以溫月每樣藥材買得都不算少，等結帳的時候，她才傻了眼。這麼一點東西，就收了她一兩五錢的銀子，這跟她預想的差距實在太大。別說試驗調配了，就說這全部的東西磨成粉和在一起，也就只能裝前世那嬰兒痱子粉盒大小的一盒而已，這樣的成本，又哪是普通人家能用得起的？

方大川見溫月從出了藥鋪後就開始臉色不好，便關心地問道：「怎麼了，月娘，可是遇上難事了？」見溫月沒有說話，他又接著勸道：「月娘，凡事起頭難，我相信妳能做好的。」

方大川的安慰讓溫月暫時有了笑容，她嘆了口氣，把遇到的困難說給方大川聽，當然自動忽略關於前世的知識。方大川聽後也是緊鎖眉頭，他對溫月說的這種東西是一點都不懂，可是他又不捨得看到溫月愁眉不展的樣子，沈默了半天，他自言自語道：「要是能再添點什麼東西就好了。」

方大川一句無意的話，卻像是明燈照亮了黑夜的旅人，讓溫月一下子茅塞頓開，她猛地一拍額頭，叫道：「我真是個傻子，怎麼就忘了最重要的一樣東西，澱粉啊！」

「啊？月娘，妳在跟我說話嗎？」在前頭趕車的方大川只聽到溫月說話，卻沒聽清她說了什麼，於是又扭過頭看向溫月。

這時的溫月已是笑容滿面，她對方大川豎起拇指。「大川，我現在要鄭重宣佈一件事情！」

「哦？什麼事？難道說妳想到辦法了？」方大川見溫月已經不再皺眉，便又放心地專心趕車，因為還要去油鋪，不能耽擱太久。

「我要宣佈的事就是，方大川，你比我聰明，是世上第一聰明人！」

溫月噗哧一聲笑了出來，方大川也笑了。

「其實我也一直是這麼想的，我不過是怕我表現得太明顯，打擊到妳罷了。」

「嘿，說你胖你就喘上了？」溫月迅速伸手朝他的腰肉掐了過去。

「疼啊，我錯了，娘子！」軟肉被溫月掐在手裡，方大川笑著連連求饒。

溫月也不敢鬧得太過，雖說夫妻間的小動作不算什麼，可在這個古代，要是被人看到了肯定會被說不得體。她左右看了下，見沒什麼人注意他們這裡，這才鬆了口氣。

趙氏抱著滿兒坐在大樹下，看著溫月與一盆土豆奮鬥了整整一個時辰。雖說她知道溫月不是會隨便浪費東西的人，可是看著她把好好的土豆全都切碎，泡進水裡搓揉，趙氏還是忍不住開口問道：「月娘啊，妳這是幹啥呢？多糟蹋東西啊！」

溫月也是累得很，什麼事情都是想著容易做著難，就連最簡單的土豆澱粉，也讓溫月累得全身是汗。她本想著只要將土豆切塊扔到水裡泡著就行，可是等了一會兒才發現，這樣的泡法太慢，不易出粉。為了快些將腦中的想法變成實際的東西，溫月也只能挽起袖子反覆搓揉著桶裡的土豆，讓其中的澱粉早一些沈澱出來。

「奶奶，不會糟蹋的，我取這些澱粉出來，是有用處的。」溫月直起身子，捶了捶腰說道。

李氏看溫月累得已經有些喘，便開口道：「月娘，妳還有什麼活兒要做，我來幫妳弄吧。」

「娘，等這水沈澱，我把濕粉取出來後，您再幫我就行。」溫月確實需要李氏的幫忙，因為若想要快些做出成品，就不能等著濕粉用陽光自然曬乾，必須要生火來烘乾了。

在李氏的幫忙下，花了一上午的時間，溫月終於提出兩大碗公的土豆澱粉，這可是她做痱子粉的關鍵。其實用玉米澱粉是最好的，可是玉米取粉比土豆還麻煩，加上玉米是主食，要是真被她這麼糟蹋，趙氏肯定第一個不答應。

不知道是不是因為穿越的原因，所以記憶力才變得特別好，溫月真沒想到她只憑著記憶就把具體的比例想了出來。只是在加冰片的時候，溫月還是把劑量減少了些，說白了她心底還是有些沒把握，畢竟是用在孩子身上的東西，得更仔細才行。

調好了三份痱子粉，溫月用手捏了下，手感還不錯，挺滑膩的。她又抹了一點塗在身上，除了沒有香氣，感覺與前世的痱子粉沒什麼不同，接下來只等著大川回來，給她做幾個裝痱子粉的容器，她這溫氏痱子粉也就算是成形了。

溫月拿著剩下的澱粉進了廚房，看到趙氏也在。「奶奶，我把剩下的澱粉拿來了，以後留著做吃的。」

「做啥吃的？」趙氏接過裝著澱粉的碗，拿在手裡反覆瞧著。

「打湯做菜時可以收汁。」這是澱粉的最常用法，所以溫月連想都沒想就說了出來。

趙氏聽了，隨手把澱粉放在一邊道：「用了那麼多土豆，最後就只能打湯用，這也太浪費了，要是能做點別的還行。」

趙氏的話提醒了溫月，是啊，誰說澱粉只能做湯呢？溫月暗暗嘲笑自己，果然是被前世那豐足的物質生活腐蝕了大腦啊，怎麼忘了粉條、拉皮這些東西了呢？喔，還有綠豆澱粉可以做涼粉，這腦子真是生鏽了，還一直想著開店不知道要賣什麼，單單是粉條，差不多就可以撐起一家店了。

「奶奶，您可真聰明，給我點時間，我一定給您做出點新花樣來吃。」溫月激動地給趙氏一個擁抱，嚇得趙氏愣在當場，直到溫月走出去好久才緩過神，笑著搖頭。「這孩子喲……」

到了下午，從地裡回來的方大川按溫月的要求做起了小木盒，因為東西太小，在打磨的時候特別麻煩。坐在一邊的溫月看著方大川束手束腳的樣子，皺著眉道：「看來做木頭盒子太麻煩了，還是燒瓷的比較好。」

「話是這麼說，不過就現在這樣，成本也太高了些。月娘，不是我打擊妳，這東西恐怕一般人家是不會買的。」方大川吹了吹盒子上的木屑，把蓋子蓋上試了試，覺得沒什麼問題了，這才交到溫月的手上。

「唉，我也知道，一兩多銀子只配了三盒，這還沒算上土豆的錢呢！除去你做盒子的料錢，我還得做個粉撲，又是細布又是棉花的，這些都是錢啊。」溫月無奈地低著頭，把盒子打開又關上，關上又打開，心裡讚嘆夫君的精湛手藝。

方大川搖搖頭，開口道：「不只啊，還有工錢呢，妳要是真想做了去外面賣，那咱們這幾個人哪夠啊？我平時得去地裡，根本沒空幫忙，娘和奶奶估計也幫不上太多的忙，而且這些藥材，也總不能一直跟藥鋪買不是？」

經過方大川的一番分析，溫月也有些洩了氣，想要賣這東西，困難還真是不少。可是難得有這麼一個好點子，若就這樣放棄了，她還真有些捨不得。而且剛剛在做痱子粉的時候，她也都想好了，只要在裡面加一些花汁子，就可以變成帶有香味的成人用爽身粉了，如果賣給女人，不也能狠賺一筆嗎？

可大川說得也沒錯，這東西的成本確實太高了些，如果再想要利潤，那售價肯定得更高，尋常百姓家是不能成為這東西的消費主力，但想要賣給那些達官貴人，又豈是那麼容易的？那樣的人家，買東西都有固定的店鋪，新東西也不會那麼容易被接受。說句現實的話，她真的沒有那個勇氣，把家裡的錢全投到這個未知商品中。

方大川見溫月一臉沮喪，他也有些難受，原想著不論溫月作出什麼決定，他都會無條件地支持。可在這過程之中，他不能看到了問題不去提醒，眼睜睜看著溫月吃虧不是？雖說他想得很清楚，但一看到溫月這個樣子，他馬上就後悔了。唉，算了，錯就錯唄，不過就是點銀錢的事情，何苦讓月娘這樣不高興？

「月娘啊，我也就是說說而已，當不得真。咱不去試試，怎麼知道能不能賣出去？大熱天的，起熱痱子的孩子肯定不少。」方大川趕緊補救著說道，想要再次燃起溫月的熱情。

可溫月還是搖了搖頭，深吸了口氣道：「算了，大川，你剛剛說得沒錯，這東西成本太高，咱們真不能冒這個風險。」想通了的溫月看了眼夫君，見他一臉擔心，笑道：「你別這麼看我，咱家現在是沒錢，我也不太敢撒手做，等以後咱家有錢了，我再重新來過不也一樣嗎？」

「家裡不是還有三百多兩嗎？夠用了！」方大川說道，他還是希望能支持溫月的新想法。

「那錢裡有一份是要留下來買鋪子的，剩下的都不能動，總要留下一些備用。」

「可是……」方大川不死心，還想再開口，溫月瞪了他一眼道：「沒什麼可是的，這事就這麼定了，我今天又想了個好主意，我跟你說──」

溫月在方大川耳邊說了好一會兒，接著得意地看著他道：「怎麼樣，我這個主意可行吧？只需要用到土豆和地瓜這些便宜食材，咱們到時只需要買一間小鋪子，開間雜貨鋪就行。」

方大川點點頭，他也覺得溫月這個主意不錯，至少這東西還挺接地氣（注）的，等到冬天的時候，溫月說的這個什麼粉條，肯定會好賣。不過，方大川又有些為難地看著溫月。「月娘，眼看著就要秋收了，莊子再加上這邊的地，肯定會很忙的，怕是沒時間弄這東西啊。」

「不急，我也得自己先做出來再說，我只是想想，還沒實踐過呢。總得自己做出來了，才能到外面賣吧，我估摸著，秋收前我是弄不出來的，嘿嘿。」溫月有些沒底氣地說道，也不確定會成功還是失敗，想著趙氏那因為浪費太多土豆、地瓜而心疼的表情，溫月就忍不住有些頭疼。

當晚睡到半夜，突然醒來的溫月不停叫著在一旁睡得正香的方大川。「大川、大川。」

被溫月吵醒的方大川緊張地坐起身，看向她道：「怎麼了？月娘，哪兒不舒服嗎？」

「大川，我剛半夢半醒間想到了，你看這樣行不行？明天你去趟鎮裡，把我做的痱子粉和紫草油給朱家送去一點，反正他們家孩子不是正鬧這毛病嗎？咱把這東西送去他們家，只要用得好，他們是不是就會再來買？如果真的成了，那咱們不就有銷路了嗎？」

「哎喲！妳真是……」

月光下，方大川無奈地看著明顯是沒有完全清醒的溫月，強硬地把她按倒在床上。

「快睡吧，都累了一天了，有什麼事明天再說，聽話。」

注：接地氣，貼近老百姓的生活和訴求。

「喔……」溫月含糊地應了一句，頭一沾枕，馬上就睡了過去。

方大川坐在溫月的身邊，看著溫月熟睡的樣子，寵溺地笑了笑，又轉身把已經滾到腳下的滿兒抱上褥子，這才滿足地又睡了過去。

清晨，溫月醒來時就見身旁已經空無一人，滿兒不知怎麼滾的，把自己捲進了被子裡。溫月小心地把她從裡面解救出來，親了親沒有一點要醒來跡象的女兒，這才穿衣起身。

她推開房門，深吸了一口帶著青草香的空氣，忽然聽到放雜物的屋裡有聲音傳了出來。這個時候會是誰？大川嗎？溫月好奇地走了過去，就看到大川手裡握著刻刀在那裡雕著什麼。

還沒等她開口問，一直低頭認真工作的方大川聽到腳步聲，開口問道：「是月娘嗎？」

「是呀，你在幹什麼呢？」溫月蹲到大川的身邊問道。

「把這盒子再多加些什麼，妳不是要送人嗎？總不能太寒酸了。」方大川指著溫月腳邊的打磨石，示意溫月拿給他。

溫月把石頭拿給大川，不大明白地看著他問：「送人？送誰？」

她的問題總算是把方大川一直放在盒上的心思移到了她的身上，他無奈地看著她道：「昨天半夜妳說了些什麼，難道都忘了？」

「我？」溫月迷惑地看著方大川，然後突然睜大眼睛「啊」了一聲。「所以你……你什麼時候起來弄的啊？」

方大川沒有回答，反而是把盒子上的木屑輕輕吹了下去，交給溫月。「妳看看，這樣行嗎？這可是我最高的水準了。」

溫月看著掌中的木盒，圓形的盒身上，一共雕了四個擺出不同動作的胖童子，神態憨厚可愛，而盒蓋上則雕著一個腳踩蓮蓬、頭頂蓮葉的胖寶寶，那活靈活現的樣子很是生動。

如此精緻的木盒給了溫月極大的驚喜。「大川，你還會木雕啊？」她激動地看著方大川說道。

「從前學木工活的時候在一邊偷偷學的，我這水準也是一般，妳看行不行？」見溫月這樣高興，方大川的心情也跟著好了起來，因為太早起床的睏乏也一併消失了。

溫月看著方大川的黑眼圈，感動地道：「大川，謝謝你，你肯定很早就起來了吧。」雖然方大川沒有說，可溫月還是能看出他臉上的疲憊。

「我不累，這東西也不麻煩。走吧，咱們回屋去。」方大川怕溫月蹲久了腿麻，伸手就要把溫月拉起來，那手上幾道微微滲血的印跡就那樣清晰地落在她的眼裡。「大川，你手受傷了？」溫月輕抓住方大川的手，很是心疼。

方大川毫不在意地道：「沒事，我許久沒動刀了，有些生疏，這也不是什麼大傷，多大點兒的事啊，走吧，滿兒該醒了。」

「怎麼不是大傷啊？都傷在指腹這裡了，你還要下地幹活呢，得多疼啊。都怪我，晚上睡覺也給你找事做。」見方大川這個樣子，溫月感到十分自責，她還真是個不省心的人，睡覺都不能穩穩當當的，作夢也能折騰人。
「妳這是小瞧我啊，明明夫妻可以一起努力做的事情，怎麼輪到我出力妳就責怪起自己來了？我這心裡可真不舒服，妳該不是覺得我是個無用的人吧？」方大川像是受了委屈的孩子，用控訴的表情看著溫月。
「哎呀！」溫月是又氣又急又好笑，不知道該怎麼辦的她最後輕捶了下方大川的肩頭。「你這人真是，我這正心急呢，誰跟你開玩笑了？」
方大川咧開嘴，憨憨一笑。「真不是大事，妳要是實在心疼，來，也給我呼呼幾下吧！」他學著滿兒的樣子，把手伸到了溫月嘴邊，更讓溫月哭笑不得的是，他還在那裡「呼呼」地吹氣。
「懶得理你！」
溫月瞋了方大川一眼，轉頭就走了出去，直至走到屋外，還能聽見方大川在那裡傻笑個不停。
在院裡新搭的小棚下準備早飯的李氏，看著溫月進了屋，又見兒子追了過去，笑著自言自語道：「感情還真是好，看來要不了多久，我又有孫子抱嘍。」
進了屋的溫月，把昨天做好的紫草油拿了出來，在方大川進屋後，拉過他的手，給他手上的傷口都抹了一些。
「暫時不要沾水，這個是防止傷口感染的。」

方大川見溫月這麼小心，他雖然覺得有些小題大做，可對於溫月這樣毫不掩飾的關心，他還是非常享受。「大川，你去跟娘說，我今天就不去廚房幫忙了，你做了這麼漂亮的盒子，我的粉撲也不能太簡陋了，我得在上面繡點圖案。」

「行，那一會兒妳記得出來吃早飯。」方大川點了點頭道。

第二十九章

「大川，袋子裡裝的是送給莫掌櫃的一些山貨乾，籃子裡裝的是給朱家的，你別記錯了。」方大川已經拉著車走到門口，溫月不放心地又一次叮囑道。

「知道了，月娘，妳放心吧，中午不用等我吃飯。」方大川跳上車，對溫月揮了揮手，鞭子輕抽了下牛背，晃悠悠地離開了。

直到再也看不見方大川的影子，溫月這才回到家中，也不知道那些東西能不能送到朱家老夫人手裡，收到後又是不是能給小少爺用。心裡抱著期望，卻又沒有把握，這種矛盾的心情讓溫月坐立難安，總是沒辦法踏實地做事。

在數不清第幾次坐下又起來後，溫月乾脆去井口邊打了水上來，冰涼的井水撲在臉上，她總算清醒了一些。

溫月啊溫月，瞧妳就這點出息？這可真是應了趙氏的話，狗肚子裡盛不了二兩油（注），這麼點事就亂了方寸，以後還能幹什麼？這可真是冒傻氣呢，就算她在這裡患得患失又有什麼用，現在能做的都做了，決定權在別人的手上，安心等著就是了。反正最開始不也只是想碰碰運氣嗎？若是真的不行，大不了等將來有錢了，再把這事給重新做起來就行唄。

注：狗肚子裡盛不了二兩油，比喻心裡藏不住事，不夠沈穩。

在心裡狠狠地唾棄了自己幾次，溫月這才打起精神去放土豆的倉房裝了一大桶土豆出來，準備繼續做澱粉。

屋裡正陪滿兒玩的趙氏從窗戶看到溫月又在重複那天的敗家行徑，便大聲叫道：「月娘啊，妳又要弄啥粉了啊？上次的那些還有，妳就拿去用唄。」

「奶奶，我這次要做別的，我就只用幾斤土豆試試，放心吧，我不會浪費太多的。」溫月坐在樹下，邊洗著土豆邊說。

屋裡的李氏站起身對趙氏道：「娘，我去幫幫她吧。」

「去吧，順便提醒她，別讓她糟蹋東西。」趙氏還是不大放心，一聽李氏說要去幫忙，急忙囑咐了幾句。

李氏找了身舊衣服換上，對趙氏道：「娘，月娘不是那種不知輕重的孩子，您就別擔心了，您看她做的事，哪樣不是最後都有了好結果的？昨兒個您不還說有了月娘咱就省心了，就等著沾他們的光享福了嗎？」

趙氏也笑了，抱起滿兒道：「妳說得對，我啊，是窮怕了，一時間轉不過彎來！走吧，滿兒，奶奶帶妳去看看妳娘到底想幹啥。」趙氏趿上鞋，跟著李氏出了屋，其實她心裡也是好奇的，這月娘到底在折騰些什麼。

這一次取澱粉要比上一次順手很多，也沒有浪費太多的土豆。在李氏的幫助下，上石磨將土豆磨碎後再放到水裡反覆搓洗、除渣，不但效率提高了，也沒有之前那麼浪費。

等待澱粉沈澱是一個漫長的時間，在這段時間裡，溫月又在腦海裡不停勾勒著做粉條的步驟。理論總是需要實踐來證明，就是不知道她到底要失敗多少次，或是這次取出的澱粉夠不夠她折騰的。若是不夠……溫月回頭悄悄看了看正好奇的趙氏，偷笑著想，奶奶大概又要心疼得滴血了。

下午，方大川頂著炎炎烈日駕車回來了，溫月見他的背脊處都已經被汗水浸濕，忍不住生氣道：「你急著回來幹什麼，要是中暑了怎麼辦？以後可不能這樣了。要等到涼快時再回來，聽到沒？」

「知道了，我這不是怕妳心急，想早點回來告訴妳結果嘛！」雖然溫月的口氣不大好，可方大川也不生氣，依舊笑嘻嘻地道：「我是親眼看見莫掌櫃拿著東西進了朱府的，出來時可是兩手空空，莫掌櫃還跟我說，朱家老夫人說了，妳那桃葉水的法子很管用，他們家的孩子已經明顯看出好轉了。」

「那他們可有說要咱們的痱子粉？」溫月急忙問道。

方大川搖搖頭。「沒有，莫掌櫃只說朱老夫人把東西收下了，其他的都沒說。」

雖然溫月心裡早有準備，可是當聽到這個消息的時候，還是覺得有些沮喪。

方大川知道她為什麼不高興，只好安慰道：「行啦，這不是早就心中有數了嗎？妳就別想太多了，能成當然好，不成也沒啥，只當是積攢經驗。對了，妳那粉條做好了嗎？」

「沒那麼快，得等到明天。」溫月沒什麼精神地說。

方大川點點頭。「好吧，若還有什麼事需要我做得快點說，過兩天秋收可就真沒時間了。」

「嗯，我還真有事需要你幫忙，你再給我做個漏斗吧，不是那種常見的，要像篩子那種有大小均勻的孔的，我要用它來篩粉條。」

「好。」終於輪到他有大顯身手的機會，方大川當然答應得痛快。

一夜沈澱之後，桶內的水和澱粉總算是分離了，溫月將上面的清水撈乾淨，再找來一塊乾淨的白布，鋪在澱粉上面，又將早已準備好的草木灰倒了上去。只等著草木灰將澱粉裡的水分再提出一些後，再重新放在布包中吊濾。

溫月覺得什麼事情經過趙氏和李氏的手裡，就會變成「想時艱難，做時容易」。她傻愣地舉著漏勺站在那裡，一臉的崇拜，只見趙氏跟李氏默契十足地配合著，不一會兒，一條條粗細均勻、長度適宜的粉條就那樣進了冷水缸裡。

要知道，從來沒有做過粉條的李氏，可是只在第一次麵揉稀了製粉失敗後，就再也沒有出過一次岔子。正踩在小凳子上漏條的李氏只覺得漏勺給不上力，低頭一看，發現溫月正在走神，便輕拍了下溫月的手道：「想什麼呢，好好托著。」

「喔。」溫月佩服地看著趙氏和李氏，讚嘆道：「奶奶、娘，我真沒想到妳們會這麼厲害，不知道的還以為這活兒是妳們常做的呢。」

「這有啥難的？活兒幹多了，就有經驗了，萬變不離其中嘛。看這些天把妳愁的，我還以為是多難的事呢！」趙氏笑著看了看溫月。「妳這手是不是累了？」

「嘿嘿！」溫月不好意思地笑了笑，她確實是有些舉不動了，兩隻胳膊疼到不行。

「剩下不多了，馬上就能弄完，妳再堅持一下，回頭妳真想把這事業當買賣做，還得讓大川再打些工具才行。」趙氏並沒有讓溫月去休息，幹活麻利的她一向最看不得把活兒幹一半就扔在那裡的人，溫月自然也不例外。

等所有的澱粉都變成了粉條在水缸中冷卻後，趙氏如同巡視般看了看缸上的幾根竿子道：「六、七十斤的土豆，就只變成這麼點東西了，也不知道是不是真的好吃。」

溫月忙道：「奶奶，您放心吧，肯定好吃，等曬好了，我第一個做給您吃。不，一會兒我就給您做幾道土豆粉。」

「行，那我可就等著享口福了！剩下的你們弄吧，滿兒睏了，我哄她睡覺去。」趙氏抱起一直在他們身邊安靜玩玩具的滿兒回了屋。

溫月只留下了一竿子的土豆粉繼續在水裡泡著，便跟李氏把剩下的粉條繞成捆，又在清水裡漂洗了一遍後，這才把它們都掛在了晾衣繩上。做的時候感覺還挺多的，可是等晾上後，卻也沒有多少，溫月一咬牙，對李氏道：「娘，咱們再做點吧！」

「還做？」李氏吃驚地看向溫月。「我看這些也不少了呀？」

溫月搖搖頭。「不夠，這些光是咱們家自己吃也吃不了多久，何況我還想要往酒樓裡推銷，這東西現在是新鮮物，肯定要做給別人試吃才行。」

「那行，聽妳的，趁奶奶現在在睡覺，咱再弄一些，否則要是被她知道，肯定又要心疼了。」李氏往屋裡看了一眼，小聲地對溫月說。

「娘，您也變壞了呢！」溫月對李氏壞笑著，李氏瞪了她一眼。「這還不是為了妳。」

溫月馬上討好地抱住李氏的胳膊道：「娘，若是這粉條真能經營成功，批量生產的話，我就雇您和奶奶做咱們這作坊的技術管事，給妳們賺錢。」

李氏拍了下溫月的額頭，笑著道：「淨瞎說，娘哪能要妳的錢？只要娘還能幫得上你們，娘就高興了。」

等趙氏再次醒來的時候，看溫月又在重複剛剛的步驟，果然心疼得直跺腳。「妳這孩子啊，就說先做點就成唄，怎麼一下子弄這麼多，萬一賣不出去可怎麼辦啊？」

「不會的，奶奶，您放心吧，一定賣得出去。」溫月又拉著趙氏的手道：「就算賣不掉，咱們也可以自己留著嘛。奶奶，您進屋等著吧，我給您做好吃的去。」

看著趙氏轉身進屋的背影，溫月忍不住拍了拍胸口，她也真是太不容易了，一把年紀了還要不停地撒嬌，唉！

方大川晚上回來的時候，正趕上溫月她們在往廂房裡收粉條。「這麼快就做好了？」方大川看著那成捆的粉條，吃驚問道。

「還沒呢，估計還得曬兩天才行。你快去洗洗，一會兒吃飯了，我今天做了幾道新菜。」把東西都放進廂房後，溫月推著方大川來到井邊。

當晚的飯桌上，炒土豆粉與涼拌土豆粉都受到了大家的熱情捧場，就連趙氏都連連點頭道：「沒想到土豆這麼做，還挺好吃的，不過怎麼想還是有些浪費。」

溫月見趙氏還是念念不忘浪費這回事，便安慰她道：「奶奶，等咱們把粉條賣出去，您就不會覺得浪費了，這粉條的定價，至少要是土豆的五倍才行。」

「那麼貴？誰會買啊？」趙氏一聽，瞪大了眼睛問道。

「怎麼不會？」溫月對趙氏解釋道：「奶奶，咱們北方冬天除了土豆、蘿蔔就是白菜了，如果多了這不怕冷也不怕熱的粉條，冬天是不是又能多一道菜了？所以我相信，鎮上那些人家，只要不是窮到吃不上飯，肯定都會來買的。另外，我還會好幾道以粉條為主的菜，把這方子連著粉條一起出售到酒樓裡，咱們肯定穩賺不賠的，搞不好，咱們到時還得從別人那裡收土豆呢。」

趙氏搖了搖頭道：「算了，這事我也不懂，妳跟大川商量吧。不過我話可說在前頭了，即使這東西賣不出去，妳也別哭天抹淚的，我雖是覺得浪費，可這點土豆真的不算什麼事，妳別有壓力，聽到沒？」

「嗯。」溫月鼻子一酸，悶悶地點了點頭。

這個家裡的人總是這樣，在關鍵的時候總給溫月太多的感動與溫暖，讓溫月從不後悔有這樣的一次穿越。即使這個時代有很多不便，可溫月因為趙氏、因為李氏、因為大川、因為滿兒，因為有這樣的一家人，對這一次的穿越心存感激。

當第二批粉條也製作完成後，秋收的號角也再次吹響，本來已經準備好進鎮推銷粉條的計劃也被向後推延。隨著時間一點一點過去，溫月對朱家那邊也不再抱有期望，她覺得當初的事情還是想得太簡單了，像朱家那樣的大戶人家，怎麼可能隨便就把來歷不明的東西往自己家的孩子身上搽？

估計她精心做的痱子粉，這個時候早不知道被扔在什麼角落裡了，一想到這個可能，溫月就開始心疼起方大川雕刻的那個小盒，那可是大川的一片心血啊。早知道她就自己留著了，隨便裝點首飾也好啊！唉，說來說去都怪她，跟掉到錢眼裡似的，那些日子她可真是瘋魔了。

「壞滿兒！」正在鬱悶的溫月突然發現滿兒把她一排排豎著放的玉米全都給推倒了，便假裝生氣地拍了下她的屁股，對她道：「不許再搗亂了，聽到沒有？」

滿兒雖然還不大會說話，可是已經大概能聽懂大人們在說些什麼了，也是在這個時候，溫月開始對她進行一些生活常識上的基本約束。

「月娘，妳又在欺負我的寶貝滿兒了！」門外，趙氏不滿的聲音傳了進來，溫月回過頭，看見方大川拉著裝滿了玉米的牛車進了院子，跟在車後的趙氏正不滿地看著溫月，而李氏則是一副看熱鬧的表情。

「奶奶，我可太冤枉了，您看看這裡被滿兒破壞成什麼樣子。」溫月假裝委屈地跟趙氏抱怨著，趙氏卻早就把滿兒攬在懷裡，點著她的小鼻子道：「咱滿兒雖調皮了些，可活潑可愛，別理妳娘在那邊大驚小怪。」

溫月湊到李氏的跟前，晃著她的胳膊道：「娘，奶奶可真偏心，只疼滿兒一個，都不疼咱們了！」

「妳這孩子啊！娘疼妳、娘疼妳。」李氏看著溫月，笑容裡全是滿足之意。可溫月卻因為她自己這老大不小還裝嫩的動作，而羞臊不已。

「請問，這裡可是方大川的家？」

就在溫月一家人其樂融融的時候，門外傳來了一個陌生的聲音，方大川轉頭看過去，一個小廝打扮的人站在門口，身後還有一輛青篷馬車。

「這位小哥，敢問您要找誰？」方大川走近問道。

那小廝上下打量了下方大川，眼裡閃過一絲不屑。「我找一戶姓方的人家，男主人叫方大川。」

「我就是，請問您是？」方大川聽說是來找他的，有些奇怪地問道。看那馬車十分豪華，主人肯定也是非富即貴，他什麼時候認識這種人了？

那小廝沒有回答方大川，而是轉回馬車那裡小聲說了些什麼，接著車簾掀開，裡面出來一名華服男子。他在那小廝的引領下走到方大川的跟前，面露和煦地道：「在下朱洵之，受祖母之託特來感謝方大哥夫妻高義。」

朱？方大川這時明白了過來，這鎮上的朱姓人家也只有那朱家大戶，他又說受祖母委託，他的祖母怕就是月娘說的朱府老夫人了吧。只是來感謝他們，這是何意？

雖然心裡不大明白，可方大川還是熱情地將朱公子迎進了院中，本想讓他進屋去坐，哪知那朱公子在看到院中紫藤樹下的藤桌藤椅後，興致昂揚地道：「那裡不錯，方大哥，我們不如就在那裡說會兒話，怎麼樣？」

「朱公子不嫌我這裡簡陋，當然求之不得，老實說，現在天氣悶熱，我那屋裡還真沒有這樹下舒服。」方大川言談舉止落落大方，並沒有因為對方的身分而有任何的拘謹，也沒有一點獻媚討好的意思。

「朱公子，您先請坐，我剛剛從地裡回來，容我換身乾淨的衣裳再來與您細談。公子若是不嫌棄，就先喝一杯水，這是我每日寅時從山上取回的山泉水，您只當嚐個鮮。」方大川給朱公子倒了杯水，在看到朱公子端起茶碗的時候，他才放心地起身離開了。

他也知道將客人這樣晾在院中並不是很有禮貌，無奈家中除了他一個男人也沒人可以出來招待，而他也確實需要把這件髒衣換下來，雖不知這朱公子心裡是怎樣想的，但是看他的表情沒什麼不滿，應該是沒什麼不妥。

見方大川真的就這樣把自家公子一人撇在院中，還拿什麼山泉水做招待，那小廝對著方大川的背影嘟囔道：「呿，這人也太無禮，就這樣走了。您什麼水沒喝過，他這山泉水能有什麼好，真當您跟他一樣了，公子，您說是不是？」

他像是要尋求認同般地看向朱公子，卻沒想到他家公子已經將那一碗水喝盡，還自己舉起茶壺又倒了一碗。「青硯，你若是再這樣口無遮攔，肆意妄為，我不管你爹是誰，都不要再想跟著我了。」

那小廝臉一白，哆嗦著嘴剛要求饒，朱公子將茶中的水又一次一飲而盡道：「無須多說，以後我會看你表現，你去車上，把東西都拿過來。」

過沒多久，方大川從屋裡再次走了出來，換衣服的這點時間，他已經跟溫月仔細討論了當時在朱家的情形。夫妻倆說來說去也想不明白，就算溫月的法子真的治好了那孩子的痱子，可也不至於讓一個朱府的公子前來送謝禮。

按這個時代的門第觀，以朱家的權勢，就算是讓房嬤嬤來答謝，就已經是對他們方家的高看了。

既然想不明白，索性就不再去想，左右他們沒有做什麼虧心事，對朱家也無所欲求，大大方方的交談就是。若朱家人這次上門真的有所圖，相信也不需要多久的工夫就可以知道答案。

再次到了朱公子的近前，方大川首先賠禮道：「讓公子久等了，我們這村戶人家，很多事情辦得都不大周到，萬望朱公子多多海涵。」

「方兄這話嚴重了，要說海涵也是我開口才是，冒昧地上門打擾，不請自來，給方兄你添麻煩了。」他似乎有意想與方大川交好，說話間極力地拉近兩人之間的距離。

「哪裡、哪裡，朱公子真是太客氣了，您不嫌我這裡環境簡陋，已經是我的榮幸了。」

方大川雖不大喜歡這種無意義的寒暄，怎奈這些富家子弟就喜歡這一套，幸好他讀過幾年書，這些客套之詞多少還會那麼一點。

朱洵之對站在一邊、手捧東西的小廝示意了下，那小廝便將手裡的東西放在了桌上，方大川不解地看向朱洵之，只見他笑道：「此番我來有兩個目的，第一，就是將這些禮物送與嫂夫人，這是家姊與祖母的一點心意，感謝她的方法治好了我外甥的病，讓我外甥少受了皮肉苦。

「當日家中長輩的心思都被我那外甥占據，所以也沒能好好招待嫂夫人，就讓她那樣離去，已是極為失禮。之後夫人還能不計前嫌的送來治痱子的良藥，這讓祖母與家姊十分感激，所以這些小小心思不成敬意，還請方兄一定要收下。」

方大川掃了眼桌子上的東西，大小盒子相疊，看不到裡面到底裝了些什麼。唯一能看出來的，就是兩個包裹著的長條形狀，一看就是兩疋布料，只是到底是什麼料子，方大川也猜不出來。

但不管裡面裝的是什麼或價值多少，他卻是不打算收下的。在他看來，溫月當時跟他們說的桃葉水，本就是一個民間土方，值不得幾個錢。至於那痱子粉和紫草油，卻是溫月打算拿去賣與朱家的，既然朱家沒有想要購買的意思，收這些東西，不就是欠著人情了？

「這個我們不能收，當初我家娘子也不是想著要貴府的謝禮才開口的，她說她也是做娘的人，在看到朱公子的姊姊那樣痛苦時，心裡當然也難受，所以才冒失地開口。說到底，還是府上的老夫人心胸寬廣，相信我娘子的話，沒有將她當成那瘋婦人一樣趕了出來。」方大川將面前的東西又推向了朱洵之。

朱洵之也沒有往回推，而是輕輕拍了下那些東西，開口道：「望方兄不要有什麼想法，事實上這真的是我祖母與姊姊對嫂夫人的謝意。」

朱洵之他長年在外行走，手中管著朱家的大部分商鋪，最在行的就是與人打交道。所以對於方大川的拒絕他並沒有太吃驚，他在看到方大川第一眼的時候便知道他並不是那種見錢眼開之人。

而方大川為什麼會拒絕，他多少也猜得到原因。「方兄，我知道你心中所想，是不是覺得當時只是個不起眼的提議，沒想到竟得到了這麼大的回報，覺得太不切實際了？」

見方大川神色微動，他這才端起茶碗，又重新斟了一碗水道：「這你就有所不知了，我那小外甥是有如我們朱家貴人一般的存在，所以能夠治好他，莫說是送這點東西，就是拉來一輛馬車，也絲毫不嫌多。只是我們害怕東西太多讓方兄以後難做人，這才精簡了，若是方兄不肯收，那就是不將我們朱府的誠意放在眼裡，也讓我實在難做啊！」

方大川表情一變，朱洵之的言外之意他已然聽懂，朱家這是怕自己家挾恩以報啊。說是謝禮實則就是報酬，自己夫妻這是被人家小瞧了。也罷，收了就收了，照他們這樣說，這東西本就是月娘應得的，自己家本就沒想跟他們家有什麼牽扯，若是自己真的執意不收，人家也不會覺得是謙虛，反而還會誤會自己家對他們有什麼圖謀呢。

「朱公子，您這樣一說，那我就卻之不恭了。雖然剛剛覺得有些為難，畢竟按內子的說法，她也只是因為心疼孩子才出的主意，並不是為了什麼，不過還是你們大戶人家辦事周到，想得就是比我們全面。」方大川將東西又拿到了他的近前說道。

「好、好。」朱洵之見沒有浪費太多的口舌，方大川便識趣地收下東西，雖說他的話聽起來不是那麼順耳，可是當看到方大川那笑逐顏開的樣子時，他便覺得自己想太多了，於是他大聲笑了起來，方大川也陪著他笑，兩人竟似相識了多年的好友，熱情地聊了起來。

第三十章

朱洵之似乎是個好奇寶寶，對莊稼的事情以及時節都有著很大的興趣，東問西問，方大川也都耐心地一一回答，可說了半天也不見他說到正題之上，方大川開始有些失了耐心。

就在方大川開始覺得無聊之際，突然發現朱洵之狀似不經意地打探起痱子粉的來歷，甚至是製作配方，警覺的方大川在發現朱洵之的意圖後，心裡更不痛快，故而每當朱洵之將話題聊到這上面的時候，他都會扯到別處，或者是沈默不語。

久而久之，朱洵之也感覺到方大川的牴觸，心中暗嘆一聲，真是遺憾，看來還是需要花錢將這事情辦成了。他之所以這一趟親自前來，為的也是溫月手中的痱子粉，在他從祖母那裡聽說了痱子粉的好處後，便立即發現了這東西可以為他帶來的利益。

他是生意人，一切都以利益為主，能賺錢的買賣讓他遇見了，自然沒有放棄的道理，所以他這才多方打聽，終於尋到了方家，不論如何，他都想將這方子買下來。他相信，只要經過朱家之手，這痱子粉很快就會成為富貴人家的必需品。

既然暗中使計不成，那還是明著來問吧，朱洵之輕點手中的茶碗說道：「方兄，我剛剛說我今天來拜訪共有兩件事，第一件事即是謝禮，至於第二件……老實說，我對你那日送來給我外甥搽的痱子粉很感興趣，不知方兄有沒有將這方子轉讓出來的想法呢？」

「這個……」雖然心裡已經猜出朱洵之的來意，可是當聽他這樣明白地提起後，方大川還是猶豫了。那方子全都是月娘自己研究出來的，而且她也一直心心念念想要賣這痱子粉，這事對月娘很重要，他不能替月娘作這個主。

朱洵之見方大川面露難色，也不心急，替方大川面前的茶碗斟滿了水後，道：「方兄可是有什麼為難之處？」

「朱公子，您說的這事我暫時沒有辦法給您答覆，事實上，這個痱子粉製法是我娘子的家傳之物。您今日所提之事，我需要和我娘子商量商量。」方大川說完就看向朱洵之，意在詢問他的意思。

一直坐在窗邊聽他們談話的溫月在得知這朱洵之是為了痱子粉的事情而來後，心中一喜，真沒想到都已經放棄的事情，竟又出現了轉機。

也不怪他們夫妻沒有往這上面想，畢竟那痱子粉送與朱家已經近一個月有餘，朱家一直都沒有任何消息傳來，誰又會想到眼看著秋天就要結束的時候，朱家會為這事而來呢？

朱洵之做了個請的手勢，對方大川道：「方兄去和嫂夫人商量一下吧，我就在這裡等著，若是嫂夫人同意，我會用合適的價錢收購這個方子的。」

方大川點點頭，對朱洵之抱了下拳，就回屋找溫月商量去了。屋裡的溫月早就等在門口，方大川一進屋她就高興地迎了上去。「大川，太好了，我們這痱子粉總算沒有白費心思，只要將這個方子賣出去，咱們又可以有一筆不小的進帳了。」

見溫月高興，方大川的心情也好了許多。「月娘，妳確定自己不想賣這痱子粉了嗎？」

「是，放心吧，我不會後悔的。我現在全部的心思都放在咱家的粉條上了，我相信這粉條才是咱們真正的財路。」溫月說著，就推方大川出門。「你快去跟那朱公子談吧，反正少於五百兩，咱們是不賣的。還記得我跟你說的吧，加一點花瓣或是花汁子，就可以變成給女人用的粉？」

方大川搖頭。「我不記得了。」見溫月表情變了，大川笑著道：「所以娘子大人，妳跟我一起去吧。」

「我？」溫月吃驚地看向方大川。「這不大好吧，你們男人的事情，我一個女人家跟著，你不怕被笑啊？」

「笑什麼？有個能幹的妻子多少人都羨慕不來呢，其實我是覺得，那個朱公子一看就不是什麼好對付的。所以，娘子，妳還是跟我一起去掠陣吧。」方大川拉著溫月就往外走。

他帶著溫月坐在朱洵之的對面。「朱公子，這是內子，痱子粉的配方也是她的家傳，我覺得這事還是讓她一起討論比較好。」

朱洵之點點頭，他長年四處行走，談生意的時候難免也會遇到一些女當家，所以對於溫月的出現並沒有表現出驚訝。況且他只想買下配方，只要願意賣，男人或女人沒什麼區別。

「方兄，既然你帶著嫂夫人來了，我是不是可以解讀你們也是有意要出售這配方的？」

方大川點了點頭道：「朱公子，我剛剛和內子商量過，這件事情她也同意了。」

「那既然這樣，我們就來談一下價錢吧。在這之前我有一個小小的要求，我想咱們雙方需要簽一個保密協定，你們家要保證這方子不會賣與第二家，除了你們之外，不會再有人知道這痱子粉的製法。」雖然朱洵之說要談價錢，可他卻還是將要求先提了出來。

「相公，若是這樣，這方子我們還是不賣吧。」溫月在聽了朱洵之的話後輕聲說，心裡卻是對朱洵之的要求嗤之以鼻，這麼明顯的不公平要求，虧他也提得出來。見方大川有些不明所以，她解釋道：「簽保密協定自是沒有問題，我們也沒想過一方二賣，可是要我們保證這配方不外流，大川，這恐怕太難了些。」

朱洵之一聽溫月說不賣，有些急了，他前些日子一直在外地跑商，回到家後才發現方家送來的痱子粉。當他聽祖母和姊姊誇讚這痱子粉好用時，就知道這又是一個賺錢的法子。

溫月看了眼朱洵之，輕聲道：「朱公子，若要我們從您那裡購買痱子粉來用，倒也沒什麼問題，但您說怕我們管理不善將配方外流，這點讓我很不安。若是配方從您那裡傳了出去，您會不會……」

見朱洵之愣了下，溫月又接著說道：「您做這些東西，也是需要工人的，如果說您手下的人因為貪圖利益將方子另售，那我們不就要揹這個黑鍋？」

方大川見朱洵之沈默不語，又深覺溫月的話很有道理，便開口道：「朱公子，內子的話說到點上了，您之所以提這樣的要求，也是因為您信不過我們，同樣的，若是我們按您的要求簽了契，我們也會信不過您。這其中不論是我們還是您，要擔的風險都過於大了些，若是您沒辦法與我們相互信任的話，我看今天這交易不談也罷。」

朱洵之沈默了一會兒，目光從溫月臉上迅速掃到方大川的身上，苦笑了下，道：「我之前遇過不少賣家，這種契約也簽過無數份，可卻從沒見過像二位這樣謹慎之人。如果我說我們朱家有辦法讓這方子不外流，賢夫妻是不是也不會相信？」

見溫月跟方大川果然不給他回應，他不由苦笑，做生意最怕遇到的就是這種情況，彼此之間不能完全信任。可這方子確實是個賺錢的營生，要他就這樣放棄，他做不到。

方大川聽朱洵之這樣說，以為他是要放棄，雖說不能賺錢有些遺憾，可相比之下，他更不想揹上朱府契約的枷鎖。誰知道配方會不會從朱府那裡流出，若查不出來是否有可能會陷害到他們身上，方家沒有朱家的權勢，到時就只有吃虧一條路可走了。

他看了看溫月，他現在唯一在意的就是她的想法，他不知道她是不是還想著要冒險將這方子賣出去。

只見溫月搖搖頭，對方大川道：「相公，不賣也罷，等以後咱們有條件了，自己製自己賣就好。」

「方兄、嫂夫人，你們這可就不對了，我還沒說不買呢，你們怎麼自己就說不賣了？既然這契約你們不滿意，不簽也罷，咱們就相信彼此的人品，我相信方兄夫婦不會將這方子一賣二主，這不就行了？」聽這兩夫妻是真的不想賣，朱洵之一時又有些捨不得這方子了，要知道，如果經營得好，這裡面的利潤一定相當可觀。

方大川點了點頭，道：「如果這樣當然好，咱們雖說是莊稼人，可是這點做人的道理還是懂的，誠信二字，也是我們方家的立身之本。」

見朱洵之主動妥協了，溫月心中更加有底氣，看來這痱子粉對朱洵之來說還是挺重要的，那是不是意味著，他們還可以再多賣一點呢？

送走了朱洵之主僕，溫月將五百兩的銀票收進懷中，有些遺憾地道：「我本來還想著再多賣些的，沒想到這姓朱的如此奸猾，他的錢還真不好賺，要不是我說這東西我有辦法做成老少皆宜的用品，他怕是只會給咱們三百兩了。」

方大川笑了笑。「算了，這些也已經不少了，咱們是賣家，總比買家要吃虧些，誰讓咱們想賣呢！來，一起看看這裡面都是些什麼，聽朱公子說這些是朱家老夫人送給妳的謝禮。」

「這盒全是點心，拿進去給娘和奶奶吃吧。奇怪，朱公子都走這麼久了，她們怎麼還不出來？」溫月捧起點心盒子，就要往屋裡去。

方大川拉住她。「不用擔心，這麼久都沒動靜，她們應該是從後門出去了。」

「什麼時候？我怎麼不知道？」溫月往屋裡看了看，果然一個人影都沒有。「你知道她們去哪兒了嗎？」

方大川搖搖頭。「不知道，我出去找找吧！」

「不用找了，我們回來了。」說話間，趙氏和李氏抱著滿兒從後門進來了。「那人走了？」趙氏問道。

「嗯，走了。奶奶、娘，快進屋看看吧，朱公子送來不少東西呢，我們還沒全部打開看，也不知道都有些什麼。」溫月從李氏手中把滿兒抱了過來，笑著說道。

「是嗎？我去看看。」趙氏一聽有東西，立刻就往屋裡奔去，而走在後面的溫月則被李氏拉著停了腳步。

只見李氏湊到她耳邊，小聲道：「妳猜董金娥為什麼提前生孩子？」

溫月見李氏似乎有吊她胃口的意思，不禁笑道：「娘，您就說吧！」

李氏笑了下後，便道：「還記得咱們送孫四嬸家那些蘇葉糕嗎？就是壞在那些東西上了！她只花一晚上的工夫就把那些蘇葉糕都吃進肚子裡，結果竟不消化，她又不敢跟家人說是她吃得太多，就只好自己在屋子裡到處走。但妳也知道她打從懷這個孩子，懷相就一直不好，結果走著走著就這麼把孩子折騰沒了，唉，這都是作孽喲！」

怎麼會這麼戲劇化，還真有吃撐著把孩子吃沒了的事情發生啊，那董金娥也確實能吃了些。她包的蘇葉糕可不像前世市場裡賣的那樣小巧精緻，那一個個的都跟她的手掌差不多大，二十個啊，也虧她能吃得下。

「娘，這事您怎麼知道的？」這種事情也算不上是什麼光彩事，李氏她們又是怎麼知道的呢？按孫四嬸那性子，應該不會往外說的啊。

「她自己說的唄，我跟妳奶奶去孫四嬸家，她就在那屋裡像唱戲似的又哭又鬧，說是咱們跟方小翠合著夥地害她，就是不想讓她生男孩。」李氏撇了下嘴，哭笑不得。

這時，在屋裡的趙氏突然插嘴道：「少聽她放屁！我看她就是窮折騰，我今天看那孫家的已經不大想忍的樣子了，這往後啊，有她好受的！不過，妳們到底要不要進來看看啊？這東西可不少，快進來啊！」

朱家送來的東西種類非常多，衣料、糕點、上等的胭脂水粉，以及小孩子的衣物，而在最小的那個匣子裡，則裝有銀瓜子和八對梅花樣的銀錁子。這些東西看得趙氏心驚肉跳，她不停地問著方大川：「大川啊，這麼多東西，會不會是朱家送錯了？這得多少錢啊，你怎就收下了呢？還是還給人家吧！」

方大川見趙氏準備將這些盒子蓋上，忙阻止道：「奶奶，沒收錯，這是咱們應得的。」

趙氏聽方大川這樣說，頓時急了。「啥叫應得的啊？月娘她當時說那一嘴，也不是要讓朱家給咱們錢的吧，你這樣做倒顯得咱們就是圖財去的，一點人味都沒有。」

方大川苦笑了下道：「奶奶，您還真說錯了，我收下了這東西，對朱家人來說才是有人情味。」

「這是啥意思？怕咱不收東西會沾上他們家？」趙氏說著說著表情就難看了起來，等看到方大川無奈地點頭後，沈默了一會兒，道：「這有錢人的想法還真難懂，不過既然咱也沒有那樣的想法，收了也對，不慣他們那些臭毛病。」

忙碌的秋收總算是過去了，方大川也終於有時間陪溫月去鎮上找鋪子，只是，還是那句話，想著容易做起來難。走遍了鎮上大大小小的牙行，都沒能找到一間合適的鋪面，不是房子太大就是位置不好，無奈之下，溫月只能跟著方大川開始走街串巷的漫漫尋找旅程。

眼看著天色已晚，還是一點收穫都沒有的他們難免有些洩氣，洛水鎮雖然不小，可是繁華的商業街也只有那麼一條，那裡算是一個蘿蔔一個坑，根本就買不到鋪面。不說買，便是租，也是千金難求。所以溫月跟方大川早就認清了現實，放棄了那裡，改去一些雖不繁華卻也有幾間商鋪的街上尋找。

「月娘，我看今天咱們就先到這兒吧，鎮上咱們大概也都走遍了，確實沒有合咱們要求的鋪子，不如咱們回去再研究研究。」方大川拉著車，慢慢地走著，時不時還要向兩邊看看，是不是有漏掉什麼鋪子。

溫月雖然有些不甘心，還是點了點頭。

「方小哥？真巧啊，在這兒遇上你們！」就在方大川拉著溫月往城門方向去的時候，莫掌櫃迎面走了過來。

溫月急忙下車，跟方大川一起向莫掌櫃問好，莫掌櫃笑道：「你們什麼時候來的，怎麼也不去我那兒坐坐？」

他是真喜歡方大川與溫月夫妻倆，這對小夫妻年紀雖然不大，可是做人卻很地道，他雖是不缺方大川送來的那點東西，但是這其中的心意他卻是非常在意。已經活到這把年紀，一生中也不知道幫過多少人，替多少人牽過線、搭過橋，可是真正懂得感恩的，卻是寥寥無幾。

「這次來因為有事占了太多時間，也沒抽出時間去看您，本來打算下次來時再去見見您的。」方大川見莫掌櫃好似有些責怪之意，忙解釋道。

莫掌櫃見方大川如此老實，笑道：「我就是開個玩笑，看把你嚇的。嗯，現在時間也不早了，乾脆你們就去我家用了飯再走吧。」

方大川看了看天色，不太好意思地道：「今天怕是不行了，現在已經有些晚了，我怕出城時不大方便，還是下次再去您府上打擾吧。」

莫掌櫃點點頭。「也好，你們住在城外，確實多有不便，我不好強留你們。不過，我看你們小夫妻似乎是有什麼心事啊，剛剛老遠看見你們兩個可都是眉心緊鎖，趁著還有點時間說說看吧，看我能不能幫上你們的忙。」

莫掌櫃說要幫忙，方大川自然高興，莫掌櫃對這鎮子的瞭解可說是比他們多上不少。

「這樣可真是太好了，我們兩個現在也正愁呢，本想著若還是沒有眉目，還得求到您老的身上。」

「少說這些沒用的，說出來我才知道能不能幫上你們，現在扣這高帽子，沒用。」

不論是方大川還是莫掌櫃，現在兩人之間的談話已經越來越隨意，這也是因為彼此瞭解加深的原因。莫掌櫃喜歡方大川身上淳樸卻不迂腐的性格，方大川則對莫掌櫃的熱情相幫一直心存感激，所以每次只要是到鎮裡來，方大川一定會去跟莫掌櫃聊聊天，也從他那裡學到一些平時難以接觸的處事學問。

「是這樣的，我們夫妻想做點小本生意，所以就來鎮上想找家鋪面。可來了才發現我們把事情想得太簡單了，我們對鎮上實在是不熟悉，一時間根本就難找到合適的鋪面，所以這不正愁著呢。」方大川說著，又嘆了口氣。

莫掌櫃聽後，笑著道：「哦，這麼說，往後見了你，要叫上一聲『方掌櫃』了？」他由衷地為方大川感到高興，連說了幾聲不錯後，這才繼續道：「鋪面的事情是有些難，這正街上早就被占滿了，你現在想買就得去那側面的巷子，不過那兒也沒啥好位置。這樣吧，」他抬眼看了看天。「今天太晚了，明兒個你們來店裡找我，我帶你們去看個地方，若是覺得那裡好，可以考慮租下來。」

「可是我們想買。」方大川說道。

「買？」莫掌櫃頓了下，搖搖頭道：「鎮上差不多的鋪面，沒個幾百兩銀子根本就買不起，你們初次做生意，家裡又不是多富貴，可不能冒失地放這麼大一筆錢。還是先租鋪子吧，等觀察觀察有沒有賺錢再說，這做生意可不是你們想像中的那麼簡單啊。」

莫掌櫃的話點醒了一直執著於買鋪子的溫月，其實莫掌櫃說得真沒錯，雖說剛得了五百兩銀子，可是在牙行裡看到的鋪子，位置最差的那間也要三、四百兩才能買下。去了這一筆開銷，他們手裡也就剩下那一、二百兩銀子，看著雖多，可是真遇上了什麼事情，估計也跟流水似的一下子就沒有了。

老話說「手中有錢好過年」，這話不是沒有道理，尤其在這個賺錢如此艱難的年代裡，家中有筆存款以備不時之需是非常重要的，像她這樣冒失地投一大筆錢下去，確實是有些不明智。

其實她之所以這麼想買一間鋪子，也是想將家人都接到鎮上生活，周家村的村民她實在是不喜歡，也因為方同業的關係，他們一家人在那裡住得也不是很開心。可是現在想想，她在李家溝擁有那樣大的一間莊子，房子什麼的也都是現成的，又何苦執著於一定要搬到鎮上？

而且這也是她一廂情願的想法，雖然趙氏總是對村裡一些人反感不已，可她在村裡也確實有很多交好的老姊妹，若自己突然說要換個地方生活，她會願意嗎？

方大川見溫月一直低著頭，還以為溫月是不大高興租鋪面，可是想到買鋪子的難度，他還是不大樂觀的，再加上莫掌櫃的一番苦口勸說，方大川心裡已經開始動搖了，只是溫月沒有表示意見，他也不好自己就作了決定，於是他對莫掌櫃道：「莫叔，您說的我記下了，今天晚上我們回去會好好考慮的，明天中午前我再來找您。」

跟莫掌櫃道了別，方大川這才對溫月道：「月娘，妳不同意莫掌櫃的提議嗎？可我覺得他說的還挺有道理的。」

「大川，莫掌櫃說得沒錯，這事是我心急了，總想一口吃成胖子，忽略了其中的風險。」溫月往方大川的身邊挪了挪道：「明天咱們再來找莫掌櫃吧，看看他給咱們介紹的是什麼樣的鋪子，只要安頓好了，我們馬上就可以去推銷粉條了。」

見溫月不再執著於買鋪子，方大川這才鬆了口氣，耳邊傳來的全都是溫月對未來的美好暢想，方大川也覺得全身充滿了幹勁。待溫月上車後，他在空中甩了一道漂亮的鞭花，家中的新成員騾子便快速地奔跑起來。

其實莫掌櫃所介紹的店面就在離錦繡坊不遠的後街上，雖說不如正街行人往來密集，可卻是鎮上第二繁華的街道，昨天溫月和方大川也在這裡找過，卻是一無所獲。

站在一家大門緊鎖的鋪子門前，溫月與方大川有些驚喜，但又不知道說些什麼好，有莫掌櫃在，果然要比他們毫無章法地瞎闖要好。

莫掌櫃見溫月跟方大川在門口觀察了許久，皆面露滿意之後，這才拿出鑰匙將門鎖打開，一時間，鋪子的格局便落入方大川與溫月的視線裡。這是間大概二十坪大小的店面，裡面空空蕩蕩的沒有一點擺設，牆角處都已經結了蜘蛛網，一看就是很久沒人打掃過了。

莫掌櫃讓溫月跟方大川在這屋裡停留了一會兒後，又帶著他們穿過後堂門進了後院，後院雖不是很寬敞，卻有幾間房屋，完全夠他們生活所用，甚至還可以空出一間房來做倉庫，看這房子的佈置，根本就是精心設計過的。

「怎麼樣，你們可還滿意？這裡前面是店鋪，後面就是住處，簡單收拾一下，你們全家就可以搬進來了，唯一比你們鄉下不方便的就是院中沒有水井，需要自己去街頭挑水。」莫掌櫃給方大川他們留了足夠的思考時間後，這才開口問道。

「滿意，太滿意了。」方大川見溫月嘴角含笑，便肯定地答道。

莫掌櫃捋了下鬍子。「滿意就好，若是你們不滿意，我可是再找不出第二家這樣的鋪子了。」

「莫叔，我們又給您添了麻煩，多謝您了。」方大川對莫掌櫃深鞠一禮，真心地感謝道。

莫掌櫃笑著受了他的禮，說道：「你這人真是，我剛還想多收你一些租金，可是你卻給我行了如此大禮，這讓我怎麼好意思多要錢呢？」

「這鋪子是您的？」方大川愣了一下問道。

「怎麼，你見過把鑰匙交給別人的屋主嗎？」莫掌櫃反問，見方大川啞然，他笑道：「行了，我也不跟你們說這些沒用的，我店裡還有事情呢。這鑰匙你們就留下吧，屋子髒了些，你們自己打掃，至於租金麼，我也不會少收，就按每月七百文來算，年底時一起給就行。」

說完，他便急急忙忙地走了出去，連給方大川和溫月說再見的時間都沒有，只留下他們兩人愣在那裡面面相覷。

半晌，方大川才道：「月娘，一個月七百文，好像少了些。」

溫月點點頭道：「是啊，莫掌櫃這是想照顧咱們呢，他大概是怕咱們虧本吧，所以才說年末一起結算，事實上他也知道咱們有莊子的啊，根本不會太虧錢。」

見方大川還在那裡發愣，一臉的虧欠，溫月勸道：「你就別想那麼多了，等年底給租金的時候，咱們多給些就好了。平日裡，咱們做了什麼新鮮的東西就往莫掌櫃那裡送一點，他誠心待咱們，咱們也實心地待他，以心換心不是更好？」

方大川點點頭，感慨地道：「是得好好待莫掌櫃，他確實幫了咱們很大的忙，上一次痱子粉的事情也是，莫掌櫃他為人真的很熱心。」

「所以咱們要努力，要多賺錢，只有咱們在經濟上有能力了，才不會讓他事事為咱們操心，也可以在以後的生活裡，在他需要幫助時來回報他。」溫月握住方大川的手，堅定地說道。

第三十一章

百味居，洛水鎮上最大的酒樓，剛開店不久的酒樓還沒有一位客人，大堂裡唯一的小二正悠閒地坐在角落，無神的雙眼似是要打瞌睡。就在此時，店門口光線一暗，一對衣著普通的夫妻一起走進了酒樓，小二立刻打起精神熱情地迎了上去。「二位客官，裡面請。」出於習慣，小二迅速地在這對男女的身上打量著，之後一路將他們引到大堂靠內側不起眼的位置後，問道：「兩位是第一次來我們百味居吧，不知兩位想要吃點什麼？」

「多謝小二哥，我們想打聽一下，不知道掌櫃的可在？」男人首先開口問道。

小二一聽他們不是來吃飯，而是找掌櫃的，表情就有了細微的變化，雖還是笑著，可言語中帶著警覺。「您可是認得我們家掌櫃？」

「不識。」那男人答道。

小二眼睛一轉，道：「這位客官，既然您不認識我們家掌櫃，就這樣冒失地想要見他，卻是有些難辦了。我們家掌櫃每日裡都是異常忙碌，可不是什麼人都能隨便見到的。」說這些話的時候，小二的神色有些倨傲。

當然這也能理解，這百味居是洛水鎮上最大的酒樓，它的掌櫃在這洛水鎮也可以算得上是一號人物了。

那男人也沒有不高興，從袖口中拿出點什麼東西塞進了小二的手中。「小二哥，麻煩你行個方便，去幫我們傳個話，就說我們夫妻是來跟掌櫃推薦一種新食材的。」

那小二看著從手指縫中露出的銀白色，立即換上一張笑臉道：「既然是來推薦食材的，我也不好將你們阻擋在外，那你們就先等會兒，我這就上樓去找掌櫃的說一聲，不過見與不見，我可不敢保證啊。」

「只煩勞你傳句話就行，成與不成，我們絕不會有怨言。」那男人憨厚地笑了下。

等到那小二上了樓，一同來的女人小聲地道：「大川，你竟然還帶銀瓜子來了？」

「不是有句話說，閻王好見小鬼難纏嗎？我就怕遇上這樣的事，所以才帶了幾顆銀瓜子，沒想到還真用上了。」方大川悄聲說。「我也只給了他兩顆，不多，不過若是見不到這掌櫃的，咱也還是虧了。」

「不會的，既然能做上這麼大間酒樓的掌櫃，肯定不是那沒眼光之人，即使不相信咱們會有什麼好東西，他也一樣會來看看的。」溫月理智地分析著，雖然她心裡也一樣七上八下。

方大川與溫月的鋪子有了著落，生意的事就是有了眉目，雖說店還沒有開起來，可小夫妻倆卻已經決定先來酒樓推銷。只要酒樓同意買下他們的粉條，那就等於是不花錢還打了廣告，等他們開店的時候，想來生意也就不會太差。

方大川點點頭不再說話，他的一顆心全都放在那木梯之上，恨不得立刻就能聽到有人下樓的聲音。在這件事情上，他沒有辦法做到雲淡風輕，這些日子溫月的努力和辛勞他一直都看在眼裡，溫月的期盼和興奮之情他也非常明白。

可是他除了有幾把子力氣外，就再也幫不上什麼忙，這讓他沮喪的同時也就比任何人都更希望溫月能夠成功，希望她能實現她所有的理想與抱負，這樣溫月就可以從中得到最大的滿足和快樂，也只有溫月快樂了，他才會感到幸福。

時間一點點地過去，就在方大川快要失去希望的時候，樓梯上終於出現了腳步聲。「人在哪兒呢？」

「回掌櫃的，就在那兒！」

已經聽到聲音的方大川趕緊起身，向外走了兩步，對著剛好走下樓梯的掌櫃抱拳道：「掌櫃好。」

方大川看著眼前的掌櫃，心下感慨，這百味居的掌櫃真是生怕別人不知道他是做酒樓生意的啊；瞧瞧他這身材，一眼看過去就會知道這百味居的飯菜定然不錯，不然怎會有生得如此胖的人呢？

「不知如何稱呼？」也許是掌櫃過於肥胖的原因，走幾步樓梯就讓他氣喘吁吁，手中的摺扇被搧得呼呼作響，他卻還是熱得滿面通紅。當他一屁股坐在椅子上時，就聽見「嘎吱」一聲，椅子被他坐得發出「痛苦」的聲音。溫月抽了下嘴角，這人吃得可真好啊，在這個胖子都少見的古代，能遇到這樣一個大胖子，也算是稀奇了。

「掌櫃的，我姓方，是周家村人，這一次冒昧打擾，是因為內子無意間做出了一種新的吃食，想讓您來掌掌眼（注）。」方大川拉了凳子坐在掌櫃對面，並沒有直接說出想要推售的話。

掌櫃點點頭，不甚在意地道：「那行，就拿來讓我看看吧。」

他心裡卻是對那小二氣得要死，小二也不說清楚來的到底是什麼人，讓他誤以為是哪家的廚子研究了新菜呢。結果走下樓一看，卻是兩個鄉野之人，他們又能有什麼見識？哼，怕是他們以為的新東西根本就進不了他這百味居！

溫月將帶來的籃子放在桌上，將粉條、粉絲、一小碗澱粉，以及她早先做好的涼粉一一擺了出來，本來還不是特別認真的掌櫃，在看到溫月拿出的東西後，漸漸地收了漫不經心的表情，正襟危坐。

他這樣的表現也不奇怪，雖說溫月拿出來的東西看起來沒什麼特別之處，可這每一樣卻是著著實實地占著「新奇」兩個字。

溫月把籃子裡的東西都拿出來後，開口介紹道：「掌櫃，這些都是我在閒暇時研究出來的吃食，您見多識廣，不知道這些在外面可有見過？」

掌櫃搖了搖頭，拿起筷子在每一樣東西上都輕輕碰了碰道：「這位夫人，可否告知老朽，這些都是什麼？」

見到掌櫃搖頭，溫月終於放下了最後的顧慮，這世界通訊不發達，她還真擔心在某個地方會有人做出同樣的東西呢。

她先將涼粉推到掌櫃面前。「您先嚐嚐這道菜，我再慢慢跟您介紹這些食材。」這清爽的涼粉，溫月就沒見過有人不喜歡吃，更何況是這個胖掌櫃呢？當溫月講到澱粉的作用時，他已經將一碟涼粉全都消滅乾淨。掌櫃看著空空如也的盤子，卻沒有一點不好意思的表情，反而還有些意猶未盡地看了看溫月帶來的籃子。

「這位夫人，妳跟我講了這麼多，可我還是覺得這盤做好的涼粉更好吃，正是因為吃到嘴裡了，我才有了直觀的感覺。如果妳願意的話，可否將妳帶來的這幾樣東西，給我隨意做幾道菜呢？」他頗為期待地看著溫月，問道。

溫月愣了一下，沒想到他竟然將她要說的台詞給先說出來，這樣也好，她痛快地點了頭道：「若是您不介意，我當然願意。」

那掌櫃回過頭對小二道：「你帶這位夫人去廚房，告訴魯師傅，廚房裡的東西隨這位夫人用，他在一邊打打下手就好。」

溫月也不想做太多道菜，畢竟粉條和粉絲這種東西可配的菜十分繁雜，所以她用粉條做了一道螞蟻上樹，又用廚房裡的現成食材做了一道色香味俱全的菠菜粉絲塔，簡單的兩道菜端上桌後，百味居的掌櫃又一次食指大動。

他滿足地將這兩道菜也吃進嘴裡後，這才笑道：「這菜的味道確實不錯，雖說做法簡

注：掌眼，留心觀察出主意。

單，但確是勝在『新』這個字。二位，你們今天既然來了，又費了這樣多的心思，說吧，你們想要什麼？我呢，也不跟你們兜圈子，你們這幾樣食材，我是很想要將它們添進我們百味居的食單裡的。」

方大川沒想到這掌櫃竟然直接將他的想法說了出來，他細想後，決定不再兜圈子，於是開口道：「掌櫃的既然如此直爽，我們夫妻也不說那些多餘的話，我們今日登門，就是想向掌櫃的你推薦這些菜的，如果掌櫃覺得這菜還入得了百味居，咱們可以再繼續深談。」

「菜是好說，只是這食材，市面上恐怕沒有吧。」那掌櫃的盯著方大川問道。

方大川笑了笑。「只要您想買，明日市面上就會有這些食材。實不相瞞，我們夫妻已經租好了鋪子，不日起就將做起粉條的生意。」

「這個……」那掌櫃用力將扇子合上，不顧臉上落下來的汗滴，道：「你這食材只供給百味居不可以嗎？我可以給你們高一些的價錢。」

溫月有些意外，這掌櫃的倒是打的一手好算盤，想要一個人將粉條獨家壟斷，這自然對他有利，可對溫月來說卻是虧大了。這百味居就算生意再好，又能從她這裡買多少？哪及得上整個鎮子的購買力呢？

她若不是因為沒有辦法很快地讓人們接受粉條這新東西，只能想著透過酒樓推廣，讓大家對粉條有個初步瞭解，又怎麼會選擇直接來這裡呢？畢竟只要是東西好，在市面上流行起來了，根本就不怕酒樓不來採買。

這一次方大川卻不等溫月開口，直接拒絕道：「掌櫃的這個要求我們恐怕做不到，若是按您的要求，我們怕是損失不止一點，這樣不行。」

那掌櫃的見方大川拒絕得這樣俐落，便開始沈默不語，只是那雙不大的眼睛裡，黑色的眼珠沒有停止轉動。等了好半天，方大川也不見掌櫃開口，於是他對溫月道：「月娘，不如咱們再換一家吧，掌櫃可能是真的有難處，咱們也不要互相為難了。」

溫月點點頭，就要將帶來的東西往籃子裡收，可沒有達到目的的掌櫃哪會同意他們離開，忙阻攔道：「莫急、莫急，有話好商量嘛，你們這對小夫妻，性子也太急了些。」

見方大川和溫月還是不肯坐下，他趕緊連聲對小二道：「你快去倒杯茶來，就讓客人這麼乾坐著嗎？」他轉頭，繼續道：「方公子啊，你要知道，我們這做生意的，最講究的就是搶一個先機，搶一個獨占的機會。若是你們將這粉條對外出售，很快的，別家酒樓也會出同樣的菜，我們的利潤不也就少了嗎？所謂物以稀為貴，不也是這個道理？」他似乎是怕方大川他們聽不明白，竟然還解釋起他這樣做的目的。

方大川似是極同意掌櫃所言，點頭道：「您說的我都懂，可我這也是做生意，哪能為了眼前的蠅頭小利就放棄了未來更大的收穫呢？這也太得不償失了，我若是真那樣做了，我這店倒是不開也罷，沒必要拖家帶口地瞎折騰，您說是不是？」

那掌櫃被方大川駁得啞口無言，他是真沒想到啊，這樣一個鄉下村夫，竟然也有不俗的生意經。可是他若是不肯獨家供貨，眼看著運用得當必能多賺錢的機會就這樣丟了，他這心裡還真的是不好受啊。

就在方大川與掌櫃僵持不下的時候，溫月開口道：「掌櫃的，您看這樣行嗎？我們各退一步，一個月，從您在我們這裡拿貨的時間開始算，這一個月我們先不開鋪子，讓您先占得一個獨家分額，您看怎麼樣？」

「這個好、這個好啊。」溫月的話讓那掌櫃一下子就笑逐顏開，在不能勸說讓他們把粉條只賣給百味居一家的時候，這也不失為一種好選擇。一個月的時間，只要經營得好，絕對不只是一筆小收益。

「只是……」溫月似是有些為難地看著掌櫃，欲言又止。

那掌櫃卻擺擺手道：「有什麼難處，妳就說，說出來大家看看怎麼辦比較好。」

「只是我們在這一個月內的損失……」溫月為難地看向方大川，似是有些後悔剛剛的提議。

那掌櫃的看到溫月的表情後，愣了一下，便笑著道：「不如這樣，你們這粉條是怎麼個定價，我在這一個月內，所買的粉條都以一倍的價錢來結算怎麼樣？」

掌櫃的提議讓方大川頗為滿意，溫月也覺得可以接受，他們兩人同時點了點頭，接著便開始草擬契約書，正當一切順利的時候，掌櫃突然又提了一個要求，他希望溫月將她所知道的菜譜毫無保留地教授給百味居的師傅。

在他看來，既然粉條是這婦人做的，那她肯定知道很多種入菜的方法。既然如此，若用最快的速度將這些菜學到手，早點兒寫進百味居的菜牌裡，就可以早一天見到效益。

可方大川卻覺得掌櫃的要求有些太過貪婪，任何一間酒樓裡都有一條不成文的規矩——廚師在創造一道新菜的時候，都會得到來自老闆的賞金鼓勵。

在他看來，溫月現在手中掌握的那些做法，可都是屬於溫月自己的不傳之秘，隨便拿出一道來，都可以再得一筆錢。更何況，溫月已經在他們的廚師面前做過兩道菜了，只要不是笨的，早就應該都偷學了去。

他心裡雖不願意，但一向重視溫月意見的他還是轉身向溫月看去，想知道溫月是怎麼個想法。

誰知溫月對這事卻不那麼排斥，因為她知道，所謂粉條、粉絲這種東西，都是作配菜用的，現在這掌櫃之所以還將菜譜當成什麼好東西，也只是因為這粉條是個新鮮物，他們不瞭解而已，不如就利用掌櫃這自以為聰明的要求，跟他再多簽一條契約吧。

溫月抬起頭，輕輕點頭道：「掌櫃的這個要求我們可以答應，不過，我希望把這一條寫進契約的時候，也可以加上另外一個條件。」

「什麼條件？」掌櫃一聽溫月肯教，心中一樂，急著問道。

「我希望掌櫃的可以答應我們，從今往後，百味居所用的粉條、粉絲與涼粉這些東西，只能在我們這裡採買，不論今後是不是有別人家也經營這些，你們只能在我們家購買。也就是說，我要的是做百味居唯一的供貨來源。」溫月直視著掌櫃的眼睛說道。

掌櫃的眼中立即迸出一絲驚訝之色，半天後大笑道：「方公子，你們夫妻真是了不得啊，我現在倒有些為以後跟你們做同一行當的商人擔心了，有你們這樣的頭腦，他們可是該有壓力了。」

掌櫃的誇讚讓方大川愣了一下，他自己什麼樣子哪會不知道，他倒覺得掌櫃讚賞的人應該是溫月，不過月娘也確實擔得起這樣的表揚。方大川揚起嘴角，就像是他得到誇獎一般，表情得意卻還謙虛地道：「掌櫃您過獎了，我們夫妻沒有那麼大的志向，只希望能把這生意經營好，也就滿足了。」

第三十二章

從百味居出來後，溫月表情奇怪地拉著方大川快步地往前走，直到拐進一個小巷子裡，她才放聲大笑起來。這一路可真把她給憋壞了，只要她想起那掌櫃看到她教給廚師的幾道菜時那強裝鎮定的樣子，她就怎麼都控制不住臉上的表情。

方大川看她笑成這樣，也跟著笑了會兒後道：「快別笑了，一會兒該肚子疼了。」

「哈哈，大川，你看到那掌櫃的表情了沒？其實我本來也不想笑的，可誰叫他跟咱們要菜譜的時候那得意的樣子，好像他占了多大便宜、咱們吃了多少虧似的。結果見我給他做的這幾道菜，我估計他心裡指不定怎麼難受呢，一番盤算全都落了空，我都看到他嘴角在抽搐了。」

其實溫月來的時候已經想好，只要對方肯要這粉條，她就會將粉條的幾種做法教授給對方，可那掌櫃卻偏偏自作聰明地在簽約的最後一刻提出這個要求，無非就是覺得作為賣方的溫月他們不敢隨意拒絕這筆生意，所以才那樣地信心滿滿。

而溫月也沒吃虧，利用他的心急為自己爭取到一個獨家供應商的機會，這也是因為她實在是沒辦法保證能一直將這粉條的做法保密下去。可有了這契約就不一樣了，至少在以後的日子裡，百味居的貨源一直是屬於他們的。

而且，她也可以利用同樣的條件要求其他幾家酒樓也只買自己的粉條，了不起她再想想還有沒有其他特別一些的菜，就用這個做魚餌唄。

而這其中最鬱悶的怕就是那掌櫃了，看他的表情由喜到悲，這種落差還真是不怎麼好受。所以後來他們離開時連送都沒有送他們，現在他恐怕還在對著那幾道看似不同卻做法一樣的粉條餐失落吧。

但不管怎麼樣，他們這一次的行動算是圓滿成功，還跟那掌櫃約好明天早上會先送第一批貨，溫月與方大川迫不及待地往家裡趕去，想要告訴趙氏和李氏這個好消息。

果然，他們的成功讓趙氏和李氏都很興奮，趙氏更是拉著溫月的手，眼中淚光閃閃。「好孩子，要是沒有妳，我們方家哪過得上這樣的日子？大川到底是哪輩子修來的福氣，娶到妳這樣的好孩子啊。」

「奶奶，您這都說的是什麼啊？我啊，命裡定的就是方家的人，咱們的緣分可是上天安排的，您以後可別再這麼說了。」溫月沒想到趙氏會這麼激動，邊安慰她邊看著方大川向他求助。

「奶奶，您放心吧，我以後會加倍對月娘好，讓她每天都幸福。」方大川堅定地看著溫月，用許諾誓言般的口吻說著。

「這是應該的，你本來就應該對她好，她可是要跟你過一輩子的人呢。」已經冷靜下來的趙氏仍然抓著溫月的手說道。

今天對溫月一家人來說，是一個值得紀念的好日子，趙氏主動張羅了一桌子的酒菜，說要好好慶祝慶祝。

端起酒杯，趙氏心滿意足地道：「今天是咱們家的大日子、好日子，我老婆子已經太久沒有這麼高興過了。你們都是好孩子，讓我到了這把年紀還覺得日子有盼頭，沒白過，我就是現在死了，也覺得高興啊。」

「奶奶！」一聽趙氏說到死字，溫月與方大川齊聲叫道。

「娘，這大好日子，說啥死不死的啊！」李氏把滿兒放進趙氏的懷裡，說道：「滿兒才多大，您難道不想看著她將來長大嫁人啊？還有，月娘往後指不定要給您添多少個曾孫、曾孫女呢，您就不想看一看？別整天把死字掛在嘴邊，讓我們聽了心裡多不舒服。」

李氏的話成功地讓趙氏走出了因為想念方同業帶來的惆悵裡，她在滿兒的額頭上親了又親道：「滿兒啊，妳給妳娘看看，她這肚子裡到底有沒有弟弟啊？」

「奶奶！」溫月紅著臉叫道。「滿兒她哪懂這些啊！」

「怎麼不懂？小孩子看這個最準了，弄不好妳這肚子裡啊，就快有孩子了呢。滿兒這幾天可是沒事就撅著屁股往後看呢，這是在給她看弟弟、妹妹呢！」趙氏此時的表情，就好像溫月已經懷孕了一樣，盯著她的肚子笑得十分傻氣。

「奶奶，還有這種說法啊？」溫月這是頭一次聽到。

「你們還年輕，哪懂這些啊？這可都是一輩傳一輩的。從前咱們家日子不好過，妳娘生了幾個都沒留住。現在日子好了，妳可得多生幾個，讓咱們方家也開枝散葉，人丁興旺。最好多生幾個兒子，往後滿兒嫁人了，就是看在一群小舅子分上，也不敢欺負她。」趙氏笑著說。

滿兒完全不知道她現在已經是飯桌上幾個大人口中的主角，她正努力地跟趙氏手裡的酒杯較勁呢，大人們能喝的東西沒給她喝，對一向貪吃的滿兒來說，根本不能接受。

滿兒現在幾乎成了村裡的吉娃娃，肉嘟嘟、白嫩嫩的樣子又十分討喜，見到誰都會笑到露出小白牙，一點都不膽怯。雖說是女兒，可村裡很多小媳婦心裡都想著也要生一個這樣的孩子，整天樂呵呵的，看著就高興。

只是作為滿兒的母親，溫月看著滿兒這總不見瘦的樣子，雖說她也才十幾個月，可她總是擔心太過能吃的滿兒把胃撐大了，以後會不會真的變成一個胖孩子呢？現在小還不覺得，可長大了，並不苗條的身材會給她帶來困擾的。

所以有一段時間，溫月致力於給滿兒減肥，斷了家中的糕點供應，在吃飯的時候也控制她的飯量，結果造成了吃不飽的滿兒在看到別人嘴巴咀嚼食物的時候，就會伸出小手放在對方的嘴唇下面，發出有些不太標準的「呸呸」一聲，然後一臉期待地希望對方能把嘴裡的東西吐給她。

滿兒這可憐的樣子終於把趙氏的怒火全逼了出來，從不曾真正對溫月發過脾氣的她，劈頭蓋臉地就將溫月痛罵了一遍，什麼從前窮的時候想吃都吃不上，活活餓死人，現在有錢了，卻不給孩子吃。胖點兒怎麼了，胖點兒是福氣，多大點兒的孩子就折騰著讓孩子減肥，說要是因為滿兒胖嫁不出去，她願意養滿兒一輩子，也不能讓孩子活受罪。

李氏也在一邊勸說，說孩子小，胖點兒沒事，將來長大了自然就會瘦，而且這麼點兒大的孩子就餓著，也著實太可憐了些。其實溫月也只是減少了滿兒的飯量，在營養搭配上，她卻是從沒有含糊過。可看著滿兒那小可憐的樣子，以及全家人的反對，她也只能放棄了這看似非常不靠譜的做法。

「好、好，妳一定要喝是不是？辣到妳哭可別怪祖奶奶沒有提醒妳！」趙氏眼看著滿兒就要搶到手裡的酒杯，警告著說道。

滿兒「嗯」了一聲，重重地點了下頭，然後就眨巴著大眼睛看向趙氏。

「哎喲，妳這個小東西，妳聽懂祖奶奶在跟妳說什麼了嗎？啥時候才能聽妳叫我一聲『奶奶』啊！」雖說是沒有嚇住滿兒，可趙氏也沒真把酒給她，只是把酒杯又往桌子裡側推了推。

這個動作讓滿兒急了眼，伸出兩隻手大聲叫著：「要、要。」

就在這時，一根筷子伸到了滿兒的嘴邊，輕輕地在她的小嘴上一點，立時就看到滿兒「呵呵」地吐起了小舌頭。

「你這孩子，怎麼能給滿兒這個！」一邊的李氏一掌拍到了方大川的胳膊上，帶著笑埋怨道：「月娘，快給孩子拿點水來，辣著孩子了。」

滿兒已經被辣得流出了眼淚，小嘴一撇，就對溫月伸出雙手討抱，趙氏也不攔著，笑著點了點滿兒的鼻子道：「看吧，我說辣，妳還『嗯』，以後還要不要了？」

「不要、不要！」滿兒趴在溫月的肩膀上，一個勁兒地晃著腦袋，她這樣清楚的發音讓趙氏他們欣喜不已，李氏拍了拍滿兒的屁股道：「這孩子，快會說話了呢。」

一家人喝酒聊天，再加上滿兒時不時地在中間賣萌耍寶，這頓飯吃得時間就有些長。就在他們正聊到興頭上的時候，門外有人敲響了院門。「方家奶奶、嬸子，你們都在嗎？」

由於溫月家的這一餐是擺在院裡吃的，虛掩的院門被輕輕推開，里正家的大兒媳婦正笑呵呵地站在門外。溫月忙站起身迎了上去。「是嫂子來了啊，快進來。吃過了沒？」

「我們家開飯早，已經吃過了。我就不進去了，說件事我就得走。」里正家的大媳婦說什麼都不肯進門，任溫月怎麼請都不同意。

這時李氏也迎了出來，里正家的大兒媳婦看李氏也過來了，忙說道：「我來得也不是時候，不知道你們家還沒吃完飯，吵到嬸子您了。」

「沒有的事，吃個飯哪那麼多講究，要不妳也進來吃一些吧。」李氏也邀請道。

「真不用，嬸子，我不是客氣，我只是來告知你們，我家小姑子的婚期定了，就在五天後，到時請你們一家子務必來吃個喜酒，熱鬧熱鬧。」里正的大兒媳婦一臉喜氣地說道。

「喲，這可是大喜事，恭喜你們了，到時候我們肯定會到。」李氏笑著說。

其實周里正的小女兒婚期本是定在六月，可男方家裡突然說婚期的日子定得不好，與他們家老太太的生日相沖，要是六月娶媳婦，他們家肯定會有禍事上身。所以男方家裡便推了原本的日子，說要重新選一個，當時因為這事，周里正家裡還鬧得很不愉快。聽說周里正甚至有退親的意思，後來不知道男方家許了什麼承諾，最後周里正才同意改日子。

可是決定改日子後，就一直不見周里正家裡有動靜，就在大家以為周家的這門親事肯定是要吹了的時候，總算來了好消息。

這樣也好，溫月想到這事情發生之後，就很難在外面看到周里正的小女兒，她曾偶然看過一次，小姑娘早就沒了以往的開朗樣子，也著實是可憐。不管怎麼樣，過程雖然曲折了些，可結果還是好的，至少她以後不用再背負著流言的壓力了。

送走了里正家的大兒媳婦，再次來到飯桌前時，趙氏感慨地說道：「周家的小丫頭也算是有了好結果，總算是老天有眼。月娘啊，明兒個你們去鎮上，買點像樣的東西做賀禮，周里正家肯定指望藉著這個婚事好好地吐口晦氣，咱們也不好太寒酸了。」

溫月想想也是，便點了點頭。

「月娘，吃飯的時候妳有沒有看到奶奶一直盯著妳的肚子看啊？」夜裡，方大川從背後摟著溫月躺在炕上，在她的耳邊輕聲問道。

「沒看到。」溫月笑著把正在她身上作怪的方大川的手拍了下去。

「妳眼神可真不好使，那麼明顯，我都看到了。月娘，不說奶奶，咱娘也急著抱孫子了，滿兒都這麼大了，也是時候該給她添一個弟弟、妹妹了，妳說是不是？」方大川鍥而不捨地又把手重新覆上了溫月的身子，雙唇含著溫月的耳垂呢喃道。

被方大川撩撥到全身酥麻的溫月用力翻身跨坐在他的身上，居高臨下地道：「看吶村夫，我這裡有良田沃土，你可有一耕之力？」

從前因為滿兒年紀小，溫月並不想連著生小孩，一是對孩子不好，二是也傷身體。所幸上天對她還算好，生了滿兒八個月後，她才重新又來了月事。而在這段日子裡，她嚴格地按著日子與大川行房，哪怕是在危險期時意亂情迷，她也會想盡辦法來避孕。

有時候想想也真好笑，前世是想盡一切辦法來懷孕，都沒能成功，可現在，她卻要為了不想那麼快懷孕而再次手段盡出。

不過幸好效果還好，方大川也很體諒地願意配合她所定的日子，可是現在看來，她想三年後再生孩子的想法確實是不太現實。雖然大川一家人都沒有說什麼，但溫月已經能從趙氏她們的眼裡和口中覺察出她們急切盼望新生命的心情。

雖然現在滿兒還不是很大，可算算日子也還是可以的，加上家裡目前條件允許，她的身子也還健康，給滿兒添個弟弟或妹妹，也未嘗不是一件好事。年紀差得少一些，彼此之間的感情也更好培養，她也很想過那種兒女成群的日子。

方大川愣了一下，隨後雙眼眯起，猛地翻身將溫月又一次壓在身下，邊扯著溫月身上的衣服，邊說道：「小娘子放心，我定將這良田之上播滿種子，妳只需靜待豐收之時。」

「燈、燈吹了，大川，吹……燈……啊——」

終於，鬧到半夜的兩人想起明天還要早起做涼粉，這才安靜地摟抱著彼此，沈沈地睡了過去。可第二天溫月到底是起晚了，等她走出屋子時，趙氏他們已經做好了一些涼粉，正在井水裡冷卻呢。

「你怎麼不叫我！」溫月走過去，埋怨了方大川一句。

大川嘿嘿一笑，附在溫月的耳邊道：「我不是看妳昨天太累了嗎？想讓妳多睡會兒。」

溫月臉上一紅，瞪了方大川一眼，扭身去了趙氏那裡幫忙，留下方大川一個人在那裡一個勁兒地傻笑不停。趙氏跟李氏都是過來人，一看方大川那樣子就知道這小倆口準是又在打情罵俏，她們怕溫月害臊，也沒說什麼。可兩個人嘴角邊那促狹的笑卻還是讓溫月臊得不行，總覺得是他們昨天晚上鬧的聲音太大被趙氏她們聽了去。

好不容易熬到出門送貨，溫月狠狠地在方大川身上扭了幾個紅印子，看他齜牙咧嘴的樣子，這才覺得心裡痛快了些。過了一會兒，她又覺得後悔，不應該拿無辜的大川出氣。「大川，剛剛是不是弄疼你了？」

「不疼，妳那點小力氣，疼什麼啊，想讓我疼，妳還得多吃幾碗飯才行。」方大川邊往車上裝著東西邊說道。

溫月嘴一噘，道：「我那是沒用力，你真以為我力氣小啊，人家心疼你才是真的。」

說罷，她自己先笑了起來，打情罵俏之際，方大川已經把東西都放上車，兩人就又急忙地駕車往鎮上趕。

為了趕時間，車子一路顛簸著向前，等到了百味居時，溫月覺得她的整個身子都快要散架了。好在時間還來得及，酒樓還沒有到營業時間。

百味居的掌櫃聽說他們來了，又一次吃力地下樓親自迎接了他們，一看到溫月與大川帶來的東西，臉上的笑容就沒有褪去過。

「來，快進來歇會兒，這麼早送來，怕是一大早就趕路了吧。」掌櫃將方大川和溫月迎進了大堂，眼尖的溫月一眼就看到酒樓掛菜牌的位置上，新添了幾個菜牌。

方大川順著溫月的視線看了過去，然後對掌櫃道：「掌櫃的，你速度真快，這才一夜的工夫，就把要加的新菜給定好了。」

百味居的掌櫃得意地道：「兵貴神速，咱們做生意的也一樣，哪怕是早一炷香的時間，也能比別人多賺不少。」

「受教了。」方大川對著掌櫃抱了下拳，算是感謝他的提點。

「哪裡，我這也是經驗之談，就算我不說，你們也很快就會明白的。對了，我姓吳，你們就叫我吳掌櫃吧。」

過沒多久，百味居的黃金營業時間就到了，客人們陸陸續續將酒樓的一、二層全坐滿，小二們迎來送往的客氣話、報菜名時的順溜詞，在這熱鬧的大堂響起。而溫月跟方大川就坐在大堂的最角落處，兩人仔細觀察著新菜在這酒樓裡第一天的銷售情況和顧客的反應。

百味居的小二們有一張巧嘴，經過他們的推薦後，幾乎每一桌用餐的客人桌上，都有一道粉條或是粉絲做的菜，而這其中賣得最好的竟然是涼粉。

不過這也不奇怪，先不說這涼粉的成品賣相如何，只說交到百味居後，吳掌櫃就讓人把這涼粉用冰塊鎮著，誰吃上一口不覺得涼爽呢？

第三十三章

眼看著小二開始對要求加菜的客人解釋涼粉已經售罄的時候，方大川便小聲地對溫月道：「月娘，看來咱們明天得增加涼粉的供應量了。」

溫月愁著臉搖搖頭說：「可是今天早上咱們起了多早你也看到了，做了這麼多，還撐不到晚上就賣光了，要是明天加量的話，你、我、奶奶跟娘怕是都不用睡了。再說，每天這麼早地趕過來送涼粉，也是太遭罪了些，昨天是我想簡單了，這些現實的問題都沒有想到。」

「那有什麼的，賺錢哪有不累的啊？」方大川毫不在意地說道。

「我知道賺錢沒有不辛苦的，可是咱們賺錢是為了什麼，不也是為了能夠過上好的生活嗎？如今只剩下累，卻沒感受到生活變得有多舒服，那還有什麼意義。」

「可是……」方大川還想繼續勸說，溫月卻打斷他的話說道：「我明白你的意思，但咱家今時不同往日，若還是像從前那樣生活困難，我可能會堅持繼續這樣做下去，畢竟累也不是什麼過不去的坎兒。可是現在咱們的生活條件並不是太差，所以真的沒必要弄得這樣累。

「不然，大川，你看這樣行不行，咱們把涼粉的製作方法賣給百味居吧，反正眼看著天就要冷了，這東西也火不了多久，等明年天熱的時候，這東西的做法怕是早就已經守不住了。」

方大川沈吟了一會兒，抬起頭看著溫月道：「月娘，這事我聽妳的，只要妳覺得好就行。我之所以希望咱們自己做，也是因為妳有想要開店的想法，我覺得想要做大做好，就得有咱們自己的東西。可現在既然妳這樣想也沒有錯，不論妳做什麼，我都支持妳。」

「謝謝你，大川。」溫月輕握了下方大川的手，感激地看著他。

就在兩人含情脈脈、彼此對視的時候，吳掌櫃擦著汗走過來了。「方老弟，快，你們帶來的涼粉不夠用了，我要再買一些來。」

兩人慌忙鬆開手，方大川略有些尷尬地清了清嗓子道：「吳掌櫃，您怕是忘了，從我家到鎮上，快馬加鞭也要小半個時辰呢。更何況我今天做的涼粉都已經拿來了，您現在跟我買，現做的話也要等到晚上才能吃。」

「哎喲，這、這可真是，我哪想到今天會賣得這麼好啊？就是你們帶來的粉條，怕是也只能賣到晚上了。」吳掌櫃此時已經顧不上高興，只一心想著沒有貨賣的損失了。

「粉條我們家還是有的，掌櫃您如果還要進貨，我下午可以再給您送來，但涼粉恐怕是不行了。」方大川不假思索地道。

溫月見吳掌櫃愁容滿面，知道該是她上場的時候，她假裝猶豫了一下，輕聲說：「相公，你看這樣行不行？咱們家人手少，光是做粉條、粉絲就已經很辛苦了，不如咱們將做涼粉的辦法交給掌櫃的吧，也省得咱們這一個月天天往鎮上跑。」

吳掌櫃眼睛一亮，溫月的話給他帶來的驚喜絕對不亞於他當年被選為這家酒樓掌櫃時的心情，若不是因為男女授受不親，他真想給溫月一個大擁抱。涼粉的做法，這可是他一直想要的，若是能把粉條的方子一起賣給他就更好了。

他一雙小眼睛此時眨都不眨地看著方大川，生怕方大川不同意，可越是怕什麼就越會成真，果然，方大川搖著頭說：「不行，月娘，咱們不是說好了，將來要主營這幾樣東西嗎？妳因為辛苦，便要把這個方子賣給掌櫃的，這也太虧了，要把眼光放遠點，等將來咱們有條件了，就可以雇人來做，困難只是暫時的。」

吳掌櫃眼裡的希望一下子淡了下去，他就知道事情不會這麼容易，他也知道方小子不是那種目光短淺之人，只是到底是有些失望的。不行，不能就這麼放棄，既然這方家小媳婦有這想法，便還是有勸說的希望。

「方老弟，話不是這麼說的，雖說困難是可以克服，也得量力而為啊。你看看你們現在的規模，已經完全不能供應我們店的銷量，何況以後你們還要開鋪子往外賣，那個時候可不是一般的難了。」

見方大川要插話，吳掌櫃根本就不給他說話的機會，自顧自地說：「是，是可以雇人，可是你要知道，只要人一多，想保密可就難了。一個疏忽，就可能造成方子外傳，到那時，這東西可就不值錢了。」

溫月趁著吳掌櫃低頭擦汗的工夫，對方大川使了個眼色，方大川微微一笑，還不等兩人眼神多交流，吳掌櫃又抬起了頭。

方大川馬上換了一副認真思索的表情，而溫月則像是沒了主意一樣，茫然地看著方大川不出聲，好半天，方大川才極其不甘心地看著吳掌櫃說：「那掌櫃的，你打算以什麼價錢來收我們這個涼粉的方子？」

「五十兩！」興奮的吳掌櫃伸出五指在方大川的眼前晃了下說。

方大川又沈默了一會兒，搖搖頭說：「那還是算了吧，不瞞掌櫃的，我們其實真不差這五十兩銀子。這可是獨家秘方，以這個價錢賣了著實可惜，我們還是留著等以後有條件了再賣吧。」他站起身，對吳掌櫃說：「掌櫃的，不知你晚上還要不要涼粉，若是要，我這就回去給您做。」

吳掌櫃一把就將方大川按坐在凳子上說：「哎呀，別啊，既然已經談了，哪能不談出個結果呢？五十兩不成，那就八……」他見方大川毫不所動，忙又改口說：「一百兩！一百兩怎麼樣？」

方大川又一次起身，略有些失望地對溫月說：「月娘，咱們走吧，百味居或許是看不上咱們的東西，不行的話咱們找別家酒樓試試。」

「三百兩！小哥，三百兩這個價錢可不低了。」老闆許是因為心疼，臉上的贅肉全都擠在一起。

溫月對這個數字是滿意的，她偷偷給方大川一個滿意的眼神，示意可以答應下來。

「這……」方大川猶豫了一下，溫月忙說道：「相公，我看吳掌櫃很有誠意，而且他說得也有道理。咱們就賣了吧，娘和奶奶年紀都大了，不能總這麼辛苦。」

「唉！」方大川重重地嘆了口氣，極為不甘地點頭道：「那好吧，到底是我沒本事，就這麼定吧。」

「相公，你別這麼說。」溫月擔心地看著方大川，一副不知道怎麼安慰的樣子。

吳掌櫃可不管這對小夫妻是什麼心情，他心裡是樂壞了，買下這方子，若大賺一筆，回頭又能在主子跟前邀功了。事不宜遲，他站起身，笨重的身子像是減重五十公斤一樣飛快地上了樓，又飛快地下了樓，手裡拿著一張契約書交到方大川手上，說：「方老弟，你看看，若是沒什麼問題，咱們就把這簽了吧。」

吳掌櫃很在乎這涼粉的製作方法，他將方大川跟溫月帶到酒樓的後院，又安排人找了一個他極其信任的人介紹給方大川跟溫月，這才讓他們把做涼粉的方法傳給了他。

教授的過程中，吳掌櫃全程都在觀看，當看到方法竟然這樣簡單的時候，他突然有種吃虧的感覺，苦笑道：「真沒想到，你們小夫妻用這麼簡單的辦法，就從我這裡拿走了這麼多錢。」

方大川依舊神情黯淡的說：「不論多簡單，這是我們想出來的，別人都不知道，那就是值錢的。吳掌櫃，我若是現在不賣……」

「別、別，方老弟，咱們契約書都簽了，可不興反悔啊。」他見方大川有反悔之意，連忙提醒道。

「唉！」方大川又嘆了口氣，低下頭的同時悄悄拿眼看了下吳掌櫃，見他又高興了，心裡哼笑一聲。這個人可真是不願吃虧的主兒，跟他談生意，但凡表現出一點高興來，他都得後悔半天，不是可深交之人啊。

吳掌櫃挑選的人本就伶俐，加上這涼粉的做法又簡單，溫月只做了一遍，他就已經可以照葫蘆畫瓢了。唯一差的也不過就是手法的熟練而已，這個只需給他一點時間就可以辦到。跟吳掌櫃說好，明天再送來一批粉條之後，方大川和溫月便離開了百味居。

路上，大川說到家裡的土豆和地瓜剩得不多，要是按今天的銷量算，怕是不夠百味居一個月的供應，問溫月是不是要多買一些回來，溫月也同意了，但她卻不是因為怕供應不了百味居，今天的銷量會這麼好，也是因為大家想吃個新鮮，等過兩天這新鮮勁過了，銷量自然也就下來了。

之所以要多做些，除了為他們自己的店鋪開業做準備，再來就是天要冷了，曬粉條的時間會變得很長，所以趁著天好，多備些存貨也是好的。

到了周家辦喜事那日，是個秋高氣爽的好天氣，李氏跟趙氏早早便去了里正家裡幫忙，村裡人的嫁娶就是這樣，因為宴請的人多，所以就需要更多來幫忙打下手的人。揀菜、生火、洗碗筷、上菜，樣樣都需要人。

而這些人的來源就是村裡的女人們，平時村裡人都你家挨著我家住著，哪家媳婦乾淨、哪家媳婦勤快，大家都知道，而這些勤快的人就是辦宴席時邀請的主力。

至於報酬，那可還真是沒有，因為誰能保證自己家不辦個什麼宴請呢，都是人情關係，早晚是會還上的。

由於方大川要去鎮上送粉條，沒辦法去參加喜宴，溫月便帶著禮物出發了。一到了周里正家裡，後院正紛紛攘攘地熱鬧著，遠遠的她就看到趙氏和李氏正坐在井口邊洗菜，兩人跟旁邊的媳婦們聊得很開心。

溫月上前跟她們打了聲招呼，這才在里正大兒媳婦的陪伴下，去了周家小妹的喜房。屋裡的人非常多，都是周小妹在村子裡一些交好的姊妹，在這些人中，溫月竟然發現郭麗雪也在這裡。自從郭麗娘跟方同業一起跑了之後，郭麗雪就如隱形人一樣地消失在村子裡，溫月真沒想到她竟然還會有在人前出現的一天。

溫月笑著跟她們打了招呼，然後將她帶來的東西放在了周小妹的手邊說：「小妹，恭喜妳。」

「謝謝妳，方嫂子。」周小妹依舊紅著臉說道。

溫月笑了笑，在屋裡坐了一會兒就出去了，有年輕的姑娘看著溫月離開的背影，羨慕地說道：「方嫂子就跟那城裡大戶人家的夫人似的，一點都不像咱們這些鄉下的嫂子們，看她的衣服，也不見料子多好，可穿在她身上就是好看。」

「那可不是，我娘說了，打從方家到了咱們這裡，就沒見過方嫂子她下過一次地呢！方家的奶奶、婆婆對她特別好，好吃好喝地養著她，能不水靈嗎？不過人家也有那本事，妳能隨便繡個花樣，就能賣上幾兩銀子嗎？我聽說了，她繡的東西可值錢了，要不然她當初繡的東西怎麼也不會跟財物一起丟了。」那姑娘說到這裡，有意無意地看了一眼打從溫月進來後，就一直躲在人群後的郭麗雪。

郭麗雪的心裡真是有苦說不出，她能感覺到此時大家看向她時都是什麼樣的心態，如果現在有個地縫，她真恨不得鑽進去算了。打從郭麗娘出了那事之後，她就按照郭麗娘的交代，老實窩在趙家足不出戶，為的就是不讓村裡人對她指指點點，也想淡化這件事情在村子裡的影響。

可她一個大活人，哪能不出門呢？躲躲藏藏這麼久，她也有些難以忍耐，正好藉著周小妹嫁人這機會，她決定重新回到人們的視線裡。再說，因為郭麗娘走時給趙家留的錢也不算多，她現在在趙家也總是看人臉色，所以她想藉著這個機會，完成她心中一直以來的想法，她要為自己的未來謀算，不能什麼都聽郭麗娘的，人都是要為自己而活，不是嗎？

「快看看，方嫂子送的是什麼？」就在郭麗雪怕被嘲笑而擔心得不敢抬頭時，一群小姑娘早把焦點移到別的地方，長吁了一口氣的她也抬起頭，就看到剛剛那個故意提起郭麗娘偷竊的姑娘正對著她目露譏諷。

她臉上一紅，乾笑了下，就忙把視線跟那些姑娘的目標投在同一處，一看到溫月送的是緞面的料子，她跟那些女孩都大吃一驚，鄉下的姑娘有幾個能穿到緞面做的衣服啊？就算有，也只是做件出嫁時捨不得穿的衣服壓箱底，可現在這些料子，足足夠做一身衣服了，甚至還會多出來……看來果真如姊姊所說，方家真的是藏著錢呢！

屋外正給趙氏她們打下手的溫月，根本就不知道她送的這個尺頭會讓郭麗雪又浮想聯翩，她現在每天都過得很充實，有數不清的事情要做，要不是今天在這裡看到郭麗雪，她早就把這號人物忘在腦後了。

過沒多久，鑼鼓吹打的聲音就遠遠地傳了過來，迎接新娘的隊伍總算是到了，嫁女兒沒有娶媳婦那麼多的規矩，在兩個村裡的全福婆子攙扶下，周小妹上了男方的轎子，在周里正夫妻戀戀不捨的目光中遠走。

送走了新娘子，周家的喜宴也正式開始了，雖說鄉下沒那麼多的講究，可周里正家還是將男賓安排在前院，女客在後院，而村裡一些德高望重的長輩則被安排在屋內。寬敞的露天大院，已經擺滿桌椅，鄉下人的喜宴大多屬於賓客全家參與的形式，所以不論席面好不好，基本上到吃飯的時刻，村子裡家家都是空的。

溫月一家人與孫四嬸一家坐在同一張桌上，滿兒今天算是撒了歡，幾乎全村的小孩子都是跟著女人一桌吃飯，所以她在看到這麼多小孩子的時候，已經完全沒了吃東西的心思，幸好董金娥的女兒們已經懂事，並沒有拉著她到處亂跑。

說到董金娥，這還是溫月打她流產後第一次見面，人瘦了許多不說，也沒了從前那股子張揚跋扈勁，往往是孫四嬸一個眼色，她都要戰戰兢兢地揣摩好久。而相對於她的畏縮，方小翠則比從前要活潑得多，看來，一個長久被壓制的人在得到翻身的機會後，都不會表現得太淡然，就連一向聰明的方小翠都不例外。

不知道是不是安排座位的人故意為之，郭麗雪竟然坐在溫月旁邊的桌子，正好就在溫月的斜對面，只要溫月一抬頭，就可以與她對視。而趙氏跟李氏顯然也發現到這一點，臉色都有些不大好看，再看到郭麗雪那桌的二狗媳婦那一臉看好戲的表情後，趙氏「蹭」地一下子就站了起來。

溫月眼疾手快地跟孫四嬸一起把趙氏按坐回凳子上，笑著說：「奶奶，大川說中午不回來吃飯，您不用回去給他準備。」

被強行拉住的趙氏有些不高興，還想掙扎，溫月小聲道：「奶奶，現在不行啊，這是里正家的喜宴呢。」

趙氏一聽，這才理智回籠，憤憤地坐下。周圍幾桌想要看熱鬧的人都覺得沒了意思，雖然二狗媳婦好像想說些什麼，可當看到趙氏那凌厲的眼神後，只訕訕地笑了下。

郭麗雪似乎也坐得不大安穩，溫月偶爾抬起頭幾次，就發現她那位子空了出來，雖不是刻意觀察，可因為位置的關係，溫月還是能看到她幾次離席。

因為看到郭麗雪的緣故，趙氏這一餐吃得也沒啥意思，李氏看她悶悶不樂，便小聲對溫月說：「月娘，咱們先回吧，我怕奶奶她壓不住火了。」

溫月也怕趙氏真在這裡鬧起來，到時候大家面子上都不好看，反正酒席已經過半，她們提前離席也不會有人說什麼。李氏在那邊勸說著趙氏，溫月這邊跟孫四嬸打了聲招呼，見趙氏起了身，溫月也抱起滿兒。離開時，溫月又往郭麗雪那裡看了眼，發現她又不在位子上，心想她倒還算聰明，知道躲著點趙氏。

第三十四章

溫月她們還沒走出周里正家的大門，就聽到東廂房裡有女人的驚叫聲傳出。「小賤人，妳在幹什麼?!」

那女人的聲音之大，竟然在這鬧哄哄的院子裡，依舊清晰地傳進了每一個人的耳朵裡，喝酒划拳的男人們手端酒碗，一臉茫然，聊著八卦的女人們此時眼中看好戲之情更盛。可不論怎麼樣，男人、女人們的視線全都聚集在同一個地方。

過沒多久，有幾個唯恐天下不亂的女人便起了身，興沖沖地奔向那屋子。而已經在院門口的趙氏也轉頭看向李氏跟溫月。「這是怎了?咱們要不要去看看?」

「不用。」溫月忙阻止道。「奶奶、娘，咱們走吧，聽那女人說的話，肯定也不是什麼光彩的事，咱就別去看別人家的家醜了。」

趙氏想想也覺得有理，點了點頭道：「那咱就走吧，我真怕再待下去，就真要對她那個臭不要臉的動手了。我要是她，早恨不得刨坑把自己埋了，還敢出來丟人現眼?」

一路上都在宣洩心頭不滿的趙氏，直到回了家還是覺得氣不順，她站在門口越想越不甘心。「不行，我得去堵她，我得問清楚她到底知不知道他們去哪兒了。」

「奶奶，您別去了，不論是趙滿倉一家還是村裡人，估計都巴不得咱們再找上門去。村裡人想看熱鬧，趙家對咱家根本就是賊心不死，不但得不到想要的答案，還要再惹一肚子的氣，何苦呢？」

溫月拉住想要出門的趙氏，她實在是不想再因為方同業的事讓好不容易平靜下來的日子再起波瀾。

「大川娘、大川娘，妳在家不啊？」

溫月她們剛進屋不久，趙氏的一肚子火還沒消，就聽到孫四嬸推開方家的大門，興沖沖地小跑著進來。

「大川娘、嬸子，出大事了！」孫四嬸也不待李氏她們相請，自己直接進了屋。

溫月見她跑得滿頭大汗，給她倒了碗水後，說道：「嬸子，出什麼事了？妳別急啊，慢慢說。」

「你們猜，剛剛周家出啥事了？」孫四嬸咕嚕咕嚕將水一飲而盡，放下水碗後一臉神秘地說：「我告訴妳們啊，妳們前腳一走，後腳周家就出事了。」

「哎呀，就說吧，別繞彎子了，出啥事了？」孫四嬸的話成功地勾起趙氏的興趣，只是等了半天，孫四嬸還不肯說出原由，她不禁有些著急。

孫四嬸見趙氏急了，往她跟前湊了湊說：「郭麗雪她又作妖了。嘖嘖，嬸子，妳說這不正經，是不是也隨根兒啊？」

「什麼隨根兒啊？怎麼回事，妳說清楚些。」趙氏終於急了，眼睛一豎，不大高興地說。

道。

「郭麗雪她啊，上了里正二兒子的炕啦！」她可能也真覺得稀奇，用極為誇張的語氣說道。

「啥，妳說啥，誰上誰的炕了？」趙氏驚訝得眼睛都圓了，不敢相信地又追問了一遍。

孫四嬸噗哧一聲，笑了出來。「嬸子，郭麗雪，是郭麗雪，她趁著里正家二兒子喝迷糊了，跑到人家炕上，正脫衣服呢，讓老二媳婦抓了個正著。妳可沒看到，那個情景啊，那郭麗雪當時就哭了，說是里正家老二要強她，可老天也不幫她啊，里正家的二兒子在炕上睡得跟死豬似的，拿什麼強她啊！」

趙氏吃驚得沒了聲音，李氏跟溫月也一樣面面相覷，這到底是有多大的膽子，敢在別人家裡暗算主人啊？

「然後呢？」好半天後，趙氏才神色不明地看著孫四嬸問道。

「啥然後？她看賴不成，就捂著臉跑了。所以我才說，嬸子，妳說這不要臉是不是隨根兒了？那郭麗娘是這個樣子，郭麗雪也是一個樣，到底是家教啊。」說到最後，孫四嬸萬分感慨道。

趙氏沒有出聲，李氏也低著頭不說話，只有溫月看著還沒從郭麗雪事件帶來的震撼中走出來的孫四嬸，搖頭心道：這看來是真的刺激大了，竟然在趙氏跟前提起了郭麗娘，這不是往她傷口撒鹽嗎？

屋裡的沈默總算讓孫四嬸平靜了下來，她掃了趙氏幾人一眼後，這心裡才暗暗後悔。光顧著熱鬧了，怎麼把方同業這事給忘了呢？

她乾笑兩聲，站起身道：「那個，嬸子啊，瞧我這張嘴，真是，您可別生氣啊，都怪我這臭嘴。」

「怪妳幹什麼？妳說得又沒錯，都是一家子不要臉的，這就是隨根兒了，她們是一家的小賤人。」趙氏咬著牙說道。

孫四嬸勉強地賠笑兩下，說：「那嬸子，妳們好好歇著吧，我回去了。」

送走了孫四嬸，趙氏就找藉口把溫月跟李氏都支出她的屋子，溫月跟李氏都知道她在想什麼，對視一眼後各自回了屋。

還沒有哄睡滿兒，方大川就趕著騾車回來了，他剛把車停好，溫月就抱著滿兒迎了出去。「吃飯了沒有？」

「吃了，在百味居那裡跟掌櫃一起吃的。」方大川想抱抱滿兒，可想到他一身汗，還是收了手，道：「妳先進屋等我吧，我去沖洗沖洗就來。」

方大川打理乾淨進屋後，滿兒已經睡著了，溫月對著方大川輕「噓」了一聲。「滿兒睡了，你小聲點。」

「這麼快就睡了？我還以為她會等我呢。」方大川輕輕地坐在溫月身邊，捏了下滿兒的小手道：「奶奶也睡了嗎？我怎麼聽她們屋裡沒聲音？」

「娘跟奶奶估計心情正不好呢！」溫月伸出手，幫著方大川把散落的頭髮重新攏在一起。

方大川正瞇著眼睛舒服享受著溫馨時光呢，一聽到趙氏跟李氏心情都不好，便睜開眼睛，問：「怎麼了？誰惹她們生氣了？」

「還能有誰，就你爹唄。」溫月幫方大川紮好頭巾，故意用力抻了一下，看到方大川皺眉頭，這才鬆了手。

方大川知道溫月是故意的，可是因為說到了方同業，他也不怎麼開心，嘟囔道：「好好的，又提起他幹什麼？」

溫月見方大川不高興，知道他是真厭煩了方同業，笑著說：「今天去周家隨禮，出了件新奇事，讓奶奶一下子就又想起你爹了。」

「妳就別賣關子了，說吧，到底怎麼回事？」方大川見溫月明知道他急著想弄清楚，還故意拖時間，手就伸向溫月的腋窩。

「停、停，我說就是了。」溫月生性就怕癢，往往是方大川一抬手她就投降，更何況這一次方大川動了真格，溫月只差沒舉白旗了。

她也不含糊，將今天發生的事從頭到尾跟方大川說了一遍，當聽說郭麗雪爬上里正家二兒子的床時，大川眼裡滿是厭惡之色。「我從不覺得自己是個落井下石之人，可這郭家姊妹做的事情著實可惡，這郭麗雪卻還連郭麗娘的一半都不如。」

方大川覺得從他口中說出郭氏姊妹的名字都有點噁心，哼了一聲後，道：「不說她們了，老鼠屎一樣的東西，奶奶那兒妳不用去勸，說了她也不會聽，就當不知道她心情不好吧。」

「知道了。」溫月點了點頭。「其實我也不知道該怎麼勸奶奶，不管怎麼樣，那個人總是她兒子，我真覺得有些話不大好說。」

方大川當然明白溫月的難處，就衝著溫月心裡那麼不滿方同業，卻從沒有因為這事跟他吵鬧，他就覺得對溫月很是虧欠。「我明白，讓妳擔心了。對了，妳還真沒說錯，百味居這次進了粉條，說五天內都不需要再送去了。」

「嗯，這是肯定的，過了這新鮮勁，銷量肯定是要減的。不過沒關係，至少透過百味居，咱們的粉條之名是打出去了，只等著咱們店鋪開張，再好好賺錢了。」一提到生意，溫月馬上就有了好心情，這可比方同業留下的亂糟事還要讓人心情愉快，至少，這是生活更加美好的希望啊。

郭麗雪爬床事件在周家村持續地發酵著，秋收後無事可做的村民似乎就要指著這一條最新八卦過日子，無可避免的，方家也因為郭家姊妹的事情，再次成為人們茶餘飯後的話題。

趙氏跟李氏不再像從前那樣輕易出門，兩人因為受不了村裡人的指指點點，情願每天窩在家裡，看著趙氏跟李氏那鮮少有笑意的臉，溫月跟方大川也覺得擔憂不已。

為了不讓她們兩個整天都想著那些亂糟事，溫月乾脆拉著她們每天在院子裡做粉條，跟她們講以後生意做起來後，那可預見的興隆景象，讓趙氏和李氏可以分散一下注意力。

「大川，我看奶奶和娘現在的狀態也不大好，可咱們的鋪子再過些時候就要開張了，乾脆帶著她們，全家一起先去鎮上住些日子吧。等過陣子大家沒這麼緊盯著咱家了，咱們再搬去李家溝。反正現在里正媳婦已經把他家出這事的原因都怪在咱們家身上了，若繼續在這裡住，也沒什麼好日子可過。」

眼看著店鋪還有半個月就要開張，溫月終於把這個藏在心中的想法跟方大川說了，這段時間他們的日子也確實不好過。不知道是哪個有心人在推波助瀾，現在村裡都流傳著一個說法，現在村裡之所以被這兩個不要臉的女人弄得烏煙瘴氣，全都是因為方家認為自食了苦果還不夠，還想著去禍害別人家。

里正家也因為這個傳言，怪上了方家，尤其是他家的二兒媳，每次看到方家人，都把眼睛斜到後腦勺了。

溫月不想在這種環境下生活，所以這些日子她就一直在想著乾脆搬離周家村去李家溝落戶算了，要不是因為忙著鋪子開張的事，溫月真準備直接搬家。

「月娘，妳說得對，這周家村確實不適合再住下去了。就聽妳的吧，咱們先去鎮上住些日子，等鋪子裡的事上手了，咱們就搬家。」

夫妻兩個意見合拍後，便將他們的想法說給趙氏跟李氏聽，徵求兩人的意見。李氏沒說什麼，只要是跟家人在一起，住哪裡她都沒意見。只有趙氏，一直皺著眉低頭不語，這模樣倒是出乎方大川的意料。「奶奶，您不想去嗎？其實去鎮上，不論是對咱們還是孩子，都是件好事，您最近不也是被村裡人弄得不喜出門了嗎？」

「我……」趙氏猶豫了一下，看著方大川的眼神有些閃躲，似乎是有什麼話想說，卻又說不出口。

心急的方大川追問道：「奶奶，您說話啊，是怕去鎮上住不習慣嗎？」

「大川啊，我真不想去鎮上住，我這把年紀了，一輩子都在鄉下住，你冷不防地讓我去鎮上，光是沒有地我就受不了啊。」趙氏一直低著頭，完全不似她平時說話時的氣勢。

屋裡的氣氛沈寂了下來，趙氏有些忐忑地抬起頭，看著方大川說：「大川啊，咱家又是雞又是鴨，圈裡還有兩頭豬，包括這些牲口，哪裡能離得開人？我知道你們開鋪子忙，不如這樣，你們去吧，把你娘帶上，讓她給你們看著滿兒，我就留在家裡照顧著。」

「奶奶，那怎麼行？家裡這些牲畜您不用擔心，我會託大成子來幫著照顧，您放心吧，我都已經安排好了。」方大川哪能讓趙氏一個人留在這裡，既然要一家人一起進鎮，當然不可能不把家裡的事情安排好。他其實是打算把家裡的幾頭牲口都牽去李家溝，讓石家夫妻照看著，至於雞、鴨，或許可以帶去鎮上，反正鎮上的院子也很寬敞。

「不用了，那多麻煩啊，而且我也放心不下，與其整天在鎮上提心弔膽的，還不如守在家裡安心。你們不用擔心我，我知道鋪子開張肯定忙，你們就去吧，我肯定能把家看好。」趙氏還是固執地拒絕道。

「奶奶，我們怎麼可能把您一個人扔下呢？您真的不需要擔心這些，若是真留您一個人在家，我跟月娘怎麼可能放心得下？」方大川見趙氏這麼固執，繼續勸說道。

趙氏不再說話，只是不停地搖頭，任方大川勸破了嘴皮子，她還是不肯鬆口。終於，李氏不忍心看兒子這麼焦急的模樣，開口說道：「娘，您是不是想留在家裡等大川他爹回來？」

方大川愣住了，溫月也看向趙氏，剛剛方大川在勸她的時候，溫月就覺得不大對勁，家裡的牲口再重要，能重要得過滿兒嗎？要知道趙氏對滿兒那可真是如珠如寶地疼愛著，她還曾經說過，滿兒去哪兒，她就要跟到哪兒這樣的話呢。

李氏的話可真是一語點醒夢中人啊，是了，還有方同業啊，要說這世上還有誰比滿兒在她心裡更重要，那肯定就是方同業了。趙氏這是怕他們都遷進了鎮裡，方同業回來會找不到他們，說到底，還是捨不得兒子。

溫月無奈地看了眼方大川，又看著低頭不語的趙氏，不知道該說些什麼好。良久，方大川才低聲說：「奶奶，他要是真回來了，只要有心就一定會找到咱們的，所以您不用擔心，還是跟我們走吧。」

「你們不用勸我了，我是不會去的。大川娘說得對，我確實是想等大川他爹回來。我知道你們不喜歡他，我也生他的氣，可他到底是我的兒子，我一日不見他，我這心裡就不踏實。而且我總有預感，他快要回來了。」

只這一瞬間，趙氏彷彿又蒼老了許多，看著她一直低著頭彎腰離開的背影，溫月跟方大川都陷入了沈默之中。

第三十五章

李氏無奈地看著方大川跟溫月道：「你們不用勸了，奶奶既然承認了是等你爹，那她肯定是不會走的。她不走，我也不能去，還是你們兩個去吧，要是忙不過來，滿兒就留給我帶著。」

「娘，我離不開滿兒，也放心不下妳們兩個啊。」溫月道。

「算了，娘，我跟月娘再商量商量吧。」方大川只能無奈地暫時妥協。

本以為是件簡單的事情，可沒想到最終卻沒能如願，趙氏拒絕得那樣乾脆，不留一點轉圜的餘地。正如李氏所說，趙氏不走，她也一定會留下來，本是想一家人換個環境生活，可趙氏跟李氏都不走，溫月跟方大川一起去鎮裡又有什麼意思呢？留兩個長輩在鄉下住，他們又怎麼可能會安心？

溫月抬眼看著方大川，見他眼裡也流露出苦澀，嘆了口氣道：「怎麼了？難受了？」

「是啊，真沒想到奶奶會為了他而拒絕咱們。」方大川鬱悶地說道。

溫月苦笑了下。「誰叫他有福氣呢？有奶奶這麼好的一個娘，不論他做了什麼錯事，在奶奶的心裡，他都是奶奶的兒子。」

「那咱們就不搬了？」方大川手捂著頭，不甘心地說。

「是啊，不搬了。你也別想太多，既然她們不想走，那咱們就留下來吧，以後每天都要去鎮上，也沒那麼多時間聽村裡人的流言蜚語，時間久了，他們自己就不說了。」溫月也只能這樣安慰方大川，順帶安慰一下自己了。

這天，是溫月新鋪子開張的前三天，也是百味居獨家銷售粉條的最後幾天，方大川跟溫月看著親自出來迎接的吳掌櫃，有些納悶。這人是怎麼了，笑得這麼奇怪？

「方老弟，你總算來了，我這都等你好幾天了。」吳掌櫃熱情地迎出門外，一把就抓住了大川的手腕說道。

「掌櫃的，我們不是約好今天送貨的嗎？」方大川沒好意思掙開吳掌櫃的手，只能隨著他的腳步往店裡走。

溫月跟在他們的後面，心裡嘀咕著，今天是一個月期限的最後一次送貨，按道理也是他們結帳的日子。這吳掌櫃該不會是不想結算了吧？可算算，這一個月總共進了不到兩百斤的粉條，一共也沒多少錢，值得這麼大的百味居賴帳嗎？要知道這裡可不比前世，前世的商人們欠著三角債（注）也都不在乎，在這個古代，大家都很重視商業信譽的。

她在後面胡思亂想，前面吳掌櫃卻神秘地說：「方老弟，我可是要給你介紹一筆大買賣啊，你啊，遇上貴人了。」

方大川不解地看著吳掌櫃。「您這話我沒聽明白，吳掌櫃是要給我介紹生意？」

「是啊，是個大生意。」吳掌櫃頓了下，眼中閃過一絲不自然。是不是大生意，就看這對夫妻怎麼理解了，不過自家主子想要辦成的事情，還從來沒有失敗過的，這次也應該不會空手而歸才是。

隨著吳掌櫃到了二樓的一間包廂門口，輕敲了門後，就聽到裡面傳出個年輕男人的聲音。「進來吧。」

方大川頓了一下，這聲音怎地如此耳熟？就在他苦思之際，包廂房門被吳掌櫃打開，方大川抬眼一看，竟然是朱洵之坐在那裡？

他這邊愣了神，朱洵之也同樣愣了一下，顯然他沒想到今天要見的竟然就是方大川。還不等吳掌櫃開口，朱洵之便道：「真是沒想到，我苦等幾天之人竟然還是方兄夫妻，早知道，我前幾天便可登門拜訪了。」

方大川與溫月並肩進了門，從見到朱洵之開始，溫月便有種感覺，他的出現定然跟粉條的生意有關。

吳掌櫃沒想到他們雙方竟然早已認識，在方大川跟溫月坐下後，親自提壺給朱洵之與方大川斟了茶，並笑著說：「東家，您與方兄弟認識？」

「當然認識，吳掌櫃你可知道，現在咱們家在京城五府內異常轟動的美肌粉，便是我跟方兄弟買來的方子。」朱洵之雖是在跟吳掌櫃解釋，可是心裡也確實震撼，這對夫妻看著不

注：三角債，指三方或三方以上相互之間的債務關係，如甲欠乙，乙欠丙，丙又欠甲。

大起眼，可是談起生意來乾脆俐落不說，還總能鑽研出一些不一樣的東西，照這樣發展下去，方家早晚也必是富貴之家啊。這種人，難道就是爹常說的有大氣運的人嗎？

吳掌櫃聽了後，有些愣然地看著方大川跟溫月，他還真沒想到，那美肌粉也是這對夫妻做出來的。要知道現在在京城和五府之內，美肌粉已經占據了女人脂粉賣量的大半個分額了，朱家的胭脂水粉鋪原是一直居於大明府葛家之下，可是因為美肌粉的推出，現在也有了與葛家並駕齊驅之勢。

若是今天，他真能如願地從這對夫妻手裡，再拿下粉條跟粉絲的方子，從此在朱家各地的鋪子裡賣，那這前景……吳掌櫃已經不敢再往下想了，他悄眼看了看朱洵之，只待他真拿下這粉條的方子後，自己一定要站定立場不放鬆。

「既然東家與方兄弟是舊識，那我也就不需要在此作陪了，我先下樓去給幾位整治一桌酒菜，你們邊吃邊談。」吳掌櫃拱了拱手，就退出了包廂。

吳掌櫃出去後，方大川便開口問道：「不知道朱公子這次尋我又有何事？」

方大川沒有像那些商場上的老油條一樣，坐在那裡故弄玄虛，不想先開口說話就怕落了下風。方大川想得很明白，既然是朱洵之找他，那定是他有所求，既然如此，他就不需要在這裡陪著這位少爺兜圈子。

況且他那店鋪裡還有好多事情沒有準備呢，下午石伯還要來給他送處理好的山乾貨，那些可都是他開業要賣的東西，自然得早早整理好才行。

朱洵之笑了下，道：「方兄你總是這麼心急，左右現在已經是用飯的時間，咱們邊吃邊聊豈不更好，敘敘舊總是可以的吧。」

「朱公子，實不相瞞，我們夫妻打算在洛水鎮開一家小雜貨鋪，還有幾天就是開張的日子，這幾天我們夫妻真的是有些分身乏術。朱公子若無大事，我們想著先告辭，若是朱公子不棄，改日我方某夫妻定當登門賠禮。」方大川此時已經跟溫月想到了同一處，覺得這朱洵之找上他們，肯定不會是什麼好事情。

朱洵之沒想到方大川會拒絕得這麼直白，隨即啞然，這村夫果然還是村夫，即使是讀過幾年的私塾，可在教養上差得可不是一星半點兒。「既然如此，那我就不耽誤方兄的時間了，方兄應該也知道，這百味居是我們朱家的產業，你在我們百味居推銷的這種叫粉條的吃食，我希望你能將做法賣給我。」

果然還是因為這個！方大川有些無奈，這朱公子怎麼就總是看上他們家的東西呢？痱子粉買去也就罷了，總歸那東西成本太高，他們也沒能力自己賣。但這粉條可不一樣，這東西製作簡單，成本又低，是他們自己鋪子最主要的貨品，方子怎麼可能說賣就賣？更何況他們已經買去涼粉的方子，若連粉條都買下，到時朱家跟他們全部賣一樣的東西，那他們哪還有一爭之力？

所以他想都沒想，便拒絕道：「朱公子，我們恐怕沒辦法答應你，實不相瞞，我們夫妻也正是因為手中有這獨門手藝，才想開一間店。如果賣給了您，那我們想做獨家買賣的打算不就又落了空？」

「方兄，原來你們夫妻存的是這個心思，只是我冒昧問一句，你們夫妻二人不曾做過生意吧？」朱洵之並沒有立刻勸說，而是反問了方大川一句。

方大川茫然地看著朱洵之，不明白這種明擺著的事情他為何要再問一遍。朱洵之淡笑了下道：「方兄，我沒別的意思，我只是想說，你們把做生意想得太簡單了些。說句不客氣的話，以你們現在的家世背景，想要守住一獨門技藝，恐怕還是有難度的。

「除非你們的粉條賣得不好，才不會落入某些有心人的眼中，但凡是他們發現你們生意興隆，不說別的，只怕光是地頭蛇的保護費，都要繳到你們租不起鋪子。」

「朱公子是不是太過誇大了？這洛水鎮上，可是有很多家是做獨門生意的，我看他們也一樣經營得很好。」方大川並沒有因為朱洵之的話而打退堂鼓，反而很平靜地敘述了一個事實。

朱洵之微微一笑，抿了口茶後說：「他們那又算得上是什麼獨門生意呢？只不過是手藝上比別家好些，可那類鋪子，在這鎮上不是就有兩、三家了嗎？但你們做的，可是世上獨此一份的買賣啊，這其中的利益，我想不用我說你們也明白吧。」

見方大川跟溫月不出聲，他又繼續道：「方兄，不瞞你說，這些日子已經有不少人在我這百味居裡打探粉條的事情了。若不是吳掌櫃他心思敏捷，及時地做了掃尾，你們現在怕是早被有心人盯上了。」

溫月手撫茶杯，對朱洵之的話頗不以為然。什麼是為了他們掃尾，根本就是為了自己的利益吧。若真是被別人知道了他們夫妻，弄走了做粉條的法子，這百味居怎麼還能獨占先機呢？現在朱公子這麼急地等著他們，不外乎是沒辦法再繼續死守他們夫妻這個管道，乾脆來個一勞永逸，把這做法弄到手。

不過，朱洵之有句話卻讓溫月十分在意，那就是他所說的世間獨一份。他們夫妻果然還是見識不夠廣，眼光只放在這小小的洛水鎮，所以覺得獨家經營也沒什麼，小本小利的東西，應該不會落在別人的眼裡。

可是州府呢？京城呢？那可是很大的市場，銷量肯定不是這小小的洛水鎮能比的，再如朱府這樣的人家，可以在各地銷售，那根本就是巨大的利益。在這樣大的利益面前，肯定會有不少人趨之若鶩，隨便來幾個背景雄厚的要打壓，怕是他們根本就沒有能力保住這個生意。

可就這樣讓她放棄，她不甘心，鋪子都租了，貨也準備了那麼多，只差幾天就可以開張，眼看著財富就在眼前，卻突然要因為客觀原因讓這一切戛然而止，她真的是很難接受。

方大川顯然也意識到這個問題，他確實沒有想過一個由土豆做出來的低廉吃食，就因為是世上獨一份，已經引得這麼多人眼紅。正如朱洵之所言，他們在沒有強大背景的支持下，想要保住這方子，恐怕是難了。

朱洵之見方大川跟溫月都低頭不語，悠哉地等了半天後，這才正色道：「方兄，所以你還是將這方子賣給我，你們安心地賺一大筆錢，便可以不需要承擔做生意的風險，又可以避免不必要的麻煩，這不是很好嗎？」

溫月輕扯了下方大川的袖子，方大川心下一動，知道溫月這是有想法了。他看著溫月，問道：「月娘，妳可是有話要說？」

溫月點點頭，對朱洵之說道：「朱公子，你說得有些道理，我們夫妻見識少，確實沒想那麼多。可現在，我們鋪子租了，貨也進了不少，不瞞你說，一切都已經準備好，只等著開張營業，我們的全部希望都寄託在這店鋪上，現在讓我們就這樣放棄，我們的投入可就全都打了水漂，很難就這樣放手。」

「方大嫂的意思是不想賣方子了？」朱洵之以為溫月是在拒絕他的提議，神色便有些晦暗不明。

溫月搖了搖頭說：「朱公子給我們夫妻分析得這麼透澈，我們若是再不明白其中的彎彎繞繞，那也是太愚笨了些。你說得對，以我們這樣的身世前景，確實禁不起任何折騰，可就讓我們這樣放棄，也確實太過為難，這點朱公子應該也可以理解吧？」

朱洵之看了看溫月，又看了看方大川，略微點了點頭說：「我大概可以明白你們夫妻的心情。」

「你能理解就好，所以我這裡有個算是兩全的辦法，也算是我們夫妻最後的底線了，若是不行，大不了我們從此就不再奢求進這生意場。反正我們夫妻還是有些積蓄的，只要不太鋪張，這一生在鄉下也可以衣食無憂。」溫月沒有看朱洵之的反應，反而看向方大川，因為就在剛剛朱洵之拉下臉時，方大川已在桌下握住了她的手，給她支持與力量。

「方大嫂請說，我願一聞。」朱洵之見事情還有轉圜餘地，忙開口道。

「我們可以把製作方法教給你，除了付我們買方子的錢外，作為條件，我要這粉條在洛水鎮的獨家經營權。」溫月看著朱洵之，堅定地說道。

方大川在聽了溫月的提議後，扣握著溫月的手緊了一下，然後就對溫月露出一個讚賞的眼神，他的娘子實在是個聰明人，總能在最短的時間裡，找出對自己最有利的解決辦法。

朱洵之有些愕然，他吃驚地看向溫月，不明白這樣一個婦人怎麼能在這麼短的時間裡就給他出了這麼大的難題，也給自己尋了一條全是益處的後路。

朱洵之沈默著，溫月卻進一步說道：「把方子交到你手上後，我們可以從你那裡進貨，我們要的，便是這整個洛水鎮唯一的經營權。除了我們之外，你不可以把粉條再交給洛水鎮的別人家出售，至於粉條以什麼價錢往外賣，則由我們來定，你們不可以干預。」

見朱洵之還是不說話，方大川道：「朱公子，這洛水鎮並不大，能占的市場分額您心裡也有數。我要的也不是一州一府的獨家經營權，您還需要考慮這麼久嗎？要知道，我這粉條利潤到底是高還是低，您能得利多少，還不都是您的一句話。您不是也看中了壟斷經營這條益處，才想著向我這裡買方子嗎？這筆交易於您來說並不吃虧。」

朱洵之將手中的摺扇開了又合，合了又開，好半天後才無奈地點了點頭。一個洛水鎮，他還是捨得下的，至少他們沒有要求在洛水鎮自產自銷，還不算損失太大。

回程的路上，溫月還滿足於懷中緊貼胸口存放的銀票，一想到上面的數字就忍不住竊笑。再想到簽下的粉條獨家經銷權跟成本價的進貨契約，溫月真覺得這次賺大了。以後不用擔心銷量好，製作跟不上，也不用擔心銷量不好，做太多會囤積，更不用害怕因為保密不善而被人偷學了去。

有錢賺，還省了不少的心思，到哪裡找這麼好的事。

第三十六章

店鋪開張當天，噼啪的鞭炮聲響起後就吸引了眾人駐足圍觀。很快的，百味居流行一時的粉條在這家溫氏雜貨鋪裡出售的消息，就傳遍了鎮上的大小角落。

可出乎溫月預料的是，最先掏錢購買的並不是在店門口一直好奇觀看著李氏演示粉條做法的婦人們，而是洛水鎮其他幾家酒樓的採買，看著他們幾個你擠我、我撞你地互相使絆子（注），生怕別人最先買去的樣子，趙氏跟溫月都有些傻眼。

溫月本以為他們會先來砍價，怎麼說酒樓供應跟零售還是不一樣，肯定是要再便宜些。哪想到他們幾個竟然都沒有問過一個錢字，都是秤了斤兩、付了錢，就直衝出去。

溫月又哪裡知道他們的心思，現在的他們只恨不得腳踩風火輪，誰都想爭個先。開玩笑，這東西已經讓百味居占了先，現在又是對外出售，若是自家沒有跟上的話，那客人不就會跑到別人家了？

有了他們大批購買在前，在門外一直觀望的人們也開始你一斤、我兩斤的買了起來，而店裡的其他貨品，也同樣因為粉條的熱銷帶動熱潮，賣出去不少。

等到下午打烊，趙氏雖是累得不想再動一步，可是當溫月把今天的收入全都倒在桌子上

注：使絆子，用腳勾絆對方，使人跌倒。引申為背地裡耍弄手段陷害他人。

的時候，看著滿桌子的銅板，她的疲勞瞬間消失了。

「媳婦啊，快來，跟我一起數數，咱們今天賺了多少？」她興奮地拉著李氏的手坐到桌子前，開始一枚枚地數了起來。

溫月見她們這麼有興致，起身給她們倒了杯水，這才幫著方大川一起打掃鋪子。還沒等她跟方大川把地掃乾淨，就聽到趙氏叫道：「大川、月娘啊，你們猜咱們今天賣了多少錢？」

其實今天大概有多少收入，溫月跟方大川心裡是有數的，只是看趙氏那麼高興，溫月還是故作不知地問道：「多少呀？」

「二兩多啊，月娘，二兩多啊！」趙氏激動地舉著錢匣說道。「怪不得你們兩個總是想要開店，這收錢、點錢的滋味可真不錯。」

「那奶奶，您以後就在店裡收錢好不好？我跟娘賣貨，您收錢，讓您天天過癮！」溫月眼珠一轉說道。

方大川眼睛也是一亮，開口道：「是啊，奶奶，乾脆您就掌管了這店的財政大權吧，您來做我們的帳房。」

溫月看到趙氏對這個提議很是心動，只等著她點頭答應，就有理由要她搬到鎮上來住了。可是，趙氏最終還是搖了搖頭，溫月洩氣地看了看方大川，不再說話。

大川心裡也有些失望，可是也知道趙氏的性子不容易說動，只好開口道：「奶奶、娘，咱們收拾收拾回家吧，滿兒還在孫四嬸家呢。」

轉眼進了十一月，店裡的生意已經上了正軌，每天的收入基本上也穩定。溫月又透過朱洵之的關係，從朱家進了幾種南方乾貨在店裡出售，因為是直接批發，價錢要比其他店的同類貨物便宜上那麼一點。就這樣，溫氏雜貨鋪裡的東西越來越全，客流也越來越多，才一、兩個月的時間，就在洛水鎮打出了名聲。

這天，溫月剛起身，就感覺到頭暈目眩，趴在炕邊吐了起來。屋裡的動靜讓剛進屋準備叫她吃飯的方大川嚇了一跳。「月娘，妳這是怎麼了，哪兒不舒服？」

溫月搖搖頭，還在吐的她根本就沒辦法說話，滿兒扯著方大川的手嚇得哇哇大哭。趙氏跟李氏聽到孩子的哭聲也進了屋，看到溫月這個樣子後，李氏也是心中一跳。「大川，這是怎麼了？」

方大川邊給溫月拍著背，邊搖頭。「我也不知道，剛剛進屋來叫她吃飯，就發現她病了。難道是吃了什麼不乾淨的東西了？」

「不會啊，咱們一家人吃的東西都一樣，可咱們都沒事呢。」李氏想了想說。

趙氏看了看溫月，又看了看滿兒，突然笑著說：「月娘啊，妳是不是有了？」

溫月接過方大川手中的清水漱了漱口，茫然地看著趙氏，「啊」了一聲。

「妳這孩子，啊什麼啊，是不是有身子了，妳自己不知道嗎？」趙氏恨鐵不成鋼地看著溫月。「妳已經幾個月沒用月事帶了，妳不會連這個都忘了吧？」

溫月搖搖頭道：「我這陣子一心只想著店裡的事，也沒特別注意。」

趙氏搖了搖頭，對方大川說：「你媳婦糊塗，你也是個糊塗的，怎麼一點都不上心呢？還愣在這兒幹什麼，快去找大夫來看看啊，這事八九不離十啦。」

方大川聽趙氏說溫月懷孕了，心中狂喜，腳下生風地就衝出了屋。趙氏抱起還在哭的滿兒道：「滿兒啊，不哭了，妳娘沒事，是妳有小弟弟了。」

「弟弟？」滿兒抽泣著鼻子，不再哭了，看著溫月問道：「弟弟，在哪兒？」

「在妳娘肚子裡啊，滿兒要做姊姊了，可不能再哭了，萬一把妳娘肚子裡的弟弟嚇壞了，他可就不出來陪妳玩了。妳不是一直想要一個弟弟嗎？」趙氏繼續哄著滿兒說道。

「弟弟、弟弟，我的弟弟。」滿兒一邊高興地叫著弟弟，一邊掙扎著讓趙氏把她放在炕上，她的小手摸著溫月的肚子，輕聲說：「弟弟乖啊。」

等到大夫來過之後，溫月才知道，孩子竟然已經在她的身體裡悄悄生長了三個多月，溫月輕撫著肚子，心裡滿是驚喜。這些日子因為忙店裡的事情，她根本就無暇往這方面想。要不是剛剛趙氏提醒，她還真的已經忘了她幾個月沒有來月事了，想到大夫剛剛說她的胎象不穩，她這心裡又止不住地後怕。

「孩子啊，你是不是因為娘忽視了你，對你不夠關心，所以才讓娘這麼強烈地感受到你的存在？」溫月滿懷愧疚，要是這孩子真有個什麼差錯，她該怎麼辦？

「月娘，在想什麼呢？」方大川送走了大夫，回到屋裡就看到溫月望著屋頂發呆。

一看到方大川，溫月就覺得心裡的難過開始不受控制，她哽咽著伏在他的懷裡道：「大川，都是我不好，有了孩子都不知道，要是孩子出了什麼事，我可怎麼活？」

「別多想了，孩子還是很健康的，這是喜事，要高興才是。以後妳不要再去鋪子了，留在家裡安心靜養一些日子，很快就會沒事的。」方大川輕聲安慰道。

「今天我不能去開店，莊子那邊又要繳稅，娘自己看店行嗎？」想到自己不能去店裡，溫月有些擔心地說。

方大川也愣了下，這確實是個問題，李氏一個人根本不能撐下一家店，奶奶又要留在家裡照顧滿兒。「要不，今天咱們就不開店吧。」他想不出什麼好辦法，只能出此下策。停業一天？這可不是好主意，可現在想想，也確實沒什麼好辦法。「那好吧，反正一天不營業，也不會有太大影響。」

這時，趙氏端著藥碗走了進來。「月娘啊，妳把這保胎藥喝了吧，熱啊，小心燙。」看溫月痛苦地喝著藥，趙氏坐在一邊道：「剛剛你們說的話我也聽到了，月娘以後最好是不要再去鎮上了，這懷相不好，一定得好好養著。天也越來越冷了，再過不久肯定是要下雪的，大川你們每天趕車去鎮上，晚上再回來，多強壯的身體也受不住這麼折騰。所以，你們得好好想個辦法，看看鋪子到底要怎麼辦。」

溫月想著，若奶奶同意搬去鎮上住就行了，可想到趙氏的倔脾氣與她心裡的惦念，還是不忍強迫她。

「若實在不行，我們也雇個小二看店吧。」溫月放下藥碗，急忙拿起桌上趙氏準備好的水，全灌進了肚子裡，這才沖散了滿嘴的苦味。

「雇人？月娘啊，妳有合適的人選嗎？」趙氏問道。

「我暫時還沒想到，奶奶，大川還有事，讓他先走吧，晚上回來咱們再一起商議商議。」溫月見方大川還沒走，忙催促道。

方大川走後，趙氏讓溫月再多睡一會兒，她則把滿兒交給李氏，自己不知道去了哪裡。下午方大川回來後，她把一家人叫來，開口道：「大川、月娘，你們過來坐，我有件事想跟你們說說。」

見溫月跟方大川都坐在她的身邊，她這才繼續道：「上午那會兒，不是說要雇個人看店嗎？我倒是有個人選，你們看成不成？」

「誰啊？」方大川問。

「你孫四嬸兩口子。」趙氏說完，一直盯著方大川和溫月的表情。

溫月沒想到趙氏說的會是他們。「奶奶，您怎麼想到要找他們的？」

「這些天你們一直忙著店裡的事，村裡出了什麼事你們也不知道，你孫四嬸家的兩個兒子不是去服徭役了嗎？結果不小心被石頭砸了，兩個全都受了傷，被人抬回來了。為了他們兩個的病，家裡的錢都掏空了，他們家現在日子不好過啊。

「妳孫四嬸這些天就想著是不是去鎮裡找個零工幹，可他們都這麼大年紀了，找活兒哪那麼容易？唉……」趙氏說到孫四嬸家，也是一聲嘆息。

溫月確實不知道孫四嬸家出了這麼大的事，她這些日子跟方大川兩人一心都在鋪子裡，村裡出了什麼事他們根本就不清楚。溫月猶記得她穿來的時候，睜開眼聽到的第一個聲音就是孫四嬸在為她打抱不平，現在她家裡出了這麼大的事，她怎麼可能不幫忙？

「咱們的鋪子現在也是薄利，每個月的淨利不過就是四兩銀子左右，所以咱們不可能付給他們太多工錢的，最多三百文，他們會同意嗎？」想到孫四嬸家的情況，溫月不確定他們會不會同意，別到時候好心辦了壞事。

趙氏白了溫月一眼。「妳現在可真是有錢人了，連三百文都不放在妳眼裡了？一斤精米多少錢啊，四百文還少嗎？咱們鄉下省著點過，夠他們一家活幾個月的了。」

溫月轉頭看向方大川，見他也點頭，這才有些不好意思地說：「我也不是那個意思，我不過覺得他們是兩個人嘛，平均一下也不是很多。那奶奶，還是您去問問他們吧，要是同意的話就更好，不同意咱們也好早點去找人。」

「放心吧，他們聽了一定同意。」趙氏樂呵呵地往外走，她正愁怎樣才能幫上孫家，就有了這麼一個好機會，不只幫了他們，也解了自家的燃眉之急，算是一舉兩得了。

不出趙氏所料，孫四嬸夫妻滿懷感激地應下了這份活計，更是在晚上的時候，親自登門對溫月一家人謝了又謝。

溫月見孫四嬸夫妻面容憔悴，對著他們點頭哈腰，心裡也有些難受。「嬸子，您不必這樣，我們也是正好有這個需要，咱們也算是互相幫忙了。我們雖在鎮上有間鋪子，可也是小本經營，所以不能給嬸子付太多的月錢，每個月三百五十文，您看可好？若是以後生意好了，我也會適當給你們加些工錢的。」

趙氏去孫四嬸家的時候，只說月錢有三百文，這就已經讓她很滿足了，結果現在月娘又多給了五十文，這還有什麼可挑剔的，她不是那不知輕重的人。

「已經很好了，月娘，這些月錢要是讓我跟妳叔去賺，興許累死累活也賺不了這麼多。我們真是不知道該怎麼感謝妳才好。」孫四嬸好不容易恢復了平靜的心情，卻還是一臉感激地說道。

溫月見孫四嬸沒什麼不滿的，才又接著道：「那就好。可是嬸子，您和孫叔能儘快交代好家裡的事情，早點兒去我店裡幫忙嗎？」

孫四嬸連聲道：「這個沒問題，家裡有媳婦在，我們倆基本上沒什麼事，交代一聲就可以走。」

「也不必那麼急，不如這樣，明天再給你們一天的時間，後天讓大川帶你們去吧。」溫月見孫四嬸這邊沒問題，也沒什麼不安心的了。

安排妥當後，溫月這才徹底地放下心來，穩穩當當地在家裡養起胎。隨著天氣越來越寒冷，青菜一天天地變少，等到了全是土豆、蘿蔔、白菜的日子，粉條的生意一下子又好了很多。加上從朱公子那裡進的一些下等炭，專供那些家境清貧的人家使用，本著薄利多銷的原則，現在一個月竟然能賺近五兩銀子之多。

生意好過一點後，溫月便又給孫四嬸漲了五十文的月錢，這讓孫家人更是感激，董金娥和方小翠甚至還會跑到方家來，執意要幫他們家幹活表達謝意，但都被趙氏勸了回去。

眼看著年關越來越近，溫月的肚子也在一天天地變大，每天跟溫月的大肚子說會兒話，已經成了滿兒必備功課，她今天做了什麼、吃了什麼、又闖了什麼禍等等，都會一一說給溫月的肚子聽。

雖然她才剛會說話不久，每說一句話前都要想上好久，而開口後又是磕磕絆絆，但這絲毫不能阻止滿兒想說話的慾望。所以每一天在方家的院子裡，都少不了滿兒甜甜的童言稚語。

「娘，跟妳睡，我。」滿兒在跟溫月的肚子交流過後，仰起小臉，一字一頓地說道。

「不想陪祖奶奶睡了？」溫月幫她把前額的散髮梳理好後，問道。

「想娘。」滿兒撒嬌地就要往溫月懷裡撲，溫月怕被她沒輕重地撞到肚子，只能伸手攔住她。

滿兒委屈地看著溫月，小小的臉上全是控訴，嘴巴張了張，卻因為著急，一個字也說不出來。

溫月心疼地把她抱在懷裡，輕聲說：「娘不是不想抱妳，只是怕妳不小心傷著小弟弟或小妹妹，所以妳以後一定不能這樣往娘的懷裡撲，如果想要娘抱妳，妳就提前跟娘說一聲，娘一定會抱我的乖乖滿兒的，好不好？」

有兩個孩子就是這樣，尤其是在老大還小，不大懂道理的時候，她注定要因為小弟弟或妹妹的到來，而變得不能再擁有全部的愛。

當方大川晚上從鎮上回來，見滿兒已經躺在炕上睡得正香，便隨口問道：「今天怎麼想著跟妳一起睡了，她不喜歡跟奶奶睡了？」

「我也不知道，剛剛她在我這兒跟肚子說了會兒話後，就非鬧著說要在咱們這屋裡睡。可能是孩子大了，開始依戀母親，我這心裡還挺高興的。」溫月動了動身子，讓姿勢能夠更舒服些。

方大川有些害怕地看著溫月的肚子道：「妳這次的肚子可要比上回懷滿兒那時候大多了，現在才快五個月，怎麼跟那七、八個月一樣？月娘，要不要帶妳去鎮上尋個好大夫看看？」

「不用了吧，我沒覺得哪兒有不舒服的，一切都挺好的，能吃能睡。」她確實沒什麼太大的反應，除了之前的孕吐外，其他都好。一開始她還以為肚子裡是雙胞胎，還暗自美了一小會兒，可是等去看了大夫後，人家說根本就不是雙胞胎。也就是從那時候開始，溫月便開始控制起飲食，畢竟這個年代並沒有剖腹產，要是孩子太大，遭罪的還是自己。

她這兒雖是一切都好，可是想到主屋裡打從入了冬就開始三不五時鬧病的趙氏，便皺著眉頭說：「我這裡不算什麼大事，真正需要費心的是奶奶那邊，越是臨近過年，她這情緒就越不對，我真怕她再有個什麼。你說，咱們要不要給她找大夫來看看，抓幾帖藥給她調養調養？」

方大川略顯沈重地坐在溫月身邊，沈聲道：「我也不知道該怎麼辦，大夫說她這是心病，還得心藥來醫。可妳我都知道她的那味藥是什麼，我也知道奶奶心裡是想要我去尋他回來的，但我卻是有一萬個不願，哪怕被說成是不孝子，我也不願意。」

溫月拉著方大川有些顫抖的手，輕聲說：「大川，我知道你是為了我們母女，所以才背負了這麼多的重擔，謝謝你。」

第三十七章

趙氏無疑是家中最思念方同業的人，越是臨近過年，她越是常常失神。甚至有時還明裡暗裡地示意方大川，希望他能去尋一下方同業，可能也知道方同業並不得人心，所以她從不敢將心裡話直白地說出來。可就是她這個樣子，那渾濁雙眼中隱隱的祈求之色，讓始終假裝聽不明白的方大川心中備受煎熬。

而身為妻子的溫月，除了緊緊握住方大川的手，表明她始終與他站在一個陣線，永遠支持他以外，也不知道還能再做些什麼。溫月知道她是自私的，但她真的不想讓方同業回來打擾他們這平靜又充滿希望的生活。

最終，夫妻兩個誰都沒有再提起方同業這個人，只是在對趙氏的照顧上更加用心，但不論怎樣，趙氏眼底的失望之色卻還是沒有減少，精神也越來越差。

年味漸漸濃了，方家的兩頭豬早已宰殺完畢，雖說趙氏還是整天提不起勁來，可因為有滿兒在家中嬉鬧，多少沖淡了因為趙氏心情低落所帶來的陰霾。

就在溫月跟方大川努力想激起趙氏的興奮情緒，盼望能過個好年的時候，方同業竟然帶著郭麗娘回來了！

看著眼前打扮得光鮮亮麗的兩人，趙氏是又喜又悲，李氏則表情淡漠，方大川是抑制不住的怒意，溫月則是滿心的厭惡。這兩人真是回來噁心人的，什麼時候回來不好，次次都趕在年前年後回來，真是太令人厭惡了。

「娘，我回來了，不孝兒子回來了。」方同業做著與上次回來時完全一樣的動作，先是跪倒，接著用雙膝爬向趙氏身邊，伏地痛哭起來。

趙氏也是悲從中來，嗚嗚地哭個不停。

「妳哭什麼？」溫月心中實在憤怒，但沒辦法指責趙氏，也只能對著在一邊裝腔作勢、伸著蘭花指擦眼淚的郭麗娘怒道。

「我是替夫君高興，我們離開這麼久，你們不知道夫君心底有多念著娘。」郭麗娘眼睛泛紅，一臉感動地看著哭抱在一起的趙氏與方同業。

夫君？

娘？

溫月差點沒被郭麗娘說出的這兩個詞噁心死，她斜眼看著郭麗娘，冷笑道：「誰是妳夫君，誰又是妳娘？妳是不是吃錯了藥，神志不清，跟誰家裡亂攀親戚呢？」

郭麗娘沒料到才剛見面，溫月就對她這樣的尖利，她猶豫了下，撫著小腹嬌羞地說：「月娘，妳怕是不知道吧，我已經有了夫君的骨肉，再過不久，大川就要有個弟弟了，往後啊，他就不會再是孤單一人。」

什麼？溫月一愣，眼睛下意識地就看向郭麗娘的小腹，郭麗娘也發現了溫月的打量，微微用力挺起了還沒有顯懷的肚子，一臉的得意。

前面正跟趙氏抱頭痛哭的方同業聽到了溫月和郭麗娘的對話，忙抬起頭來，擦去臉上的淚水，十分高興地說：「娘，我告訴您一個好消息，麗娘她有了身子了！再過不久，您又要多一個孫子了，高不高興啊，娘？」

霎時，「啪」的一聲響，將屋內因為聽到這個爆炸性消息而正驚訝的大家拉回了神，只見方同業捂著左臉，震驚地看著趙氏，叫道：「娘！您幹什麼打我？」

「我打你！我恨不得打死你！」趙氏伸手又是兩巴掌，打得方同業暈頭轉向，看得溫月在一邊暗暗叫好。

「夫君！」

就在溫月看戲看得正過癮的時候，只聽得一聲如死了娘一樣的慘叫聲，接著郭麗娘就飛撲到方同業身邊，將方同業一把攬進她的懷裡，哭著嘶吼道：「不要打了、不要打了！娘，夫君他一心就想著您，在外的日子他常常因為想您想得不能安睡，如今見面了，為什麼又要母子相殘呢？」

「麗娘，我的好麗娘，這世上只有妳一個人懂我。」方同業的頭還窩在郭麗娘的懷裡，帶著濃濃的鼻音。

這戲劇般的一幕，讓溫月徹底傻了眼，這對狗男女出去一趟後怎麼變了風格了？這是要噁心死人不償命的節奏嗎？就在她覺得無法忍耐的時候，一直木然站在一邊的李氏動了。

溫月忙叫了一聲。「娘？」

她不知道李氏想要幹什麼？是不是被方同業跟郭麗娘刺激得太過傷心，所以想要逃避？

「我去看看滿兒醒了沒有，這裡這麼吵，別把孩子給鬧醒了，這麼骯髒的場面，讓孩子看到了可不行。」李氏的眼中十分平靜，溫月沒有從裡面看到一絲悲傷的情緒，她愣愣地「喔」了一聲，目送著李氏離開。

「妳是個什麼東西，也配叫我娘?!」趙氏連吸了好幾口氣，這才說出了一句完整的話。

方同業感覺到趙氏已經停了手，從郭麗娘的懷裡露了頭。「娘，我跟麗娘已經在外成婚了，麗娘當然可以叫您娘。」說完，「咻」地一下子，他又重新把頭縮回了郭麗娘的懷裡。

郭麗娘低著頭，在那裡可憐地嗚咽著，兩隻眼睛卻盯著方同業的背脊，滿滿的全是厭惡之色。這個沒出息的東西，軟骨頭，呸，你也算是個男人?!

趙氏聽了方同業的話，顯些背過氣去，她用顫抖的手指著方同業說：「你、你個混帳王八蛋！你當初是怎麼離開這個家的？今朝回來不想著磕頭認錯，求得家人的原諒，竟然還好意思跟這個不要臉的女人在外面另行嫁娶，還把孩子給弄出來了？你到底想要幹什麼?!」

「娘，我沒有想要幹什麼，我就是想跟麗娘一起生活而已。如果當初您同意了我和麗娘的事，我們會出此下策嗎？這都是您逼的啊！」方同業總算從郭麗娘的懷裡出來，衝著趙氏吼著。

趙氏被他氣了個倒仰。「這麼說，你自己不爭氣，被這個狐狸精迷上，還怪上我了？」

「我不管，反正事情已經這樣，我和麗娘已經成親了，她肚子裡也有了我的孩子，不管您接不接受，這都是既定事實。」方同業見說不過趙氏，乾脆耍起了無賴。

趙氏氣得說不出話來，郭麗娘小心地左右看了看，開口道：「娘，您不要生氣了，雖說我們做得不對，可是我以後一定會加倍地孝敬您，對您好，對姊姊也好。娘，看在我肚子裡您還沒出世的孫子分上，您就接受了我們吧。」

「滾！妳個不要臉的爛貨，誰知道妳肚子裡懷的是哪個男人的野種？妳個千人騎、萬人睡的東西，也只有我家這個蠢貨才會受妳的騙！我還沒死呢，想進我方家的門，妳想都別想！」趙氏氣紅了眼，各種難聽的話從她的口中罵了出來。

郭麗娘的假面具終於在趙氏的污言辱罵之下寸寸崩壞，一絲絲猙獰的恨意爬上了她的眼底。忍住，一定要忍住，她死死地掐著自己的大腿，用疼痛來抑制她暴怒的情緒，她拚命地告訴自己，小不忍則亂大謀，一定要忍住。

此時屋子裡只剩下趙氏粗重的喘息聲，方同業知道自己的娘是個厲害的，可是卻從沒有聽過她對誰罵過如此惡毒的話，他一時間也是呆住了。屋裡的氣氛凝滯得讓人有些窒息，溫月跟方大川一直小心注意著趙氏的情緒，生怕她一個不好再昏厥了過去，至於方同業跟郭麗娘的心情，誰又在乎呢？

「方同業，我問你，我不同意這個女人進方家的門，你想怎麼辦？」趙氏看向方同業，眼睛裡隱隱帶著一絲希望，她希望方同業不要說出讓她不能承受的答案。

方同業直直地看向趙氏，無比堅定地道：「娘，沒有麗娘我活不下去，您就接受了她吧。」

「那大川娘呢？你打算怎麼辦？還有大川，你又想讓孩子怎麼接受？」在極度失望之下，趙氏的聲音漸漸低了下去，似乎這幾個字已經抽乾了她全身的力量。

方同業早就想過這個問題，所以當趙氏問他的時候，他毫不猶豫地回答道：「李氏我是不能要的，我不能讓麗娘頂著妾的名義進家門。至於大川，我是他爹，他能如何？」

趙氏失望地閉上了眼睛，喃喃說道：「畜生啊，忘恩負義的東西，孩子他爹，我真是沒臉見你啊，早知道他是這個樣子，我當初生下他的時候不如直接掐死算了……」

「你是不是忘了我跟你說的？我娘，你沒有資格說和離，更不能提休棄。」方大川雙手抱胸，居高臨下，冷冷地看著方同業說道。

「別拿那個糊弄我，我都問過了，只要你娘她同意，這些問題就都不是難事。你娘是什麼人我還不知道？只要我說一，她根本就不敢說二。」方同業信心滿滿地說。

「方同業，我不會和離的，這是我的家，我不會走。你若是將我逼急了，我就去告你停妻再娶，逼妻下堂，讓縣老爺治你的重罪！」屋門應聲而開，李氏抱著滿兒走了進來。

李氏將滿兒交到溫月的手裡，對方同業說：「你是不是覺得我特別好欺負？我告訴你，我忍了你一輩子，那是因為我原想和你好好過日子，好好守著這個家。雖說你的心裡，已經沒有這個家，可是我有，我不想離開。所以方同業，你選吧，要麼你堅持讓這個女人進家門，我告你停妻再娶；要麼，你好好地回來過日子，咱們一家還是和和美美的。」

相對於趙氏給他帶來的震驚，李氏的表現則讓方同業如被雷電擊中的感覺，這還是他那個唯唯諾諾了一輩子的妻子嗎？是那個打不還手、罵不還口，永遠以他為主的李氏嗎？「李氏，我跟妳已全無感情，妳何苦這樣糾纏不休？」好半天，方同業才找回自己不知道飄到哪兒去的神魂，聲淚俱下地說道。

李氏冷眼看著郭麗娘示威性地往方同業的懷裡靠去，哼笑一聲說：「你當我是因為跟你有感情才不同意分開的嗎？方同業，你當真太看得起自己了，經過了這麼多事之後，我若還是對你有任何癡念，那我不是連家裡養的豬都不如了？在我眼裡，這家中的一草一木，都比你重要得多，我之所以不離開，是因為我捨不得娘，捨不得孩子，捨不得我苦心經營的家。」

「夫君，你不要再逼姊姊了，我願意做小，只要能跟你在一起，便是無名無分，我也是願意的。」郭麗娘眼含熱淚，緊拉著方同業的手說道。

「放妳娘的屁！妳願意我還不願意呢。妳想做小？妳就是來我家做丫鬟，天天倒馬桶，我也不願意！」面對突然出聲的郭麗娘，趙氏毫不留情地大罵道。「你們兩個，不是誰都離不開誰嗎？那就趕緊滾出去！我不想看見你們，滾，都滾！」

「娘！」方同業大叫一聲，不肯挪動一步。

郭麗娘小心地看了眼屋裡站著的幾個人，見他們一個個都冷著臉，就知道她的目的在這一天裡，肯定是不能成功了。此時這些人正生氣呢，連老太太都這麼無情，還是先離開讓他們靜一靜，徐徐圖之最好。再這樣硬碰硬，真讓老太太傷了心，不認方同業，那可就出大事了。

她輕扯了下還愣在那裡的方同業。「夫君，咱們先走吧。」

方同業還是不動，郭麗娘用力地拉了他一下，他這才失魂落魄地站起身，踉踉蹌蹌地在郭麗娘的攙扶下離開了。

方同業離開後，趙氏就如洩了氣的皮球，一下子癱坐在椅子上，淚如雨下。溫月想要上前安慰幾句，卻被她抬手阻攔。「你們回屋去吧，我想一個人靜靜，我這心裡堵得慌。」

回到屋裡後，方大川坐在一邊一言不發，任滿兒在他的身上爬來爬去也視若無睹，溫月怕他鑽了牛角尖，只好出言打斷他的沈思。「想什麼呢？」

「……沒什麼，就是想他為什麼要回來，當初他偷走的那些東西，加一加也不少錢，他離開才多久的時間，難道都花沒了？」方大川喃喃道。

溫月把滿兒從他的懷裡抱出來，拿了一個小玩具放在她手裡，見她安靜下來後，這才對方大川說：「你還有心思分析這個啊，我倒覺得娘剛剛的那些話說得真霸氣，你沒見他那個樣子，整個人都傻了。」

要說李氏這些日子在鋪子裡做老闆娘的歷練還真是很有效果，看看剛才李氏的犀利言詞，再看看方同業跟見了鬼一樣的表情，想不笑都不行啊。

「娘是傷透了心，才會說這樣的話。」不同於溫月的興奮，方大川依然沈悶著。

溫月明白他心裡的想法，可是有些事情不是逃避就可以解決的，連李氏都能夠明確地表達出自己的意思，那麼他們就更沒有理由對方同業這個人仁慈了。

「大川，如果爹執意要休了娘，娶郭麗娘進門怎麼辦？」溫月不容方大川躲避，直接將這問題說了出來。

方大川聽了，劍眉倒豎，冷冷地道：「他想都不要想，而且奶奶也不會同意。」

「可要是奶奶因為郭麗娘肚子裡的孩子猶豫了呢？」

對溫月來說，現在最大的難題就是郭麗娘肚子裡的孩子，血脈在這個年代來說是重要得不得了，趙氏會不會因為心疼這個孩子，最終接受了郭麗娘，這都是不好說的事情。

「我不會同意的，放心吧，若真是這樣，我會勸著奶奶，也會替娘寫一紙訴狀。就算他不想讓咱們好過，我也要保證妳跟孩子們有個幸福的家庭，我會保護好你們。」方大川拉住溫月的手，十分堅定地說道。

今夜，注定是一個不能安睡的夜晚，方同業就像是一顆爛果子，放那兒不扔，看著噁心人，但若是撿起來扔掉，又嫌髒手。

看著在天亮時又一次相攜而來的方同業與郭麗娘，溫月真有一盆髒水潑過去的衝動，只是不等她有什麼行動，趙氏已經開口大罵——

「滾出去，髒了我的地！」溫月跟方大川剛進門，就聽到趙氏對方同業和郭麗娘不留情面地斥罵。
「娘。」見趙氏還是這麼憤怒，方同業不禁有些懊惱。一聲充滿感情的「娘」，叫得趙氏愣住了，本已經冰冷強硬的心稍微有了動搖，她頹然地垂下肩膀，說出了讓大家都不願相信的話。「……你們都出去吧，同業，你留下來，娘要跟你好好談談。」
因為不放心趙氏，大家便一起進了西屋，默默地等待著。溫月心中一直擔心趙氏因捨不得這份母子之情，最終同意了方同業的要求，如果真是那樣，她就算分家也不想和方同業與郭麗娘住在一起，就在她心裡期待著趙氏不要那麼糊塗的時候，門應聲而響，他們最討厭的人走了進來。

第三十八章

郭麗娘帶著得意的笑容，在看到溫月三人並排坐在炕沿時，心中一動，拿起茶碗倒滿了水，走到李氏的跟前，冷哼一聲。「妳還是識相些，同意和離吧，同業他的全部心思都在我的身上，妳就是不同意，勉強占著這個位置又有什麼用呢？男人的心都不在妳這兒了，等我進了門，隨便拿捏妳幾句，到時候吃苦的還不是妳自己嗎？」

李氏睜大了眼睛看著郭麗娘，雖然震驚於她人前人後差別甚大，可更不明白的是，她為什麼會突然說這種挑釁的話，既然已經裝腔作勢了這麼久，不是應該一直裝下去嗎？現在這是在幹什麼？

接著，郭麗娘又十分自信地看著溫月和方大川說：「還有你們，以後對我最好客氣點，我肚子裡可是有你們方家的種，別看老太太現在這麼固執，你們的娘我是做定了的。現在不對我好，小心以後我告你們不孝之罪！溫月娥，妳也不想讓妳的孩子們將來有個名聲不好的父母吧？」

她說完，伸手就要摸向滿兒的臉，抱著滿兒的方大川嫌惡地躲開後，她也不惱，反倒意味深長地說：「多漂亮的孩子啊，要是因為父母的拖累，將來找不到好人家，嘖嘖，那可真是太悲慘了。」

方大川終於聽不下去，啪的一聲，手用力地拍在桌子上，大喝道：「滾出去！」

溫月也站起身直逼她的跟前，大人們怎麼吵怎麼鬧都沒有關係，總是有解決的辦法。可是這郭麗娘竟然作死的想拿滿兒作文章，簡直不能原諒，這麼賤的嘴，不打怎行？

可還沒等溫月抬手，就聽見郭麗娘衝著門外大叫道：「不要！你們這是幹什麼——」然後，她笑著將手中的茶碗重重地摔在了地上，退後一步，口中依然叫著：「姊姊、月娘，妳們不要這樣，我就是想給妳們倒杯水喝啊！」

「麗娘，怎麼了，發生了什麼事？」還不等溫月他們對郭麗娘的表現做出反應，方同業很快就從趙氏的屋裡出來了，當看到碎了一地的茶碗時，方同業不滿地看著方大川說：「大川，這是怎麼回事？」

「夫君，不怪他們，是我自己不好，是我自己沒拿穩，不關他們的事。」郭麗娘滿臉委屈，可還是焦急地為溫月他們辯護著，好像生怕方同業有所誤會。

都表現得這麼明顯了，溫月再不知道郭麗娘耍的什麼手段，那她可真的是白活兩世了。顯然，方大川跟李氏也一樣想明白了，所以他們看向郭麗娘的眼神由最初的鄙夷又加了三分冰冷。

「方大川，是你摔的？」方同業摟著郭麗娘，一心想為她出氣，瞪大了眼睛對方大川說道。

方大川把頭一扭，他現在根本就不願意相信這個男人會是他的爹。

方同業見方大川根本就不理會他，雖然生氣，卻又不敢對方大川發火，為了給自己找個臺階下，方同業又將矛頭對準了李氏。「李氏，是妳摔的？」

李氏嗤笑一聲，轉頭陪著根本就不為屋內氣氛所影響的滿兒玩去了。

「不是的，夫君，真的不是他們，是我自己不小心，沒拿好。」郭麗娘的話有如火上澆油，燒光了本就沒有多少理智的方同業。

「麗娘，妳怎麼可以這麼善良，妳不要怕他們，我還是這方家的家主，有我在的一天，妳就不需要委曲求全。」方同業十分愧疚地看著郭麗娘，他覺得讓郭麗娘這樣委屈都是因為他的無能，是他對不起麗娘。

溫月冷眼看著郭麗娘在方同業看不到的地方表現得意，眉眼間的挑釁之色讓人不能容忍，再想到她剛剛拿自己的孩子說事，溫月手隨心動，「啪」地一掌就搧到了她的臉上。

只見郭麗娘慘叫一聲，睜大了眼睛看著溫月，這一刻的她著實是「真情流露」，沒有一點表演的跡象，眼淚唰地就流了下來。

方同業也傻了，他怎麼都沒想到溫月竟然敢直接動手，而且是當著他的面，打了他的女人。就在他準備上前責問溫月的時候，卻見溫月又一次抬起了手，就在他的眼前，郭麗娘又被搧了一掌。

溫月這兩巴掌打得很用力，不只郭麗娘的臉腫了，她的手也十分地疼。「淫奔之女，有什麼臉面在我家裡胡言亂語，要是讓我再從妳嘴裡聽到我兒女的事情，見妳一次就打妳一次！」

「方大川，我要你馬上寫休書，休了這個目無尊長的女人！太不像話了，太不像話了！」方同業心疼地看著郭麗娘紅腫的臉，他真恨啊，恨自己是一個讀書人，若他是那粗野村夫，定要替郭麗娘還擊幾下。

方大川示意李氏將滿兒抱走，接著站到溫月的身邊，冷聲道：「月娘她沒有做錯事，在我看來，這兩巴掌實在是打得輕了些。」

「你！」方同業指著方大川的鼻尖。「你這不肖子，這還是我的家嗎？這個家，對我究竟還有什麼意義！」

「同業，我們不要忍了，我們沒有殺人，沒有放火，為什麼要受他們這樣的對待？同業，你信我嗎？」突然，郭麗娘不再哭泣，表情嚴肅地看著方同業問道。

方同業雖然不明白郭麗娘為什麼冷靜下來，可還是認真地點了頭說：「相信，麗娘，這世上除了妳，我還能信誰？」

「同業，我現在算是想明白了，無論咱們做什麼，他們都不會接受咱們。我剛剛受到了他們多大的侮辱你也應該看到了，現在你這個兒子對你也毫無尊重可言，分家吧，同業。我，還有我肚子裡的孩子，我們三個人，一起過幸福的生活，名分什麼的，我不在乎。」

「分家？」方同業茫然地看著郭麗娘，心裡亂成了一團，他雖說大罵方大川不孝，埋怨這個家對他不夠寬容、尊重，可是他卻從沒想過要分家。

「是，分家。」方同業竟然猶豫了，這可不符合郭麗娘的預期，不分家，她怎麼能拿到方家的錢財呢？

「分什麼家？妳有什麼資格要分我的家？妳算個什麼東西？」驀地，虛弱的趙氏走了進來，用恨不得殺了郭麗娘的目光看著她。

郭麗娘畏縮地躲到了方同業的身後，一雙手也抓上了方同業的胳膊，瑟瑟發抖。李氏跟溫月急忙將趙氏扶上炕坐好，這才一天的時間，趙氏本已經銀絲遍布的頭頂更是多添了許多白髮，更顯得暮靄沈沈。

溫月低嘆一聲，家中最難受的應該就是趙氏了吧，那麼盼著兒子回來，結果一回來就全都是荒唐事，這種打擊真不是一般人可以承受的。

「娘，我要分，不過您放心，即使是分了家，我也一樣會孝敬您的。」感覺到郭麗娘那不停抖動的雙手，他下定了決心。

趙氏隨手將桌上的碗砸向了方同業。「你要分家？你跟誰分？你就這麼一個兒子，你要怎麼分？難道你還要跟兒子斷了關係不成？」

郭麗娘的眼睛隨著趙氏的話迸出一道光亮，隨即便是抑制不住的狂喜，是了，斷絕關係，只要讓方同業跟方大川斷了關係，那方家的一切不就都屬於方同業的了？分家還要分給方大川一些東西，可若是將方大川趕出家門，卻可以一文錢都不給。

「斷就斷，娘，您不用擔心同業老了會沒人照顧，遠的不說，只說近處我這肚子裡就有個孩子啊！您作為長輩反對我跟同業的事情，我們可以理解，您也有這個資格，但方大川對我相公毫無敬重可言，這樣的兒子，又有何用？將來也不過是給同業心上捅刀，這樣的親人，我們不需要，是不是，同業？」郭麗娘搶在方同業的前面說道，只在最後象徵性地徵求了他的意見，有意地將方同業的手放在她的小腹上。

見郭麗娘慫恿方同業跟方大川脫離父子關係，溫月突然覺得這郭麗娘其實也很善解人意啊。答應吧，快答應啊，溫月看著方同業，希望他能點頭，大家也都解脫了。

桌子上已經沒什麼可以扔的東西了，趙氏眼看著方同業就要點頭同意，氣得她又直接厥了過去。

方家的這個上午，依舊是在混亂中度過的，方同業跟郭麗娘在聽大夫說趙氏沒什麼大問題，扔下一句定要斷關係的話後，就趁著忙亂的工夫偷偷溜走了。

對於方同業，溫月已無話可說，斷關係，這正中她下懷的主意，她怎麼能不高興？這個家中唯一不捨他的，只有趙氏而已，他還真以為這些人都很喜歡他嗎？威脅誰啊！

留下李氏在屋裡照顧趙氏，溫月帶著滿兒在廚房裡煎藥，偶爾抬起頭，就能看到方大川站在窗邊默默地向外看著。

「娘，不氣。」滿兒覺察到溫月的心情不好，軟軟的小手摸上溫月，奶聲奶氣地安慰道。

溫月親了親滿兒的額頭，笑著說：「滿兒好乖，有滿兒陪著娘，娘很開心，謝謝寶貝。

不過咱們的滿兒要不要也去陪陪爹，讓他也高興？」

「嗯。」滿兒聽了溫月的話，便走去找方大川了。

有了滿兒小棉襖的貼心寬慰，方大川渾身冰冷的氣息才算是得到一點點溫暖，他像是下了什麼決心，抱著滿兒到溫月的身邊，蹲在溫月的跟前直視著她的眼睛道：「月娘，如果我同意跟他斷絕父子關係，妳會不會害怕在之後的一段時間裡，被一些別有用心、不明真相的人指指點點？」

「相比於以後漫長的歲月裡，要一直被他拖累，不停地為他收拾爛攤子，甚至還要影響到我們孩子的人生，那一點點的流言根本就不重要。」溫月沒有逃避，沒有違心，直白地說出了她心裡最真實的想法。

方大川沈默了，慢慢的，他眼裡最後的一點猶豫也變成了堅定。「月娘，我們要做好搬出這個家的準備了，或許，這個家裡的東西，我們都沒辦法帶走。」

看來，方大川是真的做好準備了，這個家明面上的財產並沒有多少，就是全給了方同業她也不在乎。只是，他們夫妻沒問題，可趙氏那裡呢？李氏那裡呢？她們會同意嗎？

溫月能想到的事情，方大川也一樣想到了。「奶奶那邊咱們先不要說，先跟娘說說吧，勸她同意和離，如果那人真要斷關係的話，只有和離了，咱們才能把娘帶走。」

不過沒想到的是，勸說李氏的過程順利得有些不可思議，溫月才剛開口，李氏就點頭同意道：「我聽你們的，總之只要能跟你們在一起生活，我怎麼樣都好。」

所謂快刀斬亂麻，應該就是現在這個樣子吧，下午的時候，方同業來勢洶洶，一副不達目的不甘休的架勢，他甚至叫來了周里正做見證。而方大川這邊也早已經做好了充足的心理準備，所以不論方同業怎樣信口雌黃，顛倒是非，他都是面無表情地冷靜接受。

趙氏的哭聲隱隱從厚重的門簾內傳了出來，周里正一直克制著對方同業的反感，維持他秉公的形象。可當他從方同業嘴裡無數次聽到他指責方大川不孝、方大川狼心狗肺的時候，終於忍不住打斷道：「方同業，你找我來的目的我已經明白了，這眼看著要過年了，村裡事也多，我沒時間跟你在這裡多耽誤。這個家，你到底想怎麼個分法？」

「周里正，我們不分家，我的意思是，這種不仁不義的人，不配做我方家的子孫。我要以方家家主的名義，將他逐出我們方家，父子關係一刀兩斷，從此生死各不相干。」方同業大義凜然地說道。

「嘶！」本來還在悠閒捋著鬍鬚的周里正，在聽到方同業說要跟方大川斷絕父子關係的時候，失神之際竟拽掉了自己的一根鬍鬚，雖然是疼，可卻還沒有方同業的話給他帶來的刺激大。

這方同業是傻了嗎？方大川這樣好的兒子竟然要跟他斷絕關係，就憑他這樣的為人，沒了方大川的供養能幹什麼？他不會真想跟這個不著調的女人過一輩子吧？

周里正一想到這對姊妹做的那齷齪事，他就後悔當初讓她們留在村裡，這要是在十幾年前，就憑她們做的事，完全可以浸豬籠的。也就是這些年，上面的典刑日漸鬆泛，他們這些小人物也不願多做殺戮，不過，這也是因為這對姊妹不是周家村的本戶，不然，哼……

他看了看面無表情的方大川，想要再給他一個分辯的機會，要知道，如果真的同意了方同業的說法，方大川被逐出方家，那可是要淨身出戶的。他們這兩年所置辦的所有家業，可就都歸了方同業這個人渣，那方大川一家老的老、小的小，還有個懷孕的媳婦，要怎麼過日子？

「大川啊，你可有什麼要說的？」出於對方大川的同情，周里正開口問道。

方大川搖搖頭。「我沒什麼可說的，欲加之罪，何患無辭？我只希望他將來不要後悔。」

「我有話說。」李氏從屋裡掀簾而出。「既然你要為了一個淫奔女跟兒子斷絕關係，那這個家自然也是容不下我，所以趁著大家都在，咱們和離吧。」

郭麗娘見方同業竟然有了絲愧疚之色，忙開口說：「這是自然，妳都不把同業當成是自己的男人，怎麼還有臉賴在這裡？」

「住嘴！妳這傷風敗俗之人，真想讓我請族法將妳點了天燈（注）不成？」周里正終於爆發，冷哼一聲罵道。

注：點天燈是一種死後刑罰，用來追究犯人生前的罪孽，把犯人屍體的衣服扒光，用麻布包裹，再放進油缸裡浸泡，入夜後，將屍體頭下腳上拴在一根高的木竿上，從腳上點燃。另有一說是在肚內灌滿香油，從嘴裡引出燈芯，點燃。

點天燈這三個字一出，郭麗娘立刻老實了。方同業見周里正竟然恐嚇郭麗娘，馬上表現出了不高興的樣子。而周里正又是什麼人，哪裡看不出來？所以心裡更是對方同業厭惡不已。

「既然你們都沒有異議，那就趕快簽字畫押吧，早完事便早了了心思。」

果然不出方大川跟溫月所料，在簽完了所有的契約後，方同業開口就跟方大川要這個家裡的全部財產。溫月跟方大川也沒使詐，將家中的房契、地契還有十兩銀子一起擺在了桌面上。

見只有這點東西，郭麗娘又急了，她忌憚地看了眼周里正，卻還是開口問道：「怎麼就這麼點錢，你不是在鎮上還有間鋪子嗎？還有，你們不是也靠繡藝、涼粉方子賺了不少錢，都到哪兒去了？你們怎麼可以私藏？」

看著郭麗娘氣急敗壞如小丑一樣在那裡跳腳，溫月笑道：「妳真是了不起，我們家有多少家底妳竟然也能打聽出來，既然如此，妳不知道那個鋪子是我們租的？」

「什麼？那賺的錢呢？」郭麗娘叫道。

「妳的腦子是不是被驢踢了？妳見誰家在分家產的時候，還要分兒媳婦的嫁妝，幹什麼，妳要明搶啊？」溫月柳眉一挑，譏諷地看著郭麗娘。

「妳的錢？怎麼會是妳的錢?!」一聽溫月這麼說，郭麗娘完全失去冷靜，她為何費盡心思要跟這個廢物在一起，不就是因為方家有錢嗎？如果還是要過回苦日子，她何苦找這麼個老頭？

「為什麼不是她的錢？那是用她賣了自己的獨門技藝得來的錢，當然是屬於她的。」方大川站起身，雙手抱胸，居高臨下地看著郭麗娘說。

「這……」郭麗娘一時無語，雖然是這個理沒錯，可是不行，她必須得到這筆錢。「同業，你看看，你的好兒子有那麼一大筆錢，卻不肯給我們留一些，你還捨不得你這兒子，你現在總算看清他了吧！」

溫月嘲諷地看著氣急敗壞的郭麗娘，說道：「妳不用費盡心思挑唆，這事妳說破天去，也是我們占理。還有，如今你們得了這麼大的便宜，我要是你們就會找個地方偷著樂了，還有臉在這裡繼續糾纏不休？妳真以為我們都是泥捏的人嗎？

「方同業、郭麗娘，若是你們不懂得見好就收，我明天就將你們偷竊、淫奔、停妻另娶、逼妻下堂，還有為了私利，爭搶家產、逐子出門的這些惡行全都寫在狀紙上，請官老爺為我們明斷是非。所以，若你們兩個還想在這青天白日下光明正大地行走，為你們沒出生的孩子積點德，就趕緊從我們眼前消失。」

既然已經到了撕破臉皮的分上，溫月也覺得沒有對他們留情的必要，雖然她這樣說，方大川可能會有那麼一點不舒服，可她也顧不得了，不一次滅除郭麗娘心裡的貪念，哪怕就算真的斷了關係，她還是會因為不甘心而跳出來噁心人。

第三十九章

溫月的話終於起了作用，方同業拿起桌上的東西，拉著郭麗娘就準備向外走。「給你們三天時間，收拾好了就搬出去！」

在路過趙氏門口的時候，他想了想說：「娘，我明天再來看您。」

「你們都進來，我有話對你們說。」趙氏突然說道，那聲音裡的悲涼之感，竟聽得溫月有些心酸。

周里正見趙氏有家內話要說，便先告辭，幾個人聽話地進了趙氏的屋子，卻見她半倚在李氏的懷裡，有氣無力地說：「我老了，說話也不好使了，同業啊，這眼看著就過年了，你讓大川他們去哪兒住？」

「他們那麼有錢，去哪兒不能住？」郭麗娘撇著嘴說。

趙氏根本就不理會郭麗娘，就像是聽到路邊瞎叫的狗，完全不放在眼裡。她一直緊盯著方同業，此時渾濁的雙眼卻讓方同業不敢直視，那裡頭飽含的失望之色刺得他心裡顫了下。

可他一想到他的鋪子還有那些追債的人，他又一次硬了心腸，發狠地道：「娘，我最多給他們三天的時間，三天後我是一定要收屋子的，過些日子我還得出門，在這之前我得把事情都處理好。」

「你還要走？同業啊，娘被你氣的，一直也沒抽出時間來問問你在外面這些日子都在幹啥啊？」趙氏關心地問道。

溫月被趙氏氣得有些無奈，她真心覺得趙氏的關心太過多餘，面對這樣的兒子還不肯死心，前一秒氣得恨不得沒有生過他，這一秒又關心得滿心裡只有他，這也真的是太令人哭笑不得了。

可是，當她看著在她懷裡睡得正香的滿兒時，突然覺得趙氏的做法似乎也能理解。孩子啊，那都是上輩子的債啊！

「娘，我在外面做了個小生意，現在遇上點小問題，過幾天我跟麗娘回去處理一下，等把這個坎兒過了，我再接您去青州享福。」方同業不願再多說，站起身，目光掃向方大川。

「就三天，三天後你必須搬走。」

郭麗娘已經顧不上被屋裡人無視的羞辱感了，她現在滿腦子想的都是那些銀子不屬於自己的事情，眼睜睜看著白花花的銀子全都長了翅膀飛走，這讓她如何能甘心？

現在的她腦子很亂，在方同業說完後，拉著他就離開了這裡，想著回家後，得好好地想個辦法，看能不能再多弄點錢出來，不然就這點家產，怎麼夠還他們在青州借的印子錢（注）？

溫月一直認為家中所有的東西都給了方同業，他們只需要帶四季衣衫，也沒什麼別的東西了，可真等到整理的時候，她才發現她還是想得太簡單了。

為了不讓方同業知道得太多，溫月他們不能直接搬去李家溝的莊子，而是必須先去鎮上的鋪子中轉一下。去那基本上算是個空宅的鋪子住，很多東西都需要置辦，雖然溫月有全部換新的打算，可這個時間，已經沒有店鋪還開著了。

所以，不管是什麼鍋碗瓢盆、衣服被褥、糧食醃菜還是各種工具，溫月跟方大川通通開始往車上裝。雖說整理這些東西也不是什麼輕鬆的活兒，可是想到從今往後，不管方同業再怎麼折騰，都跟他們再也沒有一點關係，她就覺得有使不完的力氣。

只是可惜這棟房子還有這些牲口了，這院子裡的每一個角落都有她的足跡，一草一樹都記錄著她在這裡生活的點滴。這裡有她太多美好的回憶，如果不是怕方同業糾纏不清，她真的很想拿錢買下這房子。

「大川，奶奶有沒有同意跟咱們走？」夜裡，累了一天已經睏意十足的溫月，總算等到去趙氏那裡勸說回來的方大川。

「她不同意。我怎麼勸說都沒用，她說既然那人跟我斷了關係，那她理應由那人來養。」方大川悶悶地說。

溫月打了個哈欠，揉了揉眼睛，強打起精神說：「你沒提醒奶奶，今天那人都說不能照顧她了嗎？」

「我說了，可奶奶有多固執妳也不是不知道，不論我怎麼說，她都堅持要等那個人，還

注：印子錢，舊時放高利貸的俗稱。以所借的錢，加算利息，分期償還，每還一部分，則於摺上蓋以印記。

說她可以跟那個人去青州。」方大川替溫月將眼角溢出的眼淚擦去，小聲說道。

溫月往方大川的懷裡蹭了蹭，聲音含糊不清。「那人不會同意的，我也不同意，哪能讓她走那麼遠呢，明天我再去勸勸，說什麼也得讓她跟咱們一起生活。」

「我知道了。謝謝妳，月娘。」方大川等了半天，也沒聽到溫月的回答，低頭一看，溫月早已經睡了過去。他輕輕在溫月的髮頂吻了一下，眼裡閃過一絲複雜之色，今天收拾東西的時候，他已經發現溫月捨不得這個房子，好幾次躲在角落裡默默地抹著眼淚。

這房子是他們真正的第一個家，他們的孩子在這個房子裡出生，在這裡長大，這個院子裡，留有太多他們的笑聲，不只月娘捨不得，他也一樣捨不得。可他卻沒有保下這間房子，為了日後不跟那人有牽扯，也為了給他們之間留最後一絲的情面，他選擇了退讓。

「月娘，對不起。」他摟著溫月的胳膊緊了緊，可因為溫月的大肚子，兩人不能像往常那樣緊緊相貼，他最後只能在溫月輕柔的呼吸聲中慢慢地睡了過去。

第二天一早，溫月醒來就看到外面天氣十分陰沈。

「大川，今天怕是會下雪啊，你進鎮的時候，駕車小心點。」方大川已經在院子裡套車，溫月給他倒了碗熱水，不放心地叮囑著。

「知道了，我看這天一時半會兒也下不了，我早去早回，應該碰不上下雪。」方大川喝了一大口熱水，感覺身子暖和了不少，對溫月露出了一口大白牙。

「一碗水也值得你這麼高興，看把你笑的。行了，快去吧，早點回來，晚上咱們吃鍋子。」

昨天溫月睡到半夜，突然醒了，也不知怎的，那個時候滿腦子都是想吃火鍋，她想著家裡的牲畜都要留給方同業，也是浪費，乾脆就宰一隻羊，給孫四嬸家分一點，大家喝幾天羊湯算了。至於方同業高不高興，她才不在乎呢。

方大川走後，溫月就去了趙氏屋裡，坐在她身旁苦口婆心地勸了起來，可說到嗓子都乾了，趙氏還是堅持她的想法要跟方同業走。

「奶奶，您不要自己騙自己了，那人根本就不會帶您走的，那天他說得那麼明白，您真的不記得了？」溫月見趙氏這麼冥頑不靈，著急之下，說話就有些刺耳。

趙氏眼圈一下子就紅了。

「月娘啊，我當然知道跟你們在一起最好，可是我說句心裡話，我是不放心妳爹啊，他哪是做生意的料？當初他從家裡偷了那麼多錢跑了，這才多久，竟然就欠起了外債，妳說說，他這錢都花哪兒去了？搞不好都被那個小妖精給敗了啊，我不去看著他，我真怕他到死那天，連口棺材都混不上啊！」

「可是奶奶，您想去，人家會讓您跟著嗎？您看看您現在這身子，外面這麼冷，怕是您還沒到青州就已經重病纏身了。您說他們兩個人，哪個能照顧您？那您跟去還有什麼意義？

「跟您說句實話，我跟大川對那人沒有情，只有怨，娘她怕是也一樣。咱們這些人裡，也只有您心裡還惦著他，所以奶奶，您要是怎麼樣了，將來他落魄了回來找我們，我們肯定不會理他的。

「但如果您健健康康地活著，看在您的面子上，我和大川多少不會對他太壞，至少一口飯還是有的，所以奶奶，您想想吧，到底是跟著他們折騰自己好，還是跟著我們好好活著，為他盡最後一分心。」苦勸無果的溫月，乾脆反著來，趙氏越怕什麼，就越嚇她什麼。

見趙氏低頭不語，溫月知道她是把自己的話聽進去了，便沒有再打擾她的思緒，站起身悄悄地退了出去。

一出門，溫月就看到李氏抱著滿兒站在門口，她停腳叫了一聲。「娘……」

李氏往趙氏的屋裡看了看，小聲問：「說動奶奶了嗎？」

「還不知道，但至少她不像剛剛那麼強硬了。」溫月也小聲地回答道。

「知道了，我去收拾桌子，滿兒妳帶著吧。」李氏說著，就要把懷裡的滿兒放在地上。

還沒撒夠嬌的滿兒緊摟著李氏的脖子就是不下地，溫月笑著說：「喲，我的大寶貝醒了？早安啊，滿兒。」

滿兒趕緊伸著脖子親了溫月一口。「娘，早安。」

「好孩子，快下來吧，娘帶妳去洗臉，一會兒該吃飯了。」溫月伸手把滿兒接放在地上，牽著她的手慢慢去了灶臺。

吃過早飯後，李氏便去給趙氏煎藥，溫月想了想，乾脆帶著滿兒去了孫四嬸家。孫四嬸的兩個兒子現在身體恢復得不錯，照這個情形下去，等到了開春的時候，應該是可以下地幹活的。

見溫月來了，正在準備過年吃食的孫四嬸熱情地迎了上來。「月娘啊，今天怎麼有空來了？」

見孫四嬸這麼開心的樣子，溫月就知道她還不清楚昨天自己家裡發生的事。想想也是，以周里正的為人，八卦應該不會那麼快就傳出來。「嬸子，我是來找叔叔的，我想請他來家裡一趟，幫我們把家裡的羊宰了。」

「怎麼這個時候宰羊啊？」孫四嬸問了一句。

溫月笑笑。「沒事，就是這羊已經擠不出奶了，留著也是費草料，乾脆宰了算了。一會兒讓叔叔也給你們帶點羊肉回來，煮個羊湯喝，暖暖身子。」

「不用了，那羊也不大，你們家留著吃吧。」孫四嬸說完，便朝屋裡喊道：「孩子他爹啊，你快出來！」

孫四嬸的男人剛從屋裡探出頭，就聽孫四嬸說道：「你拿著刀，去給月娘家宰頭羊，幫著收拾乾淨了再回來。」

「叔叔幫著宰殺就行，剩下的我們來弄。」溫月忙笑著說。

孫四嬸瞪了她一眼。「你們懂個啥，光剝那羊皮就夠費勁的了，讓妳叔叔弄，反正家裡也沒啥事，一天給他閒得淨會礙事。」

孫四嬸的男人動作很是俐落，溫月他們這邊剛燒好水，那邊他已經一個人把羊給宰殺完畢了。就在他努力地剝羊皮的時候，方同業帶著郭麗娘以及郭麗雪，手裡拎著東西出現了。

「這是在幹什麼？」郭麗娘看著院中那顆猙獰的羊頭，嚇了一跳。

孫四嬸的男人沒有說話，正在往外抬熱水的李氏見是他們來了，冷漠地從他們身邊走過，將水倒進了盆裡。

「我問你們這是幹什麼呢？誰允許你們宰羊了？」郭麗娘又一次被李氏忽略，臉色自然不好。

溫月拉著滿兒的手站在門口，高聲說：「你們怎麼來了？」

知道李氏不想跟他們說話，溫月側過身讓李氏先進了屋，方同業也愣了一下，開口道：「娘讓我們來的，說要跟你們一起吃頓飯。」

屋裡的趙氏也附和著道：「月娘啊，吃飯這事是我提的，今天咱們就心平氣和地在一起吃頓飯，也算是圓我這老太婆最後一個請求吧。」

「喔……」溫月點點頭，心裡有些埋怨趙氏竟然先斬後奏，跟他們一起吃飯，還真怕消化不良。

「喔什麼？我問妳呢，為什麼宰羊？」被接二連三地忽視，讓郭麗娘有些聲嘶力竭。

溫月白了郭麗娘一眼，本想嗆她幾句解解氣，但忽然心中一動，覺得換個法子更能氣到她。

「妳說這個啊！我今天早上起床後，就有種你們會請客吃飯的感覺，雖說是散夥飯吧，那也得吃些好的不是？所以我就替你們作主把這羊給殺了。果不其然，我還真猜對了，瞧你們真帶了這麼多東西，沒想到你們還挺大方的。那我們這做客人的就不插手了，這飯，你們來做吧。」溫月就像是忘記了昨天的事一樣，笑呵呵說道。

郭麗娘臉都綠了，才一晚上的工夫，幾百文就沒有了？她現在最愁的就是錢了，手裡每一文錢都恨不得掰開來用，溫月娥這個賤人，她怎麼敢，她怎麼敢?!

溫月是真不知道郭麗娘在心疼錢，如果知道郭麗娘現在對錢看得那麼重，說什麼她都要想辦法把院子裡的活物煮了吃，氣死郭麗娘才好呢。

「月娘，讓她們做飯好嗎？」李氏看著廚房裡郭麗娘跟郭麗雪忙碌的身影，有些不放心地道。

溫月將李氏拉到身邊，把手裡正在疊的衣服放到她腿上。「哎呀，娘，您就不要操心了，還是快點把剩下的這些東西收拾好吧。就算您進了廚房，人家怕是也不高興呢，在她們眼裡，現在那兒可是她們的地盤。」

李氏有些惆悵地朝屋中環視一番。「真不甘心啊，就這樣把房子讓給他們了。月娘，咱們以後要一直住在店裡嗎？那年後孫四嬸他們來看店住哪兒啊？」

「舊的不去，新的不來嘛。娘，您不用擔心，咱們有住的地方，難道您還不信我和大川嗎？」溫月笑著安慰她。

「信，怎麼會不信？娘現在啊，就信你們兩個了。奇怪，奶奶那屋怎麼一點聲音都沒有，是不是又被他氣倒了？」李氏說到一半，往趙氏屋裡看了看，有些不大放心。「不行，我還是去看看吧。」說完，她端起水碗就去了趙氏那裡。

等方大川回來的時候，天空已經飄起了小雪，當他看到在廚房裡做飯的郭麗娘與郭麗雪時，不禁愣住了。

「她們怎麼會在這兒？」方大川對出來迎接他的溫月問道。

溫月幫他拍打著衣服上沾著的雪花，說：「別理她們，那人說要來跟咱們吃散夥飯，她們是來做飯的。對了，大川，羊已經宰好了，中午喝羊湯，晚上他們走了，咱們就吃鍋子。」

「要跟他們一起吃？」方大川皺緊了眉頭，十分不願。

溫月拍了拍他的肩膀安慰道：「奶奶要求的，忍忍吧。」

這一頓飯吃得並不算愉快，席間竟然沒有一個人說話，只是不知道什麼原因，郭麗娘總是讓郭麗雪給方大川敬酒，但方大川那麼討厭她們姊妹，又怎麼可能喝她們勸的酒？因為方大川不肯喝，溫月從郭麗娘眼中看到了明顯的失望之色，這個眼神讓溫月心生警惕，不知道郭麗娘又要使什麼骯髒手段，溫月哪還敢多耽誤，簡單吃了幾口就拉著方大川準備起身。

可她卻不知道，就是因為她的這份警覺，險險躲過了郭麗娘在家中想了一夜的陰謀。這個為了錢無所不用其極的女人，竟然想在灌醉方大川後，讓郭麗雪爬上他的床！然後，以此做要脅，再從方大川夫妻手上，弄到一筆錢。

可溫月的警惕到底沒給她們這可乘之機，看著方大川他們越走越遠，郭麗娘的心開始不停地滴血。

第四十章

離開的騾車上，到底是少了趙氏的身影，臨走時，趙氏說什麼也不肯走，一定要守著方同業才安心。本來溫月跟方大川還想再勸，可是看到趙氏那渾濁含淚的雙眼看著熟睡中的方同業時，溫月跟方大川還是在她這讓人心酸的母愛中認輸了。

到了鋪子，剛把東西搬進屋不久，天空就飄起了鵝毛大雪。方大川早上來時已經先把兩個屋子的炕都燒過一遍，所以他們來時，屋裡並不是很冷。生了炭火，燒了炕，一路疲累的溫月幾人都早早地上炕休息。

也許是因為這幾天經歷的事情太多，加上昨天的一路顛簸，溫月隔天醒來後，感覺肚子不是很舒服。幸好大夫說只是因為她太過疲憊，並不嚴重，多臥床休息就可以了。而更讓溫月驚喜的是，老大夫告訴她，她肚子裡懷的是雙胞胎。

這真是天降的禮物，送走了大夫後，方大川激動地抱著溫月道：「我就說，妳這肚子大得不正常，幸好我這次找的是鎮上最好的婦科聖手，不然真會被之前那個庸醫給耽誤了。不行，我這次得多找幾個穩婆才行，大夫都說了，生雙胎是有危險的。」

「傻子，我這才四個多月，離生還早呢！再說，這眼看著就過年了，你去哪兒找啊，不過……我還真想讓你去找個人。」溫月拉住又要往外衝的方大川。「今天太晚了，明兒個一早你就去接奶奶，跟她說我這肚子裡懷的是雙胞胎，可是胎象不好，要是一個不注意就有失去孩子的危險，讓她回來照看照看我。」

李氏在一邊也笑著點頭道：「對、對，月娘這個主意使得，你告訴她，就說我現在已經慌了，什麼辦法都沒有，就知道哭天抹淚的。」

「成，就聽妳們的，明兒個我一定把奶奶給接回來。」方大川也興奮地說道。

因為有了這個好理由，溫月、大川跟李氏都覺得一定能把趙氏給接來，所以這個夜晚三個人睡得格外香甜。隔天一早，溫月他們都還沒有起床，就聽到鋪子的正門被人用力敲響，方大川起身下地，對被吵醒的溫月說：「妳再睡會兒吧，也不知道是誰一大早的就來敲門，我去看看。」

「嗯。」溫月笨拙地翻了個身，想要繼續睡一會兒。可平躺了一個晚上，她也想換個姿勢，哪想到她剛把身子側過來，肚皮上就是一陣毫無章法的高低起伏，肚子裡的孩子踢得她連胸口都有些疼。

「壞孩子，你們不舒服就這麼大的反應？娘也不舒服，你們就體諒體諒娘，讓娘側躺一小會兒，好不好？」溫月輕輕撫摸著肚子說。

「唔！」接著，溫月驚喜地看著她漸漸恢復平靜的肚子。「寶貝們，你們聽懂娘的話了？都說女孩才是貼心小棉襖，沒想到你們也是這麼貼心的孩子，你們這麼懂事，娘也不能太自私，娘這就轉身啊！」

溫月已經完全沈浸在孩子帶給她的驚喜之中，雖說她心裡也明白，孩子之所以安靜下來，只是因為他們在她的肚子裡已經找到了舒服的姿勢，可她還是願意把這當成是孩子跟她之間的幸福互動。

「娘、月娘，妳們快出來！」屋外傳來方大川驚慌的聲音。

還在屋裡對著肚子母愛氾濫的溫月突然聽到方大川驚慌失措的聲音，這還是溫月第一次聽到方大川這樣慌亂，雖說心裡著急，但因為肚子的關係，她沒辦法迅速移動，等她掙扎著起身時，方大川已經抱著不醒人事的趙氏衝了進來。

先她一步出來的李氏一看方大川懷裡抱著的竟是昏迷不醒的趙氏時，一下子就嚇哭了，抓著趙氏的手臂不停地搖晃著。「娘、娘，您這是怎麼了？娘！」

溫月也傻了，這是怎麼回事，這才一、兩天不見，趙氏怎麼就成這個樣子了？可她還是拉住了李氏。「娘，您不要晃動奶奶，讓大川把奶奶放下吧。」

方大川趕緊放下趙氏後，邊往外走邊說：「月娘，妳和娘照顧著奶奶，我去找大夫！」

溫月點了下頭，隨後對在一邊不停掉眼淚的李氏說：「娘，不要哭了，您看顧著奶奶，我去燒水。」

「我去吧，妳這身子也不行，妳在這兒看著。」李氏搖了搖頭，邊擦眼淚邊走了出去。

趙氏雙眼緊閉，臉色慘白，呼吸也是十分微弱，溫月心裡害怕，可還是懷著萬分之一的希望伸手按了按她的人中，卻沒有絲毫的反應，看著人事不知的趙氏，溫月心痛的同時也在想這到底是怎麼回事？這樣一大清早的，會是誰把趙氏送到了這裡？周家村到鎮上，可不是十幾分鐘的事，可如果是有人送她來的，那送她的人又去哪兒了？怎麼只有趙氏一人昏迷不醒？

方大川以最快的速度請來了大夫，溫月跟李氏緊張地看著大夫在趙氏的身上施針，等他收針後，溫月跟李氏又圍了上去。

「大夫，她怎麼還不醒？」李氏看著趙氏仍然緊閉的雙眼，焦急地問道。

「大概過半炷香的時間，她就會醒過來了。不過，老人家年紀也大了，這一次又是受了大刺激，這身體怕是損傷不小。」那大夫接過藥僮遞來的帕子，擦了擦手說道。

「怎、怎麼會呢？」李氏聽完大夫的話，眼淚一下就落了下來。

大夫看著方大川，並沒有理會情緒激動的李氏。「她的身子早就不大好了，你們心裡也應該清楚，若是好好養著還是有幾年壽數的。可是這一次，怕是刺激不小，於壽數上怕是又有影響了。」

「大夫，你這話是什麼意思？」方大川還沒有從大夫的話中回過神來，有些茫然地問道。

「她這病是時間問題，用上等藥材可以維持一些日子，若是不想用好藥，只能就這麼挺著，過一天是一天。這個決定要你們自己拿捏，我只是告訴你們一個事實。」大夫似乎已經習慣這種場合了，一點都不在意李氏那越哭越大的聲音。

「用，我們用上等藥材，用最好的。」方大川沒有任何一絲猶豫。

大夫看了眼方大川，說：「你可要想仔細了，用好藥也就是吊著，至多能多堅持一、兩個月，若是不用藥，她這身子，挺過年去也沒有問題。」

大夫以為方大川一家是不想在年前家裡死了人，怕不吉利，所以才會對一個明擺著救不回來的人用上好藥材醫治，若是有錢人家他還可以理解，可看這家人的穿戴，明顯是沒有那種能力的。

「大夫，我們想好了，就用最好的藥，您只管給我們開藥，我們不會差錢的。」溫月見大夫總是在強調好藥，也知道他這是怕到時候抓藥時，他們嫌藥貴而放棄。

只見那大夫點了點頭說：「行，那我就給你們抓藥了，我可事先說明啊，這味藥裡有百年老參，所以價錢可是不便宜。一服藥八百文，一天吃兩服，只要老太太活著，就要一直吃下去，你們可是能接受？」

「接受。」方大川、溫月與李氏全異口同聲地回答。

抓了藥，送走大夫，還沒等溫月詢問方大川早上到底是怎麼一回事時，趙氏便悠悠地醒轉過來。

「娘！您醒了？」一直守在趙氏身邊的李氏高興地道。「月娘、大川，奶奶醒了。」

剛醒過來的趙氏環視了四周一眼後，眼中的光芒又黯淡不少，她費力地伸手將方大川招到身邊後，沙啞著聲音問道：「你爹呢？」

「我沒看到，他有來嗎？」方大川愣了一下說道。早上他聽到急促的敲門聲後，就匆忙趕了過去，可等他打開鋪子的門後，看到的卻是趙氏一個人暈倒在門口。現在聽趙氏這樣問，他才想起早上看到趙氏時，店門前雪路上那清晰的車轍印跡。

趙氏因為期待而半挺起的上身又緩緩地倒回炕上，眼睛直直地盯著屋頂，悲涼地說：「真是作孽啊！大川，他把家全賣了，都賣了啊！我死活都沒能攔住，他就跟中了邪一樣，把我扔在你這裡就跑了啊。」

「這麼快？」溫月吃驚地看向方大川，雖然她猜測方同業會急著將家產變現，可是這才兩天的工夫他就找到下家了？

「奶奶，賣就賣吧，他出門手裡有錢，您不是也放心嘛。」溫月給趙氏擦了擦臉，儘量寬慰地說道，見老太太睜著眼睛不說話，溫月俯在她的耳邊說：「奶奶，您現在太偏心了，只想著那個人，都不疼我了。您不疼我就算了，您也該疼疼我肚子裡的孩兒啊，大夫說了，我這是雙胞胎呢，可是懷相不是很好，我現在都怕死了，您難道不管我了啊？」

趙氏原本黯淡的雙眼，在聽到溫月說雙胞胎的時候，猛地亮了起來，她雖無力坐起身，卻仍緊緊握著溫月的手。「是真的嗎？月娘，妳可是我們方家的大功臣啊，妳不要怕，有奶奶在，我一定會把咱們方家的孫兒給妳帶好。」

「您又說大話了，這會兒您連炕都起不來，怎麼照看孫兒呀？這一次可是兩個啊，您要是真有心，就快點好起來，這樣我才能沒有愧疚感地讓您帶孩子啊。」溫月壓下心頭的酸澀，強裝無事地對趙氏說。

「我這病才多大點兒事啊，明兒個就能好，也就是我老了，才這麼容易生病。我年輕那會兒啊，那身體才好呢。」趙氏在說話的時候，幾次都想要坐起來，可是都沒能起來，反而氣喘吁吁，不停地冒著虛汗。

屋外，李氏端著藥碗站在門口聽完了趙氏的話後，悄悄地抹了把眼淚，然後笑著走進屋道：「就是，月娘，妳可真不知道，奶奶年輕那會兒啊，三個我都比不上她。」

「快別替我吹牛了，把藥給我吧。」趙氏笑著接過藥碗，看她此刻的心情，好像完全忘記了方同業給她帶來的打擊。

喝過藥的趙氏很快又睡了過去，方大川跟溫月在趙氏身邊又陪了一會兒才離開屋子。

「月娘，餓了吧，妳去看看滿兒起來沒，我去煮粥。」

經方大川這麼一提醒，溫月才想起一早到現在還沒有吃飯，進了屋後，溫月才看到乖巧的滿兒早已經醒了，正坐在炕上自己玩得高興。見溫月進來，她張開小手，向溫月討抱，還撒嬌地說：「娘，我，乖。」

溫月點了點她的小鼻子。「是啊，我的滿兒長大了，是個懂事的孩子了。娘跟妳說啊，太奶奶現在病了，身體不好，妳以後不要讓她抱妳，要哄她開心，知道嗎？」

滿兒歪著頭，噘著小嘴，一副小大人的模樣。

溫月把她抱在懷裡，嘆了口氣。「希望奶奶能好好的啊……」

到了吃飯時間，趙氏還沒有醒，李氏因為掛念著趙氏，吃了幾口就放下筷子，去趙氏那裡繼續守著。溫月嘆了口氣，對一直悶悶不樂的方大川說：「大川，離過年還有幾天的時間，我覺得咱們應該去莊子上住。反正奶奶說那人已經走了，咱們也不用怕他來添亂，讓奶奶看看咱們的新家，讓她也高興高興，興許她這一高興，身子就好了呢。」

「可是奶奶的身體行嗎？我怕她走不了這麼遠的路。」方大川有些擔心地道。

「去租車啊，租輛好一點的車子，奶奶就不會遭罪了。莊子地方大，總比這裡要強，再說，如果這真是奶奶的最後一個年，咱們更應該讓她過得舒心些啊……」說到趙氏的身體，溫月的聲音漸漸低了下去，方大川也開始沈默不語。

好半天，他才點點頭，緩緩地道：「就聽妳的吧，我這就去找車，這兩天讓奶奶再休息休息，等她好點了咱們就走。」他站起身剛要抬腳，又停了下來，對溫月說：「妳也去躺會兒，家裡現在這個樣子，妳要照顧好自己，不要讓我操心，好嗎？」

溫月伸手撫上方大川的臉，心疼地說：「我知道，你也不要太難過，生老病死都不是我們能控制的，我們能做的就是在奶奶活著的時候，讓她過得舒服一些，以後不留遺憾才好。」

方大川握住溫月撫在他臉上的手，放在嘴邊輕輕吻了幾下，又小心避開溫月的大肚子，用力抱了她兩下，這才轉身離開。

「大川啊，這真的是咱們家的房子？」

趙氏目瞪口呆地看著眼前這個有著高牆紅瓦、銅門石獅且氣派異常的大院子，有些恍神地問道。

「是的，奶奶，這就是咱們的新家了。」方大川笑著走上前去，伸手叩了叩門上的獅口銅環。

方大川才剛叩響一聲，院子的大門就應聲而開，石全福帶著幾個人迎了出來。「主子，您來了！」

不只是趙氏，連李氏也傻了，她們不知道這才幾天的工夫，方大川怎麼就變成有僕人的主子了？

「路上雪太厚，所以來晚了，石叔等急了吧？」方大川熟絡地說道。

石全福點點頭說：「是有些擔心，不過平安來了就好。都別在這裡站著了，大冷的天，都進屋吧。老婆子，快帶人去把水裝上。」

趙氏和李氏愣愣地跟在方大川的後面，過於震驚的她們甚至沒心情觀賞這院中的景色，只是茫然地按著方大川的安排，坐在上首接受幾個下人的見禮。

「大川啊，這到底是怎麼回事啊？」趙氏這輩子也沒經歷過這種陣仗，嚇得她一個激靈就站了起來，看著底下跪著的幾個人，心虛不已。

方大川也沒想到這些人會直接跪下，他忙上前扶起石全福說：「石叔，您這是幹什麼？我可是拿您當長輩看的，您這樣讓我怎麼受得起？嬸子，您也快起來。」

「使不得、使不得，這是規矩，我知道主子您仁厚，可是家裡現在也不只有我們夫妻兩個，這該有的規矩還是得有的。」石全福拒絕了方大川的攙扶，依舊跪在原地說道。

方大川見石全福堅持，只能無奈地說：「好、好，我們都接受了，您快起來吧。您看我奶奶嚇的，一會兒該以為我仗勢欺人了。」

在方大川的勸說下，石全福這才站起身，石全福的妻子跟另外兩個人也一起站了起來。

溫月見趙氏依舊驚疑不定，只能上前解釋道：「奶奶、娘，其實我們有這宅子已經有些日子了，只是一直沒跟妳們說。我們不在這裡住的這些日子，一直都是石叔夫妻幫我們打理的，至於他們……」

溫月看向石全福身後那對有些拘謹的夫妻，頓了一下，又道：「他們夫妻倆是大川前幾天才買來的，我這身子重，您現在又需要多休息，所以我跟大川就商量著買個人來幫幫忙。」

趙氏愣愣地只知道點頭，還沒有從震驚中緩過來。

溫月看她們的樣子，也知道這會兒說什麼她們都聽不進去，索性對石全福道：「石叔，我們坐這麼久的車也累了，屋子都佈置好了嗎？若是好了，我們就先去休息，等晚上的時候咱們一起吃頓飯，再重新認識認識，如何？」

「成，按夫人您的吩咐，屋子都收拾好了，讓我家婆娘帶你們去吧。」石全福對他的媳婦牛氏招了招手，牛氏就笑著走了過來。

把趙氏跟李氏安頓好，看著她們兩個閉上眼睛，好像為了證明這只是一場夢，迅速地裝起睡來，看著兩人如此幼稚的舉動，溫月跟方大川無奈一笑。

第四十一章

溫月這邊剛安頓好，牛氏就帶著方大川新買回來的那對夫妻到了他們的屋子，在偏廳裡溫月又重新見了他們。這一次，他們夫妻還帶來了自己的一雙兒女，在見到溫月後，他們一家人又齊齊地跪倒在地。

溫月是真的不太能適應有人給她下跪，她雖說不至於要跟每個人講平等，可是下跪這種事，對於從現代穿越過來的人來說，可能都不會特別地習慣。

她強硬地命令他們站起來回話，這才好好打量了下這一家四口，按方大川的說法，夫妻倆今年也就二十五、六，可從外表看起來卻像是三、四十歲，滄桑的外表讓他們本就老實本分的性子更添了幾分木訥。

這一家人有些侷促地站在那裡，在溫月靜靜的打量中，顯得越來越不安，當溫月的目光落在他們那個年僅八歲的小女兒身上時，看著她那比普通孩子稍顯呆滯的目光，不禁嘆了一口氣。

這對夫妻都姓葛，方大川說他們來自遙遠的蜀州，因為那裡連著三年大旱，顆粒無收，整個蜀州活不下去的窮人先後都開始了逃難之旅。他們原是準備逃到京城來避難，誰知道半路上女兒得了重病，本就沒錢的幾口人更是活得艱難。勉強到了青州地界，他們一家已經落後逃難大部隊很遠了，加上孩子因為生病沒藥醫，把腦子也燒壞了。

夫妻兩個想到當初老家的房子和土地也為了換糧全都賣了出去，若真是有朝一日回了蜀州也是什麼都沒有，便想著乾脆就在這裡賣身為奴算了，好歹還能有口飯吃，也能給孩子養養身子。

哪承想因為他們家的這個情況，加上又是年關，人家牙行根本就不肯買下他們，大川去的時候就正好看到他們跪在地上苦苦哀求，心軟的他在瞭解情況後，便將他們帶了回來。

這一聲嘆息讓他們夫妻嚇得又跪在了地上，最小的四歲男孩也隨著跪在一邊，看著還愣著站在那裡的女兒，這家的婦人忙一把將她按跪在地上，只見那男人懇求道：「老爺、夫人，求求您不要趕我們走，我們夫妻兩個有得是力氣，也肯幹活，只要賞我們一口飯吃就行了，求求您了。」

「快起來、快起來，怎麼又跪下了，不是說了咱們家不興這個嗎？」溫月見他們因誤會嚇得又都跪在了地上，忙勸說道：「我沒有想趕你們走，我只是看你這姑娘長得挺俊俏的，心裡有些可惜罷了。」

見說到了他們的女兒，那男人憐愛地看了看小姑娘，說道：「說來說去都是我們夫妻沒用，孩子生病也沒錢治，如今能活著已經是老天照顧了。雖說腦子不如從前靈光了，可也能聽懂大人說的話，這樣我跟孩子的娘也滿足了。」

他們的女兒本來是很伶俐的孩子，卻因為這場病燒壞了腦子，變得有些呆傻，做什麼事情都只能辦簡單的，稍微需要動下腦子繞點彎的事情，她全都弄不明白。他們也哭過、怨過，可是又有什麼用？

不論怎麼大罵老天不公，最後他們還不是因為沒有錢，只能將自己一家人都押在了那牙行之內賣身，成了家奴。如今，也只希望這主人是個寬善的，能夠給他們一家人一個安身之所。

溫月點點頭，又看向一直牽著小女孩手的那個小男孩，笑著問：「你叫什麼名字？」

「葛蛋兒！」那孩子吸了下鼻涕，聲音洪亮地說道。

溫月見他不怯場，又見滿兒一臉好奇地看著他們，索性又開口繼續問道：「你今年幾歲了？姊姊叫什麼名字你知道嗎？」

「我四歲了，姊姊叫葛燕兒，我爹叫葛東，我娘叫葛林氏。」那孩子非常流利地回答道。

溫月點了點頭，這四歲的孩子看起來要比別的孩子瘦弱很多，看來這家人的日子是真苦啊。

「好孩子，去找你們的牛奶奶吧，讓她給你們找點好吃的。」

那男孩一聽到好吃的，眼睛都亮了，拉起他姊姊的手，高興地說：「謝謝夫人，那我們就去了，一會兒再來給您請安。」他拉著葛燕兒走到門口，卻又突然回身看著溫月問：「夫人，需要我帶著小姐一起去嗎？」

溫月搖了搖頭。「你們去吧，她不餓。」才剛見面，雖說對他們一家的第一印象還可以，可貿然就將女兒交給他們一起玩，她還是不放心，加上那孩子還流著鼻涕，還是等他們身體好些再一起玩吧。

感覺到一直在她懷中的滿兒有想要跟去的衝動，溫月用力地拍了下她的頭頂，道：「老實點。」

滿兒難得遇上小哥哥、小姊姊，早就蠢蠢欲動了，見溫月竟然不讓她與那兩個孩子一起玩，小嘴立刻就癟起來了。溫月瞪了她一眼，嚴厲地說：「不許耍賴，娘平時是怎麼跟妳說的？」

滿兒一看到溫月嚴厲的表情，馬上就老實了。娘雖然很疼愛她，可她要是真不聽話，犯了錯，娘打她一向從不手軟的。

見滿兒老實了，溫月這才對葛家夫妻說：「你們也不必太緊張，我們夫妻也是窮苦出身，知道世道的艱難，所以對你們沒有太多的要求。只有一樣，你們如今在我們家做事，那就容不得你們有自己的私心，凡事都要以主家的利益為先。只要你們做好了，十年後，你們家兒子長大了，我會將他的身契放還給你們的。」

溫月的話讓這對夫妻萬分驚喜，他們真沒想到主家會這麼好，還願意放還孩子的身契。他們年紀大了，為奴為僕的也就罷了，可是連累自己的一雙小兒女從小就沒了自由身，哪個做爹娘的不難過？如今女主人給了這個承諾，他們怎麼可能不感激？溫月見夫妻兩個又要下跪感謝，忙讓方大川勸著，她則帶著滿兒回了裡間。

趙氏跟李氏在經過短暫的休息後，總算相信了眼前這一切都是真的。午飯的時候，激動的趙氏拉著方大川問長問短，方大川也沒有隱瞞，一一說了出來。

當趙氏知道方大川一直瞞著的主要原因就是怕方同業知道後，便有了些許的沈默，就在溫月跟方大川以為她會說些什麼的時候，老太太突然換上了笑臉，說：「大川啊，明兒個帶奶奶在咱家這莊子上轉轉吧，奶奶這輩子也沒想過還能有這麼大的一塊地。」

接下來幾天，趙氏興致勃勃地將整個莊子看了個遍，聽李氏說，老太太這些日子雖是累，可每天夜裡都會在睡夢中笑那麼幾聲。等趙氏轉完後，又興致盎然地去了廚房，非要一起準備過年吃的東西，溫月跟李氏都怕她累著，只能每天想辦法逼她多休息。

「月娘，妳說得真沒錯，自從奶奶搬到這裡來之後，整個人的精神都好了不少，或許真能如妳所說，恢復健康也說不定呢。」方大川跟溫月站在廚房門口，看著趙氏精神十足地指揮著大家幹活的樣子，充滿希望地說道。

溫月點了點頭說：「是啊，她最近一直處在一個很亢奮的狀態裡，只要她能忘了那些亂糟事，肯定會好起來的。人活著不就活個精氣神嗎？開心可比什麼藥都管用。」

「是，是，還是妳懂得多。對了，我一會兒要跟葛東進山裡，我們中午就不回來了。」自從方大川知道這葛東也是一個打獵好手後，就像是找到了夥伴一樣，經常會跟他一起進山。冬天對他們這樣閒不住的男人來說，也只有進山打獵才能鬆快筋骨，男人麼，總是覺得鬧著不太好。

「嗯，知道了，別回來得太晚。」溫月不放心地叮囑了句。

可方大川跟葛東到底還是回來得晚了，溫月有些不高興，覺得方大川太不把她的話放在心裡，不知道她在家裡等得有多擔心。方大川也發現了溫月在生氣，忙討好地跟在溫月身後，不停地沒話找話，可不論他說什麼，溫月都不出聲。最後他沒辦法，只能使出殺手鐧，攔腰將溫月抱了起來，看著溫月因為害怕而緊摟著他的脖子，嘿嘿地笑了起來。

「你還笑，你不知道我在家有多擔心啊？不過是一頭野豬，咱們家現在也不是吃不起肉，山上那麼危險，你要是真出了事情，我跟孩子們怎麼辦？」溫月說著說著，眼淚就流下來了。

懷孕是件辛苦的事情，懷著雙胞胎更是如此，且不說比正常孕期要大上幾圈的肚子有多麼重，光是平常的妊娠反應就讓溫月受了不少的罪。不只呼吸困難、排便困難、吃不下飯，腫脹不堪的大腿更是讓她每走幾步路，雙腿內側就磨得火辣辣地疼，這一切都讓溫月在這段時間內，情緒起伏不定，掉眼淚更是家常便飯。

只不過她為了不讓趙氏跟李氏擔心，也為了不讓方大川難過，一直都努力忍著，只偶爾在無人的時候偷偷哭上那麼一場，可今天因為方大川，她終究沒有忍住，在他的面前哭了出來。而方大川一見溫月哭，頓時就傻了，他哪會不知道溫月是個多堅強的人，因為自己而害得溫月流淚，真是罪該萬死。

「月娘，是我錯了，我保證以後再也不會晚回來了，不，我以後再也不進山了，別哭了。」方大川幫溫月擦著眼淚，連聲保證道。

溫月抽噎了幾聲。「我沒說不讓你進山，我只是希望你能早點回來，冬天山裡太不安全了。而且，大川，我現在好不舒服，我希望你能多陪陪我。」

「我知道，我知道，都是我不好，以後我天天陪著妳好不好？聽話，不要哭了，這麼漂亮的眼睛都哭腫了。」方大川把溫月輕擁進懷裡，像哄孩子一樣拍著她的後背。

好半天，平靜下來的溫月又覺得有些愧疚，方大川這些日子也真的是很辛苦，家中的劇變、奶奶的病情，還有她的身體，每一樣都壓在他的肩上。即使他從來不說什麼，可夫妻一場，溫月又怎麼可能不知道方大川心中的壓力？

打從溫月的腿開始浮腫，每天夜裡溫月都是在方大川的按摩中慢慢睡去的，多少個夜，溫月因為呼吸困難憋醒時，都能看到方大川一臉擔憂地坐在她身邊，輕輕地在她身側搧著風，想讓空氣流通，讓她呼吸能夠順暢一些。

「大川，對不起，我不是故意的，我也不知道怎麼了，總是控制不住。」想到方大川的這些好，溫月眼睛又紅了。

方大川剛鬆了口氣，見她又要掉淚，嚇得他忙道：「沒事、沒事，肯定是因為肚子裡的這兩個小東西折騰的，等他們出來了，我替妳教訓他們。」

「好，不要輕饒了他們。」溫月佯裝生氣地道。

方大川愣了一下，沒想到一向疼孩子的溫月竟然會附和他的話，他只能對著溫月的肚子連連暗笑道：孩子們，真是抱歉了，為了你們的娘，你們就受點委屈吧。

雖說方大川跟葛東獵回來的那頭野豬不大，可也有一百多斤重，溫月跟方大川商量後，最後決定給他們家的佃戶每家分個幾斤的豬肉。雖說也可以多給些，可溫月跟方大川都擔心那「升米恩，斗米仇」的事，不想一片好心最後再招來背後的議論。

年三十這天，趙氏她們幾個一大早就起來忙活著，今年家裡人多，要準備的吃食也多出不少。牛嫂雖然不會說話，可廚藝卻很不錯，葛東的媳婦葛林氏更是做得一手好蜀菜，看著她們在廚房大顯身手，溫月也耐不住心癢，做了幾道前世拿手的湘菜，得到了不少讚賞。

過年最開心的一向都是孩子，今年對滿兒尤其不一樣，因為她有了兩個可以一起陪她玩耍的朋友。葛燕兒雖說燒壞了腦子，可她也只是反應有些遲鈍，並不像大家想像中那樣癡傻，她會很認真地記住大家交代給她的話，也會一絲不苟地去執行，是個讓人安心的孩子。

趙氏看著她眼前的碗裡，小山似的堆滿了菜，不停地點頭道：「夠了、夠了，你們也吃吧，不用給我挾了。這上了年紀，吃東西就不行了，聽我的，趁著你們年輕，想吃什麼就放開了吃，等到老了，牙口也不好，吃也不愛吃了，那時候多有錢都沒用。」

牛嫂坐在趙氏的對面，聽了趙氏的話後她深有感觸，雖然不能說話，卻對著趙氏不停地點頭，表示她十分羨慕。

趙氏見了，更是樂呵呵地說：「石家妹子啊，我啊，一直不覺得自己是個有福氣的人，年紀輕輕就守了寡，一手將兒子拉拔長大，費盡心思。不怕妳笑話，我那兒子被我養得太不著調，他就是個混帳，我尋思著我這輩子也就這樣了，哪想到老了還借上我大孫子的光了。「妳看看我，如今綢緞、棉襖的穿著，大魚大肉的吃著，還有這麼寬敞的大宅子住，還有人恭敬地叫我一聲『太夫人』，這在從前，我是作夢都不敢想啊！」

牛氏口不能言，只能不停地點頭，還對趙氏豎起大拇指表示讚揚。一邊正跟方大川喝酒的石全福放下酒杯，對趙氏說：「太夫人，您就是個有福氣的，咱們這個年紀了還圖個啥，不就圖兒孫滿堂、身體康健嗎？老話說了，年輕時吃苦不叫苦，老了吃苦那才叫真苦呢。」

「是、是，你說得是，唉，這些個道理啊，也只有咱們這上了年紀的人才會懂。我啊，現在過上這樣的好日子，至少還得多活十年，根本就不捨得死啊。」趙氏又是驕傲又是感慨地說。

「奶奶，大過年的，說什麼死不死的啊，多不吉利，您會長命百歲的。」一聽到趙氏說到死字，不論是溫月、方大川或是李氏，全都臉色大變。

「看把你們嚇的，我不過就是說一句。大家都吃，都吃啊！」趙氏見她的話引起溫月這麼大的反應，連帶著石家夫妻跟葛家夫妻都放下了筷子，不禁覺得她有些小題大做。「妳就放心吧，我還等著給妳帶孩子呢，我還想看著咱們滿兒嫁人呢。」

正在吃山藥糕的滿兒聽到有人提她的名字，雖不明白嫁人是什麼意思，可還是點了點頭，鸚鵡學舌一樣地說：「好，嫁人。」

大概在她小小的心裡，疼愛她的趙氏說什麼，她都會認真地複述一遍吧。

一桌子人被滿兒的天真話語全都逗得大笑起來，也打破了屋內因為趙氏的話帶來的沈重氣氛。

第四十二章

吃飯前還信誓旦旦說要跟著大家守夜的趙氏，在酒席還沒散的時候就開始出現疲憊之色，李氏見了便小聲對她說了幾句，哪知她搖著頭說：「睡覺可以，藥就不要喝了吧，我身體這麼好，你們卻整天讓我喝藥受罪。」

「奶奶，這都是補藥，您身體好的原因就是因為喝補藥啊。」

溫月見她又吵著不喝藥，也加入了勸說的行列，見趙氏還苦著臉，她拍了拍自己的肚子，默默地看著趙氏不說話。

趙氏恨恨地點了一下她的額頭道：「就知道拿肚子來治我。行、行，我喝還不行嗎？」

看著趙氏跟李氏一起離開的背影，溫月在心裡默唸著：奶奶，您一定要好起來啊，要好好的，跟我們一起陪著孩子長大。

過了年後，日子便過得飛快起來，接下來的漫長日子裡，方大川果然如他所說留在了家裡，跟溫月一起陪著趙氏，想辦法讓她開心。只是即便如此，趙氏的精神依舊越來越差，每日裡昏睡的時間越來越長。溫月跟方大川看著她的神色，除了心焦之外卻沒有別的辦法，一次次地請大夫出診，抓的藥也越來越貴，可是這一切對趙氏來說，根本就沒有什麼用。

在方大川又一次請大夫來出診的時候，那大夫終於拒絕了。

「我知道你是孝子，只是你家老太太的病確實不是吃藥就能夠好轉的，現在全靠她這一口氣提著，要不是有你們夫人肚子裡的孩子做指望，她怕是早就挺不過去了。我原先算著，老太太頂多能堅持到過了年，可現在你們看看，這都幾個月過去了，尊夫人都要生產了，她能堅持這麼久，根本就已經是奇蹟了。你們還是好好陪著她吧，讓她在最後的這些日子裡能過得開心些。」

見大夫有錢都不肯賺，方大川明白趙氏是真的沒希望了，他一路心情沈重地去了牙行，在那裡雇了兩個經驗豐富的穩婆後，難過地又在藥鋪門前徘徊了一陣子，見那大夫始終對他視而不見時，這才心如死灰地離開了。

方大川回到家後，將兩個穩婆交由石全福安排，自己則去了趙氏那裡，沒有意外的，趙氏依舊昏睡著。李氏見方大川一個人進來，忙向他的身後看了看，又不死心地去了門口，確實見到沒有人跟來後，顫抖著聲音問道：「大川啊，你怎不把大夫請來？藥呢？」

方大川沒有說話，他不敢抬頭去看李氏那雙飽含希冀的雙眼，李氏見他如此，瞬間紅了眼眶。「大川啊，是不是大夫說奶奶她不行了？」

方大川點了點頭，李氏木然地往凳子上一坐，看著趙氏默默地落淚。

「大夫說了什麼？」溫月小聲問道。

方大川沈著聲道：「大夫說，讓咱們準備後事吧，奶奶現在吃藥也沒用了。」

雖說早就有了心理準備，可當聽到大夫這樣的宣判時，溫月還是覺得一時有些難以接受。

沒人有心情說話，屋子裡寂靜無聲，葛東的媳婦進來時就發現了屋裡的氣氛不對，可還是硬著頭皮說道：「老爺，穩婆已經安排好了，不過她們說想見見夫人，看看夫人的具體情況。」

方大川這才想起剛剛他交給石全福安排的兩個穩婆。「月娘，妳別在這裡坐著了，我陪妳過去吧。」

「是啊，月娘，妳跟大川走吧，都別在這裡守著了。」李氏眼睛紅腫地說道。

溫月點點頭，在方大川的攙扶下勉強地站起身，慢慢地一步步向外挪動，此時的她已是足月之身，懷著雙胞胎的大肚子看在大家眼裡都有極強的壓迫感，不只別人看著害怕，就是她自己也常常擔心能不能順利將孩子生出來。

其實她也明白，按她這樣的情況，能堅持到足月而沒有早產是很幸運的了。對於多胞胎來說，就算是在前世物質豐富、科學昌明的社會裡，足月出生的也都是少數，更何況是在現在這個生產力落後的年月。

穩婆被牛嫂帶到了溫月的房內，當兩個穩婆看到溫月那圓滾滾像隨時都會墜落在地的肚子時，也是吃了一驚。兩人詢問了溫月的大致情況，又仔細檢查了一下溫月的肚子，這才放鬆地對一直守在門外的方大川道——

「您家夫人真是好福氣，我不怕說句醜話，好多夫人懷雙胞胎都是件要命的事。不過您夫人可不一樣，幸好這是第二次生產，生第一個孩子時已經將產道打開過，且夫人的身子骨照顧得不錯，兩個孩子竟然也堅持到了足月，這位老爺就放心吧，我們兩個老婆子保證會讓夫人平安生產。」

方大川聽到兩個穩婆這麼說，這才安心了一些，能平安生產當然最好，現在他每天看著月娘的肚子都是怕得要命，生怕她會有個什麼意外。這兩個穩婆已經是鎮上最有名氣的了，若是連她們兩個都沒有把握，他就打算去州府請人了。

「二位，不知道我還要再準備些什麼嗎？」方大川仍是有些不放心，想要提前將一切都準備好。

「也沒什麼可準備的，不過若是能買一些提氣的參片也是好的。這生產一事，誰也不敢保證萬無一失啊。」其中一個穩婆想了想後說道。

方大川忙拱了拱手說：「那煩勞二位再細想想，還需要準備些什麼，我一會兒就差人出去買。」

那兩個婆子聽了，點頭道：「夫人好福氣，有老爺這麼疼人的男人。那您就按照我們開的方子去買吧。」

她們都是做了一輩子的接生婆，給富人家接生過，也給窮人家接生過，什麼樣的產婦和男人沒見過，不是說像方大川這樣疼老婆的人沒有，只不過很少見罷了，且這方子上的東西要是全採買來，也是一筆不小的花費啊。不過這男人要買，對她們來說也是好事，至少在接生的時候，又多了幾分的把握。

方大川拿著方子匆匆地離開了，溫月輕輕捶了下後腰，問道：「婆婆，我還有多久能生，能看得出來嗎？」

「快了，也就這四、五天內的事，夫人您也不要急，有我們兩個在呢，什麼都不用擔心。」其中一個圓臉的婆子笑著說道。

她臉上輕鬆的笑容，讓溫月一直懸著的心也放鬆不少，沒生的時候盼著快點生，能少受些罪，等真要生了，又是怕這怕那的，其中的滋味怕是沒有經歷過的人是不會明白的。

到了下午，趙氏醒了過來，精神不錯的她執意要趁著陽光正好時出去轉轉，方大川沒有辦法，只能同意她在院子裡走走。她興致高昂地走遍了這宅子中的每個院落，最後才在方大川特地為她打製的搖椅上坐下，一手拉著溫月，一手拉著李氏，只淺淺地笑著，也不說話。

忽然，一陣風吹過，趙氏直起身，指著一處陽光充沛的地方道：「你們快看，到底是初夏了，小草都一片鮮綠了。」

溫月他們循著趙氏手指的方向看去。

「這一年年的啊，就是過得快，可惜了，我沒那福氣看咱們這幾百畝地秋收時是啥樣了。」趙氏一直看著同一處，淡然地說。

「娘，您說什麼呢，怎麼會看不到！」李氏鼻子一酸，不高興地道。

趙氏搖了搖頭。

「妳啊，不用騙我了，我怎樣自己能不知道嗎？這些天啊，我老是夢到妳公公，他說他想我了，問我這死老太婆怎麼還不去陪他。妳聽聽，這死老頭子活著的時候都沒跟我說過這麼好聽的話，對我不是罵就是訓的，我都不想理他。現在老嘍，竟然還想我了。」說完，她自己先笑了起來。

「娘！」李氏忍不住叫道。

趙氏像是沈浸在她自己的回憶裡，喃喃地道：「我這輩子啊，要強、潑辣，但從沒做過對不起自己良心的事，也從沒做過對不起別人的事。可是我啊，卻偏偏欠了兩個人的，本來還想著要補償的，可是現在老天也不給我這個時間了。」

她把頭轉向溫月，用力攥著溫月的手。「月娘啊，奶奶只能把這個重任交給妳了，奶奶希望妳能幫奶奶對他們做些彌補，行嗎？」

「奶奶，您說。」溫月伸手握住她不停顫抖的手說道。

趙氏緩了兩口氣，才接著說：「我這輩子對不起的兩個人，一個是妳婆婆，一個就是大川。」

「奶奶！」

「娘！」

方大川跟李氏異口同聲地叫著。

趙氏並沒有理他們，而是急促地喘著氣說道：「要不是我當年對孩子的爹太過驕縱，也不會養成他這副德行，害了他自己不說，也害了妳婆婆跟妳男人。妳娘打嫁進我們家，就沒享過一天的福，沒得過妳公公他一天的夫妻情，就這麼跟著我一直苦熬著。

「大川也一樣，他明明是個好苗子，也硬生生地被他爹給毀了，到了這個年紀，辛苦存下來的家底，又被他一句話全都奪了去，還落了個被逐出家門的名聲，這一切，都是我的錯。」

「娘，您不要說了，不要說了，跟您有什麼關係，都是我們自己的命，跟誰都沒關係。」李氏再也忍不住，哭著說道。

「所以月娘，奶奶就希望妳好好孝順妳婆婆，好好關心大川。奶奶知道，妳是個好孩子，奶奶信妳。」趙氏直直地看著溫月，那裡面的複雜情緒讓溫月的心縮成了一團，她又怎麼可能不答應呢？

趙氏見溫月點頭應下，這才笑了出來。「說起來，奶奶還挺對不住妳這肚子裡的孩子，我也不知道還能撐幾天，心裡就怕跟妳生孩子時腳前腳後，好好的喜事卻不能開心，看來我啊，注定是個給人添麻煩的老太太。」

「奶奶，您別這麼說，穩婆說了，我這孩子馬上就要生了，您捨得不看孩子一眼就走嗎？您就不想抱抱他們嗎？所以奶奶，您再堅持一些日子好不好，堅持久一些，好不好？」溫月也抱著趙氏哭了起來。

趙氏拍拍她的後腦，渾濁的老淚也一滴滴落下。「傻孩子，哪有願意死的人啊，可閻王要你三更走，誰敢拖到五更時？這都是強求不了的。」

見大家都哭得傷心，趙氏笑著安慰道：「都別哭了，哭啥啊，哪有人還千年萬年地活啊？人不都有這麼一天嗎？跟那些連飯都吃不飽的人比，我這可是神仙日子了，還有啥不滿足的？行了，都別哭了，大川啊，送我回屋吧，我想睡會兒。」

看著趙氏慢慢合上的雙眼，方大川急著將手放到她的鼻下探了探，在感覺到趙氏微弱的呼吸後，大大地鬆了口氣。

也許是因為心底的執念，在溫月順利將雙胞胎兒子生出來後，趙氏雖已是極度虛弱，可依然堅強地活著，此時的她正樂呵呵地看著由李氏跟牛氏分別抱在懷裡的孩子。「好，真好，月娘就是會生，你們看看這兩個孩子，這才剛生下來四天，就這麼白淨了。」

「是啊，娘，我覺得真是神奇啊，這孩子怎麼就能長得這麼像？我現在就已經分不清他們誰是老大、誰是老二了。」李氏也一樣高興極了，看著這個又看那個，眼睛一時都沒法閒著。

「找找，肯定能找出什麼地方不同，這世上沒什麼是完全一樣的。」趙氏有些累了，倚在靠背上，對李氏道：「行了，把孩子送去給他們的娘吧，別在我這屋子待得太久。對了，月娘的奶水可還夠啊？」

說到這事，李氏笑得可開心了。「有、有，月娘現在別的沒有，就是奶水多，這兩個小傢伙根本就吃不完。」

「好、好，是個有福氣的。」趙氏說完，緩緩地閉上了眼睛，李氏嚇得急忙用手摸上了她的胸口，感覺到她胸口的起伏後，才抹著眼淚離開了。

生這兩個孩子耗費了溫月太多的體力和精力，也出現了在生滿兒時並不曾有過的症狀，比如說手抖，以及每天都會浸濕衣服的虛汗。

兩個穩婆給方大川留下了幾個食補的方子，託她們的福，溫月脫離了只吃小米粥加雞蛋的乏味月子餐，所以即使方大川給了她們十兩銀子的酬勞，溫月也沒有說什麼。

「弟弟，一起玩。」

一歲多的滿兒趴在兩個弟弟身邊，一臉失望的表情。溫月想著，她一定是以為小弟弟生出來就可以陪她玩了，可是連續這麼多天，兩個弟弟除了吃奶就是睡覺，連尿尿都不醒，她一定覺得很沒意思。

溫月摸了摸她的小臉。

「弟弟還太小，要長大了才能陪妳玩。」

滿兒立刻露出垂頭喪氣的小模樣，溫月忍不住在她背後偷笑。

到了下午，溫月睡得正熟，突然聽到方大川的聲音。「月娘、月娘！」

溫月帶著睡意問道：「怎麼了？」

「我跟妳說件事，妳聽了不要著急……」

本來還有些睡意的溫月在聽了方大川的話後，心中升起不好的預感，她立刻睜開眼睛，有些慌張地問：「是不是奶奶出事了？」

只見方大川眼眶微紅，點了點頭。

「奶奶她走了。」

「怎麼可能？上午那會兒不是還在看孩子的嗎？大川，奶奶她……」雖然早有準備，可是當聽到這個消息時，眼淚還是不受控制地往下落，口裡喃喃叫著。

方大川也同樣悲傷，可是看到溫月哭，還是在一邊勸說著。

「月娘，妳不要哭了，正在坐月子呢，別傷了眼睛。奶奶走得很安詳，一點罪都沒有受，嘴角還帶著笑。」

溫月見方大川也濕了眼眶，難過地道：「我知道了，我不哭了，我去看看奶奶吧。」溫月說著，就準備起身去見趙氏最後一面。

方大川將她按回炕上，搖搖頭。「娘不讓妳過去，說是剛生孩子不好與這事衝撞了，對孩子不好。」

「那怎麼行，奶奶那麼疼我，我至少也該去看一眼吧。」溫月當然不信這種說法，掙扎著想要起來。

方大川見溫月這樣執著，雖然很難過，但還是不讓她起身。

「月娘，奶奶走了，我知道妳傷心，可是再傷心也不能不聽話是不是？奶奶要是活著，也不會同意妳這樣冒失的。活著的人總比去了的人要重要，萬一妳和孩子再有個什麼事，我跟娘可怎麼辦？奶奶在地下也會怪我的。」方大川的聲音有些沙啞，聽在溫月耳裡是既心疼又難過。

「大川，」溫月伸手抱住了他。「你也不要太傷心了，奶奶是沒有遺憾地離開吧，咱們應該要為她高興。」

「嗯，我知道。妳先休息吧。」方大川將溫月小心地放躺下來，給她拉上被子後便離開了。

第四十三章

目送著面上充滿濃濃哀傷的方大川離開，溫月這才任由眼淚在臉上肆虐，任由悲傷籠罩在她的心頭。

「娘、娘，太奶奶、太奶奶……」就在溫月沈浸在悲痛中時，滿兒邊揉著眼睛邊哭著走進來了。

溫月怕她的哭聲把兩個孩子吵醒，只能坐起身將滿兒抱在懷裡，安撫地道：「怎麼了？滿兒，不要哭。」

「太奶奶都不說話了……」滿兒趴在溫月的懷裡哭著。

「不要哭了，別把弟弟們吵醒了，聽娘跟妳說，好嗎？」溫月捧起滿兒哭花的小臉，輕聲說道。

聽說會把弟弟吵醒，想到弟弟們醒來時那巨大的哭聲，滿兒趕緊伸手捂住了小嘴，一雙大眼睛不停地眨啊眨。

「滿兒，太奶奶確實是沒了，以後，她再也不能陪著妳一起玩，揹著妳到處走了。」溫月試圖用最簡單的說法告訴滿兒什麼是死亡，也讓她不會在小小的年紀裡就對死亡留下恐懼。

可滿兒一聽到溫月的話後，眼睛裡又一下子凝出了淚花，溫月忙道：「可是，滿兒，妳會因為太奶奶不能再陪妳一起玩，不能在妳身邊守護著妳，就忘記了太奶奶嗎？」

滿兒似懂非懂地搖著頭，想要大哭，可又怕吵到弟弟，只能捂著嘴不停地流眼淚，看在溫月眼裡是心疼不已。

「妳的太奶奶是好人，好人死後都會去一個特別美好的地方。」溫月見滿兒這副模樣，只好努力扯出一個微笑來安撫她。

「哪兒？」滿兒不依不撓地追問。

溫月笑了笑，指著她的心窩。「這兒。」

見滿兒疑惑地看著她，溫月又一次把滿兒摟進了懷裡道：「滿兒，當咱們喜歡的人死後，都會到這個地方來，那裡是妳的心。因為妳喜歡他，他就會永遠地留在妳的心裡，他會陪著妳，保護著妳，一直默默地守護著妳。所以，雖然我們再也見不到太奶奶了，但妳卻可以時時感覺到她的存在，死亡不是最後的終點，遺忘才是。」

溫月不知道她說這樣的大道理，滿兒是不是聽得懂，可溫月明白，對一歲多的滿兒來說，相較死亡這個詞，其實她最害怕的是親人的眼淚。因為她並不懂什麼是死亡，可她卻能看懂親人傷心的淚水。

「娘，妳不要死。」許久後，在溫月以為滿兒睡著了的時候，卻突然聽到滿兒懇求的聲音。

溫月鼻子一酸，緊緊摟著滿兒道：「嗯，娘不死，娘會一直陪著滿兒的。」

在趙氏走後，一直陷於悲傷情緒的方家，整個氣氛低迷了好久，直到生活漸漸忙碌，一家人才慢慢從趙氏死亡的陰霾中走了出來。

「喲，這不是方老闆嗎？」正在店裡盤帳的莫掌櫃看到方大川跟溫月來了，笑著說道。

由於今天是月底，方大川會帶著溫月一起進鎮，準備到店裡盤貨、對帳、收貨款，兩人照往常先到莫掌櫃這裡，來跟他敘敘舊。

「莫叔，您就別埋汰我了，在您跟前，我算什麼老闆啊。」偶爾，莫掌櫃的幽默感都會讓方大川感覺難以招架。

溫月見他們兩個聊得熱鬧，笑著說：「莫叔，這是前兩天剛在山上撿的野雞蛋，拿來給您嚐嚐鮮。」溫月將籃子往莫掌櫃跟前一送。

莫掌櫃哈哈一笑，道：「好、好，那我就收下了。中午你們去我那裡吃飯，現在的韭菜最新鮮，就讓你嬸子給咱們做韭菜盒子吃。」

這是自趙氏過世後的第一次見面，難免要互相問到彼此的近況，當莫掌櫃聽到趙氏已經過世後，感傷了一陣。他自嘲地道：「也不知道怎麼了，打從過了年後，我這一聽說誰家老人沒了，心裡就特別不是滋味，老想到自己。到底是老了啊，特別怕死。」

「您身子骨這麼硬朗，可別說這麼不吉利的話，您可得長命百歲，我還等著您給我們多加指點、掌掌舵呢。」方大川笑著說道。

莫掌櫃捋著鬍子，大笑著說：「你這臭小子，還跟我玩這個心眼兒呢！」

笑著聊一會兒，方大川看著街道上那些衣衫襤褸的流民，問道：「莫叔，這些流民是怎麼回事？蜀州的那批不是已經走了嗎？」

莫掌櫃向外看了一眼，嘆了口氣說：「這是河西郡那邊的，他們那裡鬧了水災，活不下去也出來逃難了。也不知道是怎麼了，這天災一撥一撥的，幸好咱們這裡風調雨順，希望老天一直保佑吧。」

溫月跟方大川也嘆了口氣，一樣都是在底層辛苦掙扎的人，看到這樣的情景，他們的心情當然也不會好過。

莫掌櫃看了看方大川，又看了眼溫月，有些欲言又止地說：「大川啊，你的店自己要常來看著點，想做甩手掌櫃也不是不可以，但是至少要用一些自己信得過的人，是不是？你這小本生意，哪裡有一點閃失也是不小的損耗啊，我看你也不像是闊氣到對雜貨鋪的收益不屑一顧的樣子啊。」

方大川神情一凝，與溫月對視一眼後道：「莫叔，咱們認識這麼久了，我也一直拿您當長輩看，跟我還有什麼話不能直說的嗎？」

「這個……」莫掌櫃猶豫了一下，說道：「你知不知道，現在鎮上又有一家賣粉條的店了？」

見方大川跟溫月都是一頭霧水的樣子，莫掌櫃怒其不爭地看著方大川道：「大川啊，你家的粉條銷路已經打開了，生意那是真好啊，這裡十里八鄉加鎮上的人家，現在哪家飯桌上少得了這道菜？可你這生意好了，自然就會有人眼紅，現在這鎮上可不止你一家賣粉條的了，你還不知道吧！」

「這是什麼時候的事？」方大川吃驚地問道。「我這兩個月光忙著莊子上的事，根本就沒時間來鎮上，上個月也只盤了貨、收了錢，別的也沒多問。」

「就是這個月的事。」莫掌櫃有些生氣地說道。「我也是前幾天才發現的，本來想著去找你，可想到你月底會來，且我這邊也還沒有個證據，怕到時沒啥說服力。你們家啊，從前那對老夫妻幹活還算本分，可自從那個老頭走了換成這個年輕媳婦後，可就不一樣了。現在是你家店裡的粉條二十文一斤，另一家鋪子的粉條十五文一斤，若是你，會買誰家的？」

莫掌櫃口中的年輕媳婦，就是孫四嬸的大兒媳婦董金娥，開春的時候，孫四嬸的男人放不下家中地裡的活計，就來跟方大川商量，說想讓董金娥來接替他。方大川出於為他們設想，說如果覺得勉強的話不用來也沒關係，他們可以再去雇個小二。

可孫四嬸當場就拒絕了，他們一家人都捨不得這每個月四百文的工錢，溫月跟方大川看在兩家的情分上，再加上孫四嬸夫妻那些日子做得確實不錯，也就同意了。

「這……不可能吧，我家的粉條一向都是十三文一斤往外賣的，而且與朱公子也有契約，洛水鎮的粉條我們是獨家代理，別人不可以賣。難道說是從別的地方竄來的貨？」方大川眉頭緊鎖，十分不能理解。

溫月的表情也越來越難看。

「莫叔，是不是她們婆媳用平常的價格把粉條賣給了那家店，為了讓那家店能順利銷售，她們便把我們店的粉條提了高價？」

莫掌櫃點了點頭，對方大川說：「大川啊，你這生意頭腦就是不如你媳婦，你還沒想明白？」

「明白了。」方大川有些鬱鬱地道。

「從我們這裡用十三文買，他再以十五文向外賣，為了不影響他家的銷售，將我店裡粉條的價格提高到二十文一斤。這樣一來，只要我還跟往常一樣，結了帳就走，那他們就可以高枕無憂了。」

方大川只說了一半，心裡想著孫四嬸一家搞不好還會在背後笑他傻、笑他蠢。

溫月在一邊附和道：「也是因為他們知道咱們只會月底來收一次錢，平時也不怎麼過來，說白了，不過是利用了咱們對他們的信任罷了。」

按著莫掌櫃的指點，溫月跟方大川站在周記雜貨鋪的門口，看著店門口人來人往，溫月跟方大川抬腿邁了進去。進到店裡後，溫月左右環視，氣到笑了，這孫四嬸跟董金娥還真是夠絕，凡是他們店裡獨家經營的商品，這周記竟然全都有。

上前一問價錢，通通比他們店裡貴個兩文左右，而店裡的顧客來來往往的，也多是買粉條，還有朱家專門供給他們店裡的一些南方特色乾菜。不用想，這些東西在她自己的店裡，肯定是標到了一個讓人接受不了的價格。

溫月與方大川心中有數後，就離開了周記。方大川稍感落寞地道：「月娘，妳說怎麼會這樣呢？咱們也沒有虧待過孫四嬸他們一家，他們怎麼能做出這種事情來？周記到底給了他們什麼好處，讓他們全然不在乎咱們兩家這些年的交情？」

溫月苦笑了下，她也想不通，難道財帛就那麼動人心？那個一直在她心中留下的清晰背影就這樣一點一點的模糊，真是讓人太過遺憾了。

兩人就這樣一路心情沈重地到了自家的店門口，就見門可羅雀的店裡，孫四嬸正低頭在那裡打掃，董金娥則懶散地趴在櫃檯嗑著瓜子。

「娘，隨便擦擦就行了，反正方大川也不會看這些地方，拿了錢他就走，咱應付應付就得了，何苦自己受累？」

孫四嬸繼續著手裡的活兒，也不說話，只是手下所到之處更加用力。

「嬸子。」溫月在門口想了又想，還是出口叫了孫四嬸一聲嬸子。

孫四嬸回過身，一看是溫月跟方大川，臉上的神色頓時有些不大自然，而櫃檯裡的董金娥「喲」了一聲，十分熱情地迎了出來，說道：「大川兄弟，月娘妹子，你們來了啊？我跟娘一大早就等著你們，總算把你們盼來了。」

「大川、月娘……」孫四嬸遠遠地站著，手裡的抹布已經被她絞成一團，看得出她非常緊張。

溫月跟方大川進了店裡，找了個位子坐下後，董金娥就從櫃檯裡將錢匣和帳冊拿了出來。

「月娘妹子啊，這個月的收入我早已經整理好了，只等著你們來核對呢。」

她小心觀察著方大川跟溫月的臉色，見他們兩個不像往常那樣臉上帶笑後，這心裡就有些不大踏實，她小心地將帳冊跟錢匣放在溫月身邊的小几上後，便站在一邊，眼珠骨碌地轉個不停。

溫月看了看帳冊，隨手翻弄了兩下，似是不經意地道：「最近生意怎麼樣？我看咱們店裡可沒什麼人，是哪兒出問題了嗎？」溫月說著，將帳本隨手放在一邊，意味不明地看著孫四嬸婆媳。

被溫月似笑非笑地看著，方大川的表情又是那樣陰沈，心虛的孫四嬸臉一下就白了，呼吸也跟著急促起來。董金娥怕孫四嬸露了破綻，急忙上前一步，誇張地大聲說：「沒啊，咱們家生意好著呢，是不是我字醜，讓月娘妹子看不清我寫啥？在你們來之前，還剛走一撥買東西的呢。」

「是嗎？」

溫月眉尾向上一挑，目露嘲笑地看著董金娥。

董金娥心裡突地跳了幾下，不停地在心裡暗示自己：他們不會發現的，不會發現的，不要自己嚇自己。

「是的。」做好了充足的心理建設，董金娥堅定地開口。

溫月把目光放到一直低著頭的孫四嬸身上，嘆了口氣說：「嬸子，我給妳個機會，妳告訴我這些日子，這店裡到底發生了什麼事？」

「我……」孫四嬸抬起頭，看了看溫月，再看向董金娥，又把頭低下，最終什麼都沒說。

溫月不禁有些失望，她把目光移向門外，幽幽地道：「嬸子，從我在被鐵子媳婦欺負失了記憶後，第一個記得的人不是我娘，也不是我奶奶，更不是我夫君，而是妳。我永遠都記得在我從昏迷中醒來時，那個為了我跟周家村十幾個婦人據理力爭的背影，還有我們被人欺負時，妳對我的保護。也就是因為這個原因，我對妳一直心存感激，我是想跟妳一輩子都這麼親近的。」

「月娘……」

孫四嬸顫抖著抬起頭，愧疚地叫了一聲。

溫月轉過頭迎向她，苦笑著搖了搖頭說：「可是嬸子，我真沒想到我們兩家的緣分竟然會以這種方式結束，我現在都不知道當初讓你們來我店裡幹活是對是錯了。」

「月娘啊，嬸子……」

孫四嬸被溫月這番話說得慚愧不已，她剛想開口承認，董金娥就叫嚷著打斷道：「我說溫月娥，妳什麼意思啊？妳是說我們做了啥對不起妳的事情了是吧？喲，別以為妳讓我婆婆來店裡幹活，我們就得對妳多感恩戴德，我們也是辛苦付出的啊，我們賺的是辛苦錢，不是妳白給的。妳要是這樣說，我們就不稀罕在妳這裡幹了，呸，什麼玩意兒啊！真是好心沒好報，還給我們倒扣屎盆子，別以為現在有兩個錢了就可以欺負我們，我們不幹了！娘，咱們走！」

她慷慨激昂地說完這段話後，就拉著孫四嬸往外走。

董金娥這個時候也明白她幹的事情敗露了，這個時候不走還等什麼？只希望這一段話加上她激動的表現能拖住一些時間，只要她們走出了這間店鋪，一切就好說了。

孫四嬸被她拉住，一邊往外走一邊回頭看著溫月跟方大川，表情很是痛苦。方大川見董金娥那撒潑樣，哪能如她的意，猛地站起身，大聲喝道：「誰讓妳走的，事情說清楚了嗎？妳這樣就想走?!」

方大川搶先一步站在門口，將董金娥的路封堵住，董金娥一看走不了，雙手插腰，大聲叫道：「幹什麼，你這是幹什麼，欺負人啊，要綁架啊！」

「董金娥，妳不用跟我撒潑，妳們做了什麼自己心裡清楚。我只想問問，妳們是得了他們周家多少好處，讓妳們將咱們兩家這些年的情誼這麼輕易地就棄之不顧？我不過就是想知道咱們兩家多年的交情，到底值多少錢而已。」溫月也不看董金娥，對她那個人，溫月根本就懶得搭理，她的話是對孫四嬸問的。

終於，孫四嬸受不住良心上的譴責，嗚嗚地哭了出來。「月娘啊，嬸子也是一時糊塗，就做下了這沒臉的事，嬸子真是沒臉見妳啊……」

終於聽到孫四嬸親口承認，溫月的心裡更是難過，她多想聽孫四嬸說這不是她的想法，只是因為媳婦逼得緊，她作不得主才這樣的。可是現在孫四嬸的話明白地告訴她，做下這樣齷齪的事情，也有她的分。

第四十四章

「娘，您哭什麼？不就是咱把東西賣給周家了嗎？賣了又怎麼了，咱也沒少一分錢，哪個不是正常價賣的啊？賣誰不是賣，錢不少就行了唄，怎麼，這還犯了哪家王法了？」許是太過慌張，董金娥此時的聲音像是被掐住嗓的鴨子，讓一直面無表情的方大川也忍不住皺了眉頭。

溫月也不惱，淡道：「有沒有損失，是我說了算，況且妳若是沒做那虧心事，妳跑什麼？我只問妳們，到底收了周記多少錢，我知道了具體數字才好回去跟我娘說啊，讓她也能看清楚些。」

「二兩銀子……」孫四嬸小聲地說。

「呵！」溫月一下子笑了出來，她搖了搖頭，又揮了揮手說：「妳們走吧，出了這個門，咱們兩家就算是兩清了。從此橋歸橋，路歸路，看在往日的情分上，我就不追究妳們的錯，好自為之吧。」

「月娘！」孫四嬸還想說些什麼，董金娥卻用力地把她往門外拽。

「娘，您還說啥啊，還不快走，難道真等著他們報官來抓啊？」

打發走了孫四嬸婆媳後，溫月沈默了一會兒，對著方大川問道：「大川，你沒事吧？」

方大川搖了搖頭。「沒事，我能有什麼事，不過是感覺到失望而已。」

「行了，只當是用錢看清了人心，反正咱們損失也不大。我剛剛看董金娥那死不認錯的樣子，真想著告官算了，好好治治他們。可一想到奶奶過世時，孫四嬸那傷心的樣子……唉，算了，以後就只當不認識好了。」溫月想起董金娥剛剛那猖狂的樣子就來氣，可到底她還是個心軟的人，不想將事情鬧大，再想到李氏和過世的趙氏，也就息了心思。

周清潭最近這一個月的日子過得相當不錯，打從他用了點錢從溫氏雜貨鋪裡倒出這批貨後，雖說到手的利潤不是很高，可架不住這全鎮獨一份，還真是小賺了不少。真不知道這溫氏雜貨鋪是哪來的手段，竟然跟朱家攀上了關係，他當初託人花錢，都沒能攀上朱家的一個管事，結果倒讓這溫氏占了先。

不過還是他聰明，能想出這一招來，瞧瞧現在自家鋪子裡這人來人往的，不用多久，他這裡就會成為洛水鎮最大規模的雜貨鋪了。只是可惜了，鎮上幾家大酒樓都跟這溫氏雜貨鋪簽了供貨協議，他搶不來這一塊的生意。也不知道這溫氏的幕後老闆到底是誰，這生意經給他做得都算計到骨頭裡了，這些招他也得好好學學才行。

就在他作著發財的美夢，看著一錠錠銀子都飛進他腰包的時候，突然聽到有人在門口叫道：「誰是老闆?出來一下。」

周清潭循聲而出，在看到門口那人是誰時，心裡咯噔了下，這張臉他可是一輩子都不會忘啊。想當初就是因為他，自己整整三天下不了床，那惡夢般的記憶湧現，莫名地，他感覺到全身都在疼痛。

「你、你怎麼找來了？我可是聽了你的話，從沒在周家村出現過了啊。」他開口的第一句話不是問方大川找他何事，反而是急切地想要撇清自己。

方大川仔細一看，這可真不是冤家不聚頭啊，沒想到周記的老闆竟然是那個被他打得滿地打滾的流氓，若再加上今天這事，方大川對他更是沒什麼手下留情的理由了。

「周清潭，你用錢收買了我店裡的夥計，從我家低價購買，再抬高價錢往外賣，為了得到利益，竟然跟我店裡的夥計串通好，讓我店裡的粉條價格比平時高了近一倍。你為了一己私利故意抬高價格，讓鄉親的利益受到損害，這種卑劣的事情你也做得出來？紙包不住火，你以為我永遠不會發現嗎？」

方大川沒心思跟他廢話，夫妻倆剛剛就商量好來他這店門前大聲宣告一下，將事情的經過說個清楚就算了。畢竟這年代告官這檔事，即便是有理，也會先被衙門刮去兩層皮，損失更大。

只要讓大家知道原因，後面再稍稍宣傳一下，這個月帶來的影響很快就會消失，畢竟這些東西還是他們家獨家銷售，只不過是因為自己的疏忽被鑽了空子。怕是這周清潭也想得明白，他每一樣貨進得都不多，看來是沒有長期賺這種錢的打算。

方大川在路上大聲宣告的做法果然起了作用，八卦的力量是偉大的，在一些人聽明白事情的經過後，除了對周記表達鄙視與不滿，便是拉著更多的人將消息傳開來。方大川見周圍聚集的人越來越多，便抱拳道——

「各位，此事的事件全因我用人不善引起，害得各位鄉親無故地多支出了不少的錢財，從今天起溫氏雜貨鋪裡的所有商品都將維持原價。為了彌補大家的損失，也為了表達我的歉意，我在這裡向大家宣佈，從下個月的月初開始，溫氏雜貨鋪將進行一項讓利活動。

「大家不論在我的鋪子裡購買哪種商品，只要一次購買三斤以上，都將獲得我們加贈的粉條一斤，期限為七天，七天過後，一切恢復如常。還望各位鄉親能夠將今日聽到之事向各位的親朋好友多加宣傳，方某在這裡謝過大家了。」

方大川所說的這個法子，當然也是溫月想出來的，雖說這件事情看似是周記的錯，從中賺了差價。可到底在不明真相的人心裡，溫氏雜貨鋪的這種提價行為，肯定會讓信譽受損十分嚴重。若想在最短的時間內扭轉局面，不用點非常手段怎麼行？打折促銷一向都是最簡單也最有效的辦法，這時候不用還待何時呢？

方大川話音一落，周圍許多人都帶頭鼓起掌來，還有幾個愛起鬨的，在一邊叫起「好」來。方大川笑著向周圍一一抱拳謝過，然後對周清潭說道：「周老闆，這種損人不利己的事情，以後你還是不要做的好，雖說咱們經營的都是小本買賣，可也應該講個誠信。話說，你是不是該把從我們店裡以不正當手段拿來的貨送還給我呢？」

周清潭萬萬沒想到方大川竟然就是溫氏雜貨鋪的老闆，他更沒想到方大川竟然會將這件事情就這樣曝光在眾人的視線之下，一點餘地都不留給他。因為最先被方大川的這張臉嚇了一跳，他沒能及時阻止方大川在他門口鬧事，現在再想阻止，也已經來不及了。

看著周圍這些人對著他指指點點、極力鄙視的樣子，他就知道自己這家店是完了，他的好日子這回真是到頭了。若只是一般的商業競爭也就算了，對他不會有多大的影響，可偏偏方大川一直強調是因為他的緣故，讓大家買這些東西的時候多花了冤枉錢，而老百姓最恨什麼，就恨讓他們多花錢的人啊。

這回，周記的名聲臭了，怕是再也不能挽回了。周清潭正恨方大川的心狠手辣，腦中飛快轉著，想要找個能挽回局面的辦法時，卻聽到方大川說讓他把剩下的貨都還回去，他頓時覺得欺人太甚。「方老闆，你這個要求有些過了吧，我承認我的手段是不光明，可你也沒有讓我把貨還回去的道理啊，這可都是我花錢買的呢。」

方大川冷笑了下，道：「周清潭，今天這事，若對方是別人，我要是想拿回貨物還真得經過官府，可怎麼辦呢，跟我結下梁子的偏偏就是你。周清潭，你莫不是忘了我跟你之間還有點別的恩怨吧，你若是不想讓我因為生氣失去理智，說出什麼不能收拾的話來，就最好還是按我的話去做。」

方大川跟溫月來時，只是想透過在門口的這場大鬧，讓溫氏雜貨鋪能重新進入大家的視線，將這中間的彎彎繞繞說個明白，扳回局面。可對那些貨，他們兩個還真沒想過要收回來，雖說他們占著理，可若是周記不給，他們也完全沒有辦法，而去官府，是他們根本就不想走的一條路。

士、農、工、商，商者最輕，偏又商者最富。那些吃官糧的老爺們，巴不得他們這些商人多多去打官司，至於判決結果，那當然是以誰給的錢多就判誰贏了。溫月跟方大川可不想去給那些貪官送錢，白白便宜了那些人，這點損失，他們還是承擔得起的。

方大川的威脅果然奏了效，周清潭一下子就想到當初他想占溫月便宜的時候，在那裡因為太過得意而說出的那些事，沒想到這方大川還記得。他恨恨地看了方大川一眼，最後只得垂頭喪氣地道：「明天，我會整理好還回去的。」說完，他轉身進了店，吩咐夥計將店門關上，不再聽外面人們的議論。

在周記那裡得到了想要的結果後，方大川跟溫月又馬不停蹄去了莫掌櫃那裡，求他幫忙尋兩個靠得住的夥計。雖說有了這次的教訓，方大川應該要天天往鎮上跑，可若真是這樣，他還是不大願意的。他本來就不是做生意的料，每天在店裡會悶死他，他情願天天在地裡幹活。

莫掌櫃痛快地答應了方大川的請求，以他在洛水鎮這麼多年的經營，尋兩個夥計還是沒有問題的。

約好下次見面的時間後，溫月跟方大川就急匆匆地往家裡趕去，出門的時候也沒想到會遇上這麼多的事，家裡兩個孩子餵奶的時間也已經錯過了，溫月早就歸心似箭，方大川一路上也是快馬加鞭。

果然，當他們到家後，兩個孩子已經在李氏的照顧下各喝了一點米湯被哄睡了，溫月看著兩張一模一樣的小臉，真是愧疚得不得了，下定決心在孩子斷奶前，說什麼也不要再出門了。李氏也奇怪他們為什麼會耽誤這麼長的時間，明知道家裡有兩個等著吃奶的孩子，她雖然沒說什麼，可臉色還是不大好看。

溫月知道她是心疼孩子，當然不會計較，反而心裡對孫四嬸的事情覺得有些難以開口，要知道孫四嬸跟李氏的感情可是非常要好的，她還真怕李氏乍聽到這個消息，會不能接受。

可該說還是得說，溫月斟酌著用詞，跟李氏說他們之所以回來晚的原因後，李氏非常激動，她不相信孫四嬸會做出這種事。「不行，我得去問問她，是不是有了什麼難過的坎兒才做了這樣的事情。月娘，若真的是妳嬸子家有了難處，咱們該幫還是得幫啊。」

「娘，我從沒有過不幫他們家的想法啊，可嬸子家有難處可以明著跟我說，憑咱們兩家的關係，我會袖手旁觀嗎？我現在氣的是他們擅自作主，背著咱們幹這種見不得人的勾當，被我跟大川識破後，還理直氣壯地沒有一絲悔改。

「娘，我想著是不是咱們平時表現得太良善了，才會讓他們這麼不將咱們放在眼裡。既然做得出這種骯髒的事，那以後誘惑更大的時候，他們一家說不定也會像這次一樣在背後咬咱們一口。」溫月完全不想原諒孫四嬸一家人，有了不良前科的人，總是很難再讓人相信的。

方大川見溫月說完後，李氏還是一臉的為難，似乎並沒有放棄她的想法，便也加入勸說。「娘，月娘說得沒錯，這一次咱們家損失得並不大，所以您沒感覺，可若是按您意思再給他們一次機會，將來咱們買賣做大了，他們又在背後咬咱們一口，那可就真的是見血肉了。」

經過溫月與方大川的輪流相勸，李氏終於不再執拗，點點頭道：「那好吧，既然你們都這麼說，我就不去了，省得到時候尷尬。」

李氏雖沒去找孫四嬸問個清楚，孫四嬸一家卻在下午找上門來了。

當聽到石全福說孫四嬸的男人帶著兩個兒子跟董金娥來賠罪的時候，正抱著小寶寶努力想著取個什麼名字的方大川，皺著眉擺了下手說：「我就不見了，石叔你讓他們都回去吧，好好跟他們說，以後就當作從來不認識，各自過好自己的日子就行。」

於是，孫四嬸的男人又灰溜溜地帶著一家大小離開了，臨走前他想著李氏比較好說話，可李氏也一樣沒出來，見方家這麼決絕，他也明白方家是真的不能原諒他們了。

他聽著耳邊董金娥還在那裡為自己狡辯，將責任都推給方家時，他看著自己的大兒子問道：「老大，這媳婦你可是真喜歡？若是不喜歡，那咱就換吧，憑你的條件雖說娶個好的有點難，可是至少不會比這個攪家精差！」

「爹！」空蕩之處，只剩下董金娥的哭叫聲了。

兩個兒子百日那一天，方大川總算是把孩子的名字定下來。按家譜來看，孩子排在

「希」字輩，所以大的取名方希清，小的取名方希仁，兩人的名字也被方大川鄭重地寫入了家譜上。

熱鬧的百日宴過後，方家又回到從前的平靜之中。這天，兩個孩子睡飽醒來，溫月見外面陽光正好，便帶著兩個孩子到屋外好好曬曬太陽。

滿兒、葛燕兒跟葛蛋兒像看玩具一樣地盯著在棉被上努力掙扎著要抬起脖子的弟弟們，一個個地樂個不停。幾個女人則坐在一旁，一邊做著手裡的針線活，一邊看著孩子們嬉笑，眼見著葛氏一家在這些日子裡漸漸有了神采，從大人到孩子也都胖了不少，溫月便又想起了那天在外鎮上看到的流民。

溫月只當閒聊，便將鎮上看到的情景跟他們說了出來，葛林氏聽了，不禁又想到了他們當時的情景，嘆了口氣道：「唉，這老天不給活路，是真的讓人不能活啊。咱們最開始還能吃些樹根、樹皮什麼的，可到了後來，連這些東西都不得吃了，挖地三尺都找不到一絲草根，那天乾的，土地裂開的口子都能塞進去一個拳頭，能有我家蛋兒一條腿那麼長的深度啊。」

李氏點點頭道：「是啊，我記得我小的時候也遇上過災年，但是比妳說的還差多了，可就是那樣，我看有些餓瘋了的人，只差沒吃人肉了，真是慘啊！」

「官府不開倉放糧嗎？」溫月問道。她從沒有遇過天災，在前世，若是哪裡真鬧了天災，政府也會即時進行救濟，那種一受災就大規模餓死人、流民遷徙的情景她也只有在電視裡才看過。

葛林氏搖了搖頭，不屑地說：「哪還有糧啊？糧倉的糧食都還不夠那些官家老爺們自己分的，富人家自己有存糧，苦都苦到咱們這些窮人身上了。」

溫月露出一絲不忍，隨即像想到了什麼情景，開口問道：「那若真餓急了，又沒東西吃，該怎麼辦？難道真像我娘說的，吃人嗎？」

「啥都吃，吃不到就搶，但吃人我倒是沒見過，可能是我跟孩子的爹逃得早吧。」葛林氏像是想到了什麼，臉上露出一絲驚恐。「夫人，您是沒看到，不管是窮人還是富人，只要是餓急了的，遇上哪家院牆矮的，直接就翻牆進去了。一個個都紅了眼啊，搶了糧食不說，還有那乘機鬧事的，把家裡都抄了底。有的大戶人家院牆高，他們進不去，就用木頭椿子撞門，可進去了也沒一個能落得了好。」

溫月沒有出聲，葛林氏以為是她的話嚇到了溫月，有些忐忑地看了看牛嫂，牛嫂搖了搖頭，示意不要打擾溫月，她這才低下頭做起手裡的活兒來，一句話也不敢再說了。

第四十五章

晚上方大川跟石全福從地裡回來，就看到葛東站在門口，正一臉不安地等在那裡，待方大川走近後，葛東趕緊上前，驚恐地說道：「主子，都是我家婆娘不好，嘴上也沒個把門的，今天把夫人給嚇到了，我已經教訓過她，主子，我們以後一定會注意的。」

方大川愣了一下，這沒頭沒腦說的是什麼？怎麼會把溫月嚇到了？「沒事，我去看看是怎麼回事，你們不用擔心。」方大川又勸了兩句，就直接往屋子的方向疾走而去。

等他進屋後，見溫月正坐在那裡愣神，他怕猛然出聲嚇到溫月，便小聲地輕喚她。正在想事情的溫月聽到方大川的呼喚，轉頭看著他說道：「有話你就說，幹什麼出這麼點小聲音？」

「我還不是怕嚇到妳嘛。」方大川見溫月不像有事的樣子，這才放下心，挪到一邊換起衣服。

溫月起身將已經準備好的乾淨衣裳給他遞了過去，笑著說：「我又不是兔子，哪那麼容易被嚇到。」

方大川樂了。「是沒把妳嚇到，可妳把別人給嚇到了。」說著，他就將剛剛在門口遇到葛東的事情說了出來。

溫月一聽也樂了。「他們夫妻可真是的，謹慎得不像話，不過大川，我今天還真的心驚肉跳了一會兒呢。」

「喔？」方大川換好了衣裳，坐在溫月身邊，拉著她的手問道：「什麼事啊？是因為流民的事嗎？還說妳膽子大，臉都嚇白了。妳不用擔心，我在後面的山洞裡存了很多糧食，足夠咱們吃上兩年的。」

「我不是說這個。」溫月搖了搖頭說。「葛東媳婦說了，流民餓急了是會翻牆進來搶的，所以我一想到咱家這院子這麼好，要是真有個什麼事情，還不得成為第一目標啊？可咱們家又不是那真正的大戶人家僕役成群的，真遇上事了咱們可是沒自保的能力啊。所以，不如我們花點錢，給院牆加高，還有大門，也要造得堅固些，畢竟咱們家老的老、小的小，未雨綢繆總是好的吧。」

方大川本來想笑溫月在自己嚇自己，洛水這個地方依山傍水，長年的風調雨順，根本就沒有出現過大災大難的事情。可是一看到溫月說得臉都白了，為了讓她安心，他還是痛快地應了下來。只要是娘子要求的，不管對與錯，照著做就是了，左右就是花點錢、費點力氣而已。

方大川說幹就幹，第二天就找來石全福跟葛東，把他的想法說了出來，讓他們兩個出去買料子，找人回來幹活。石全福聽了，雖也覺得多此一舉，本想勸方大川不要這麼折騰，畢竟他在洛水鎮生活了大半輩子，從來就沒見過鬧什麼天災，可是見主家夫妻如此堅持，他一個做下人的怎麼好駁了主子的想法？

而葛東聽了倒是挺高興，他是經歷過那些事情的，當然知道那其中的殘酷，老天爺做事，誰又能夠真正預測呢？

就在方家如火如荼地進行著「碉堡」建造的時候，一個陌生人來到方家的門前，向正在給工匠們倒水的李氏問道：「請問，這裡的戶主可是方大川？」

李氏上下打量著來人，見確實不認識後，點了點頭道：「是的，你是？」

那人鬆了口氣，笑著說：「大娘，那這家可是有個叫方同業的人？」

李氏一聽到方同業三個字，馬上就拉長了臉說：「沒有，你找錯了，這裡沒有這個人。」

「我知道沒有他，不過您既然這麼說，就證明這裡真的是方大川的家了。那太好了，我這裡有一封信，請您轉交給方家的人，只要是方家人就行。」那個人從懷裡拿出一封信，要交到李氏的手上。

李氏沒有接，而是警覺地看著他說：「你是誰，這信是誰讓你送來的？」

那人見李氏不接，強行塞進她的手裡道：「大娘，具體的我也不知道，我就是個送信的，我只知道給我信的是個男人。您有什麼想知道的，看看信不就行了嗎？煩死了，賺點錢還真不容易，才五十文錢就讓我跑了兩個村子，早知道讓他多加點錢就好了。」他十分不快地嘟囔著離開了。

正在不遠處幹活的方大川注意到了門口的情況，高聲問道：「娘，什麼人啊？」

「喔，沒事，打聽路的。」李氏捏著手裡的信，下意識地對方大川撒了個謊，不管怎麼樣，不能讓大川再聽到任何關於方同業的消息。

李氏努力地讓她的步伐不顯出一點慌亂，等拿著信進了屋，閂上房門後，她才慌裡慌張地拆開信封，將裡面的信拿了出來。沒人知道，其實她是識字的，雖然不多，可簡單的字她可以看明白。

那時她剛嫁給方同業，她覺得她一個殺豬人家的女兒嫁給一個斷文識字的人是多麼高攀的一件事情。為了不讓方同業覺得她為人粗鄙，也不想看到他瞧自己時那無視的神情，所以才想著要努力學習認字，她也想與方同業過那種舉案齊眉的日子。

只是後來她發現，方同業對她的態度根本就不是她識不識字所能改變的，他根本就是打心裡鄙視她。一點一滴的，她也就慢慢歇了這份心思，而她覺得這是一件極其丟臉的事情，也就不曾在任何人面前透露過。

她打開信紙，上面赫然寫著幾個大字——

方同業在我手上，若想要他活命，五天後帶三百兩到洛水鎮西邊的樹林見。

李氏面無表情地將信看完後，嘴角出現了一絲冷笑。方同業，你真是越來越下作了，竟然還玩起了這一套騙錢的把戲。真希望這信上所說的是真的，也能讓你去看看被你氣死的娘，請求她老人家的原諒。

李氏狠狠地將手中的信紙揉成一團，隨後扔到院中正在燒水的火爐上，一瞬間升起的火苗在李氏的眼中映出血紅色的一片。方同業，你不如就真的死了吧！

洛水鎮外的樹林裡，幾個魁梧的男人正圍坐在一起，他們不時地向林子外張望著。「老大，人怎麼還沒來？咱們可是從早上就開始等了，不可能錯過的。」其中一個男人等得有些不耐煩，對坐在正中間面帶刀疤的男人說道。

「會不會是那家人不相信，所以沒有來？」另一人猜測道。

刀疤男獰笑著，把頭轉向一邊，冷酷地道：「不信沒關係，再等等，要是今天人不來，就剁掉他一根手指送過去。」

「可是老大，若是這樣他們還不來呢？」坐在最旁邊的一個男人不長眼色地問。

「會來的、會來的！我兒子是個孝子，他一定會來的！你們不要切下我的手指，只要讓我親筆寫一封信過去，他認得我的字，你們要多少錢他都會給的！」角落裡，一個蜷縮在地的男人極度卑微地向男人乞求著說道。

那刀疤男見了，哈哈大笑了幾聲，拿起手邊裝滿酒的碗走到方同業的跟前，用腳尖將方同業的下巴抬了起來。「你那兒子大約是上輩子沒少作孽，這輩子才會遇上你這樣一個爹。

他來了當然最好，不來也無所謂，我會把你賣到礦山做苦力，蚊子腿再小也是肉，老子是不會嫌棄的。」他說著，將碗裡的酒全都倒在了方同業的頭上。

「老大，賣去礦山能得幾個錢啊，還嫌麻煩呢，乾脆弄死算了。」有人在一邊起鬨說道。

刀疤男瞪向那個人道：「六子，我告訴你，你以後少說殺人這種話，咱們現在只求財不求命，老子既然從牢裡出來，就沒想過再回去。」

那叫六子的人嘿嘿一笑。「大哥，我知道了，以後我一定管好自己這張嘴。」

「大哥，蓮心回來了。」六子說到一半，手指著小路說。

「柴哥，我沒看到方家人來。」那叫蓮心的女人乖巧地站在刀疤男的旁邊，有些鬱鬱地說。

柴哥沈默了一會兒，又看了看趴在那裡的方同業說：「沒事，沒來就算了，一會兒回去讓他親自寫封信再送去，要是還不來，咱們就得走了。這洛水鎮地界太小，咱們不能久待。」

「那他怎麼辦？」蓮心指了下方同業。

六子在一邊不懷好意地說：「蓮心姑娘，老大說了，要把他賣到礦山去做苦力。」

蓮心往那男人的方向看了一眼，正好與那男人的目光對上，那男人就像是抓住了最後一根救命稻草般喊道：「麗雪，妳救救我吧，妳幫我求求他們，放我走吧，我沒做什麼對不起妳的事情啊。」

原來，這個叫蓮心的女子就是郭麗雪，此時的她比跟郭麗娘在一起的時候要光鮮亮麗得多，但最大的變化不是她的華麗衣著和身上閃著光芒的金銀首飾，而是她的精神狀態。

從前的她總是低著頭走路，臉上始終帶著一股子的愁情，可現在的她不論是行還是立，下巴總是微微揚起，嘴角也總是帶著完美的弧度。站在那個叫柴哥的男人身邊時，眼裡總是帶著淡淡的春情，一副幸福小女人的模樣。

「柴哥，賣他去礦山能值多少錢？我看不如將他送去郭麗娘那裡吧，他們兩個當初那如膠似漆的樣子，我都羨慕得緊呢。」郭麗雪笑著往柴哥的身上靠了靠，那似有若無的媚態讓一邊的六子看直了眼。

柴哥一把摟過她，笑著說：「就妳心軟，賣去礦山再便宜，也比賣到暗門子（注）那裡賺得多，妳當他還是年輕小夥子呢！」

經過十幾天的推倒修築，有兩個人的高度、一尺多寬的院牆以令人瞠目結舌的模樣出現在方家眾人面前，為了達到溫月的要求，方大川甚至在那牆頭上密布了磨尖的鐵針。這下就算有賊人爬上了牆，手腳也會被這些鐵針給扎成蜂窩不可。

不過幸好方家所在的位置是在李家溝的最裡面，除了零散住在周圍的幾家佃戶外，沒有

注：暗門子，非法秘密賣淫的娼妓。

旁的什麼人，不然肯定還會引來更多的圍觀。可就只是這樣，也讓那幾家佃戶驚訝了好幾天，不明白東家為什麼要弄這樣的院牆，而方家對外的解釋是，看過有狼和熊瞎子在家附近轉悠，心裡擔心，才想著加高一下院牆。

這個解釋雖然說得過去，可還是顯得太誇張了些，李家溝後面的大山裡確實有野獸出沒，偶爾牠們還會下山來溜達，但是再凶猛的野獸也是怕人的，山裡食物那麼多，根本就鮮少有野獸傷人的事件。不過，人家方家有錢，又是自己的家，想怎麼折騰就怎麼折騰，又關他們什麼事？

可外面人怎麼議論，溫月一點都不關心，因為她現在全部的心思都放在李氏身上。最近她發現李氏幾乎每天都要去正院門口轉上一轉，剛開始的時候溫月還以為她是因為新換的大門特別氣派，心裡喜歡才去的。可是接連七、八天，李氏還是每天都去，這讓溫月覺得十分疑惑，看來她這不是為了欣賞院牆，而是心裡有事啊。

可對於李氏這個極少四處走動，也沒什麼朋友的人來說，能有什麼事情會讓她這樣心神不寧，還需要日日去前院守候？就算有心問上一問，李氏卻總是避而不答，無奈之下，溫月也只能叮囑經常在前院走動的石全福多留心一些。

「月娘！」去店裡收帳回來的方大川興奮地走進來。「告訴妳一個好消息。」

「什麼好消息？這個月咱們店裡的收益又增加了？」正在陪滿兒擺積木的溫月笑著問。

方大川搖了搖頭，又點了點頭，說道：「也可以這麼說吧，妳猜我今天去鎮上看到什麼了？」

「肯定是好事唄，看你這麼高興的樣子，快說啊。」溫月讓滿兒自己在一邊玩，她則坐到了方大川的身邊。

方大川笑著說：「周清潭的那間雜貨鋪關門了，聽說他正四處找人兌下他的鋪子。」

「很正常啊，他那鋪子缺斤短兩，東西賣得又貴，早晚的事。」溫月撇了下嘴，想到周記雜貨鋪一直以來的聲譽，再加上上次的事情之後，肯定會經營不下去。

「月娘，我跟妳商量件事。」方大川接過滿兒給他的積木，幫她邊擺邊說：「咱們把那鋪子兌下來吧。」

「兌它幹什麼？」溫月從沒想過要再買下一間鋪子。「店裡現在每個月的收益也只是剛好夠咱們家的零用錢，況且再兌間鋪子，咱們要賣什麼啊？」

「可以租出去啊。」方大川看著滿兒說。「咱們滿兒也一天天長大了，妳就沒想過等她出嫁那天，給她多備些嫁妝？」

溫月聽了方大川的理由後，忍不住笑了出來。「她才多大，你想得未免太遠了吧。」

「怎麼會，我可聽說那大戶人家自女兒出生後，就開始準備嫁妝了，咱們滿兒跟她們比，已經是晚了。」方大川說著說著，竟然覺得愧疚起來。「雖說咱們不是什麼大戶人家，可是現在也不缺錢，多給孩子準備些，將來她嫁了人，也能有底氣。」

「怎麼，誰還敢欺負咱們滿兒不成？借他幾個膽子試試，有你，有兒子們在，他敢？」

溫月就好像事情真的發生了一樣，杏眼圓瞪，一臉凶狠的樣子。

方大川被溫月那護犢的模樣給逗笑了。「月娘，我還真沒看出來，原來妳也這樣凶悍啊。」

「那當然。」溫月理所當然地點頭道。「為母則強，我可以容許自己受委屈，可絕對不能接受兒女被人欺負。」

溫月跟方大川兩人越聊越偏，由買鋪子到攢嫁妝，由攢嫁妝說到對未來女婿的要求，就在兩人越說越起勁的時候，葛燕兒牽著葛蛋兒的手，站在門口規矩地道：「老爺、夫人，石管家說剛剛有人送了封信來，老夫人在門口給收走了。」

滿兒聽到葛燕兒的聲音，立刻推了手裡的積木，站起身就東倒西歪地走去了葛燕兒那裡，溫月也沒攔著，叮囑一聲就讓他們帶滿兒去玩了。

等滿兒走了，溫月才跟方大川說：「看來，娘這些日子就是在等這封信呢。大川，你知道娘除了咱們村裡的人外，還認識什麼別的人嗎？」

方大川搖了搖頭道：「肯定沒有，她唯一關係比較好的就是孫四嬸了，可關鍵是，她不識字，誰會給她寫信？」

是啊……溫月也沈默了，李氏既然不識字，那為什麼還要把信收走，而不是送到自己這兒來呢？溫月看向方大川，臉上帶著懷疑的神色問道：「娘莫不是識字的吧？」

方大川愣了一下，隨即不停地搖頭。「妳想什麼呢，這根本就不可能。」

「也是……」溫月也覺得她想得太多了。「那你說是為什麼？又是什麼人？大川，不會是有什麼事吧，她這些日子總是心神不寧的，要不要我去問問啊？」

李氏就像是家裡養的兔子，膽小而安靜，突然有一天，這隻小兔子變得不一樣，做了許多不符合她性格的事情，如此反常的舉動，作為她的親人，怎麼可能不擔心？

「去問問也好，不過娘要是不想說，妳也不要逼著她，咱們再多觀察幾天看看吧。」方大川想到李氏那溫吞的性子，不敢要求太多。

第四十六章

屋裡的李氏緊捏著手中的紙愣愣地坐在一邊，這張用血書寫的信紙上，寫的是與上一封信完全一樣的內容，只是時間上有了改變，變成了兩天。

這封血書的出現，讓李氏更加不相信方同業被綁架了，因為她所瞭解的方同業，是個膽子小到見血都暈的男人。他出一滴血，會倒在炕上幾天不肯起來，張口死、閉口死的，讓其他人跟著不得安生。

就在她心中暗恨方同業為了錢無所不用其極的時候，房門被人敲響了。

「娘，您在嗎？」溫月在門外敲門。

「喔，在、在。」李氏慌張之下將手中的信揉成了團，站在屋裡四下張望，不知道要扔到哪裡好。

「娘，我能進來嗎？」溫月等了半天也不見李氏開門，自己輕推了下門，發現是閂著的，於是只能在門外追問。

「等下啊，我在換衣服，馬上好。」李氏將信紙用火焚盡成灰後，又順著窗戶將灰撒了出去，這才開了屋門，神色未定地把溫月迎進來。

溫月看了眼李氏那身沒有任何變化的衣服。

「感覺這天熱得很，想著回屋換套薄一些的衣服。」李氏侷促地笑著說道。

為了不讓李氏尷尬，溫月並沒有揭穿她，而是一臉好奇地問：「娘，孩子們都想您了，也不見您去我那兒，今天都在忙什麼呢？」

「沒、沒忙啥啊，妳瞧我這東一下、西一下的，也不曉得在瞎忙些什麼。」李氏一聽孩子們想她了，一下子就愧疚起來，說話間便想往外走。「妳現在來我這兒了，那孩子誰看著呢？」

溫月笑著跟在她身後說：「大川在呢。」她輕咬了下嘴唇，上前挽住李氏的胳膊。「娘，您就別瞞我了，我可聽說，您今天收到了一封信，是朋友寫的？」

李氏身子一僵，有些緊張地道：「妳這孩子，我有沒有朋友你們還不知道啊，再說，我也不識字啊，誰能給我寫信？」

「那……」溫月還想問，李氏自己先開口了。「那是妳孫四嬸託人送來的，裡面是三百文錢，她當初跟我借的，如今咱們兩家是這種關係了，我當然得往回要了。」

「喔。」溫月點了點頭，聽著李氏這漏洞百出的理由，溫月更好奇那封信寫的是什麼了，可惜李氏這麼努力隱瞞，她想問也是問不出來了。

一邊的李氏見溫月不再追問，也鬆了口氣，她還真不知道如果溫月繼續問下去的話，她會不會說漏了嘴。唉，這一切都是方同業的錯，為什麼就不肯讓別人過幾天清靜的日子呢。

之後的日子裡，一直警惕方同業會繼續寫信來騙錢的李氏並沒有再收到過一封方同業的信，她也漸漸地不再擔心，人也恢復如常。這讓一直暗中觀察著想要弄明白李氏身上到底發生什麼事的溫月不禁有些失望，好奇心沒能得到滿足，因此她還跟方大川嘟囔了幾句。

只見方大川笑著說：「娘沒事不是更好，我反而挺怕妳得到答案呢，妳啊，少讓妳操心還不好？」

這番話倒把溫月說得很沒意思起來，也覺得自己實在是太八卦了點，她突然很懷念前世的資訊時代，每日裡八卦帖子看一看，也是很有意思的。

日子不知不覺進入了雨季，半個月來竟然陸陸續續地一直下不停，本應是淅淅瀝瀝的小雨也變成是每天傾盆而下的大雨，猛漲的河水淹沒了正在灌漿期（注）的水稻，爆發的山洪夾雜著泥石流，將種在半坡地馬上就要成熟的糧食掩埋，整個洛水鎮的田地沒有一處倖免於難。

一早起來就去地裡觀察受淹情況的方大川帶著一身的雨水進了門，溫月見他面色凝重，心情也不由得沈重起來。

「怎麼樣，很不好嗎？」

方大川點了點頭，沒什麼精神地道：「水稻今年是收不成了，不過咱們家也算是幸運

注：灌漿期，農作物的一個生長時期，即光合作用產生的澱粉、蛋白質和積累的有機物質透過同化作用將它們儲存在籽粒裡的階段。

了，泥石流只埋了小半的紅薯田，剩下的都好好的，李地主家損失就大了，他家的坡地幾乎全都被泥埋了。」

「就剩下這一點紅薯了？」溫月一聽，心一下子就揪了起來，這是她第一次深刻地感受到什麼叫看天吃飯。對這個時候的莊稼人來說，不論一年有多辛苦，只要老天不賞臉，付出多少都是白費。

「不是。」方大川見溫月臉色不好，忙繼續說：「紅薯雖然被埋了，可這個時候也差不多熟成了，還好穀子沒事，我跟石叔商量著這幾天組織佃戶搶收一下。咱們家的包穀也還立著呢，只要不颳大風，應該還可以堅持到成熟。」

方大川說到這裡，心裡不由得一陣慶幸。今年開春種地的時候，因為葛東總在他的耳邊說著他們家鄉遭災的情景，他便留了個心眼，在半坡地上多種了一些包穀。也幸好是種在了坡地上，看看村裡別家那種在平地上的包穀，也都被淹沒得只剩下一小段在外面，還不知道能不能有收成呢。

在聽說還能有些收成後，溫月這才鬆了口氣。「幸好咱們家的坡地多，總算還能收點東西。」

「妳別擔心，就算真的一點收成也沒有，咱們家裡也有存糧，不會餓到的。」方大川怕溫月擔心，出言安慰。

「我不是怕咱們餓著，我是怕餓著咱們家的佃戶，相處也這麼久了，要真是聽到誰家餓死人了，心裡也怪不落忍（注）的。行了大川，你也別耽誤了，乾脆現在就找他們去吧，早點兒總比晚點兒強，能多搶收一些就少餓些肚子。」溫月推著剛剛坐下的方大川就往門外走。

方大川也沒有拒絕，任由溫月推著，還安慰她說：「妳不要多想，我們人多，很快就會搶收回來的。」

溫月輕聲道：「知道了，你也要小心，別傷著了，不是說還有土崩嗎？」溫月想到山上的泥石流，又不大想讓方大川走了，真怕他再出了事。

方大川突然笑了下。

「真不是我幸災樂禍，妳知道李地主家為啥會遇上山崩？還不是他為了多賺錢自己製炭賣，把那座山坡的樹都砍光了，不然今天也不至於會這樣。咱們家的地也是受了牽連，估計這會兒他正在家裡哭呢。」

方大川一直不喜李地主家的作派，別人家與佃戶都是四六分，糧稅也由主家來交，偏偏李地主家卻不肯承擔佃農的稅錢，這樣算下來，根本就是三七分。佃農們實在是吃虧，可是李地主家占著村裡絕大多數的土地，很多佃戶不佃他家的地也不行，也只能生生忍著了。對於苦過、窮過的方大川來說，這種為富不仁的人，他又哪裡會看得慣。

方家的佃戶們在聽說東家組織他們一起搶收糧食後，一個個都很積極地穿著蓑衣冒雨而出，沒花多久的工夫就都聚在了方家的門前，甚至有幾戶連女人也都出來了。方大川也沒多

注：怪不落忍，指過意不去。

廢話，安排他們分別去了地裡，進行搶收。

看著被淹沒的稻田，有幾個婦人失聲痛哭了起來，他們幾家佃的都是水田，想要有收成肯定是不可能的了。可沒收成，就不可能跟東家分糧食，沒有糧，讓他們未來的一年要怎麼熬？

「哭什麼哭，還不快幹活，興許東家會看在咱們幫忙的分上能分些糧食，只會哭又有啥用？」人群裡有個男人對著那幾個正哭的女人叫罵了一聲。

人多力量大，只大半天的工夫，除了被泥掩埋的地瓜還沒有全部清出來外，穀子都已經全部收了回來。只是看著這一直下雨的天，大家又都犯起愁來，沒有陽光穀子就曬不乾，這樣濕著垛起來，短時間還可以，但若是時間長了肯定會全都爛掉的。可即便這樣，也沒什麼別的辦法可想，只希望這天氣能早點放晴了。

等地瓜全都收回來後，方大川對愁眉不展的佃戶們道：「這天也不知道什麼時候會好，如果真是個災年，大家還是早早地去鎮裡買些糧回來存著吧，免得過些時候糧食漲了價。不過待地瓜都收回來後，我也會給大家都分上一些，這也是我唯一能為你們做的事了。」

人群裡，一個老漢說道：「東家說得沒錯啊，這幾年就經常有流民從咱們這裡路過，這代表啥？代表這天下不太平啊！搞不好這災禍已經移到咱們洛水來了呢。雖說咱們洛水一向都是風調雨順，可誰又能保證這一次就不會受災了？我看大家也都別指望那些包穀了，老話說，大澇過後很可能就是大旱，真要是那樣，唉……」

「吳伯說得沒錯，」方大川附和道。「雖說囤糧可能會花掉大家一些錢，可是手裡有糧心不慌啊，多少還是存一些的好。」

方大川不知道佃戶家究竟有多少人聽進了他的話，可溫月卻是拉著他積極地準備去鎮裡採買一番。方大川存的全都是大米和玉米，一想到未來因為天災而不能吃到可口的食物了，溫月就有些鬱悶，主食雖然能吃飽，可只吃這兩樣東西也未免太乏味了些。

拉著方大川去了鎮上，溫月看到的卻是跟鄉下截然不同的景象，也許是因為看不到受災的情景，所以鎮上的人也沒什麼緊張感，但卻可以明顯感覺到街上的流民比往常更多了。

他們在鎮上轉了一圈後，車廂已經裝滿了大半。路過莫掌櫃那裡時，方大川便進去跟他說了一下鄉下的情況，而莫掌櫃像是早就有了預感一樣，憂心忡忡地道：「這事我已經聽說了，糧食什麼的我也準備了不少，你不用擔心我。話說，大川啊，最近又有新一批的流民過來了，我聽說京城已經收留不了他們，現在這些人正四處流竄，你可得守好了門戶。」

方大川沒想到事情已經這麼嚴重，他擔心地看著莫掌櫃，問道：「莫叔，我家倒是沒事，家裡前幾個月才剛修的院牆，堅固著呢，要不，你也去我那兒避避吧！」

莫掌櫃看著方大川那沒有一絲作假的關心，欣慰地道：「謝謝你了，大川，我家暫時還沒什麼問題，要是真堅持不了，我會投奔你的。」

從莫掌櫃那裡出來，方大川帶著溫月去了自家店裡，原本他想著只拿走店裡一半的貨物，剩下的留著賣。可現在聽到莫掌櫃的情報後，方大川決定還是將店裡的貨物都搬回家去，若真有人來鬧事，也可以避免損失。

給店裡的小二提前發了月錢，分了一些吃食給他們，方大川便老實告訴他們鄉下已經受災的事情，讓他們早點回家做準備，就將店關了。

也許發大水只有一個好處，那就是河裡的魚陡然多了起來，方大川偶爾會趁著雨勢小的時候，去河裡抓些魚回來。當清蒸、紅燒全都吃了個遍後，溫月索性做起了她一直想吃，卻從沒有嘗試過的水煮魚，其實這還要感謝葛氏一家從家鄉帶來的那一大包花椒呢。

這一頓水煮魚吃得大家汗水直流，驅散了這些天因為下雨積存在身體裡的濕氣，也讓大家沈悶的心情終於有了一絲釋放。也許是老天眷顧，當又一個平常的清晨來到時，人們驚喜地發現，雨停了。

這是一個好消息，方大川第一時間就將那些存在倉裡還沒有打穗的穀子都鋪到陽光下，而就在大家擔心天氣會反覆無常的情況下，老天爺很給面子的一連晴了一週。接著，大家又無奈地發現事情並沒有他們想得那樣順利，炙熱的太陽每天都瘋狂地烤著大地，因為暴雨而猛漲的河水又迅速地降了下去，越變越窄，已經被水泡爛的水稻在陽光的炙烤下就像是生了一塊一塊的大疤瘌。

而本來還以為可以正常收穫的包穀葉子也一天天地變黃，越來越沒有精神，方大川跟佃戶們幾乎每天都會去地裡看看包穀的長勢。終於，在熬到十月中旬的時候，看著一株株顆粒乾癟的玉米，再看著已經枯死的玉米稈，大家也只能痛心地提前將它們都收了回來。

今年，注定是個荒年。
可這並不是最嚴重的，雖說是受了災，可是家家到底還是有些收成，若緊緊肚子節省些，熬過這一年也不是什麼大問題。現在擺在洛水鎮民跟前最大的問題，就是那些衣衫襤褸、已經餓紅了眼的流民，他們起先還四處乞討，到了後來，乾脆直接沿街砸搶。
洛水鎮的縣太爺是個有些昏聵的官，與洛水鎮鄰近的幾個鎮子早早就進行了戒嚴，嚴格控制流民的進出，可洛水鎮卻因為他的疏忽，直到情勢無法控制，他才開始想起要全城戒嚴。在這種混亂的情況下，為了保護城裡住戶的利益，他調動了衙役對那些遊民進行驅趕，他卻也聰明，知道現在糧食不多，堅決不肯拘捕一人。
被驅趕出來的流民四散開來到了各個鄉村，雖說洛水鎮受了災他們也清楚，可是已經又累又餓的他們根本就沒有體力再趕路。而且他們也清楚，不論走到哪裡，他們都是不受歡迎的人，不如乾脆留在這裡，吃飽喝足，存夠體力，待留下一條命再說其他的。
他們倒是想得明白，可卻苦了周邊的這些村子，雖說是受了災，本性善良的村民在最初的時候，因為心存不忍而拿出一些吃的給他們。
但隨著時間的推移，這些嘗到好處的流民竟然在村頭搭起了棚子住下來，村民們本就是縮衣節食來幫助他們，只能救一時不能救一世，當發現村民們不肯幫助他們後，他們先是敲門討要，再來便是偷，直到後來變成入室強搶。
這個時候就顯出了方家的高大院牆跟那厚重院門的好處來，當初那些嘲笑方家有錢沒地方花的人家，也開始感慨方家的先見之明，在別人家都在心驚膽戰、岌岌可危的時候，只有方家人還在家中悠閒自在，不用擔心有人闖進來。

在村裡第二戶人家也被流民入室搶劫後，李家溝的里正終於出頭，組織每家每戶出人出力建起了一支村民的自衛小隊。這個提議方大川當然非常贊成，覆巢無完卵，若是李家溝真的被這些流民攪亂，那第一個遭殃的，肯定是他們這些富戶。

第四十七章

自從方大川參加了那個巡邏隊後，溫月又一次開始日日擔心起來，每天從方大川出門後就開始提心弔膽，生怕他們跟那些餓急了眼的流民起了衝突，怕他受傷。在一連出去巡視幾天後，方大川總是安全地回來，漸漸的，溫月也沒那麼緊張了。直到有一天中午，她看到方大川與葛東身上都沾著血回來時，她的心猛地一下子就提到了嗓子眼。

她忙衝到方大川跟前，抓著他上下摸索了半天，見他身上沒有傷後，這才鬆了口氣，問道：「這是怎麼了？為什麼會有血？」

方大川一直沒有動，直到溫月確認了他一切如常後，才安慰道：「我沒事，不是我的血，妳不用怕。」

接著，他轉身對葛東說：「你先回去收拾一下，把衣服也換換。」

「到底怎麼回事啊？」葛東走後，溫月把方大川拉回到屋子裡，邊忙著給他找換洗的衣服邊問道。

方大川將不停忙碌的溫月按在凳子上說：「今天有幾個人摸進村口的李三家，我們正好走到那裡，本來只想趕他們走，可哪想到那幾個人竟然拿著木棍、石頭就衝了上來。沒想到他們餓了這麼久，竟然還挺有力氣的，這麼說來樹皮草根也能養活人啊。」為了不讓溫月太過緊張，方大川試圖將氣氛緩得輕鬆些，於是開了一個並不好笑的玩笑。

「你還有心思開玩笑，都快嚇死我了，幸好你沒事。」溫月看到方大川這漫不經心的樣子，出言埋怨道。

方大川見溫月生氣了，忙開口哄道：「我這不是不想讓妳擔心嘛。」

「我怎麼能不擔心啊，人餓急了，什麼事情幹不出來啊，那些當官的都在想什麼呢？什麼時候才能讓他們都回自己的家鄉啊。」

當危險涉及到自己的親人時，溫月的小民思想又一次爆發，怨氣沖天而起。對於這些已經嚴重威脅到他們人身安全的難民，她真的越來越沒辦法去同情。想她那次因為看著那些孩子可憐，做了些粥菜送過去，誰承想第二天，那些孩子在看到葛蛋兒的時候，竟然將他抓了起來，威脅她繼續給他們送飯。

也許有一天，當她遇上了這樣的事情，在逃難中可能也會成為這樣讓人討厭的存在。她知道她應該以己度人，寬容一些，但現在一想到方大川每天要承擔的危險，她就是在此時也沒辦法理解跟體諒，也許每個人的心中都住著一個自私的自我，她也並不如自己想像的那麼高尚。

「放心吧，我估計他們也留不了多久了，這眼看著天就要冷了，他們總不能在冬天還睡在外面吧。」方大川信心十足地說道。

溫月很無奈。「也只能這樣想了，說來說去，還是政府不給力。」

「妳說什麼？什麼府？」方大川沒聽清溫月在嘟囔些什麼，只好又問了一句。

溫月意識到她又不小心造了一個「新詞」，忙搖頭說：「沒什麼，你先歇會兒吧，我去燒點水讓你洗洗，身上都是臭的。」

「臭嗎？那我熏熏滿兒。」方大川見滿兒剛好走了進來，忙笑著說道。

滿兒聽到後，立刻用小手捏緊了鼻子，用力地想要掙出方大川的懷抱。「不要，爹爹壞，快去洗香香。」

方大川被滿兒逗得嘿嘿一笑，故意用臉在她的身上蹭了蹭說：「好了，爹爹現在把臭臭都傳給滿兒了，滿兒身上的香香都到了爹爹身上，嗯，聞聞。」方大川故意湊近鼻子在滿兒身上聞了下，皺著鼻子道：「真臭啊！」

「爹！」滿兒大叫一聲，方大川哈哈大笑。

洗過澡後，方大川舒服地坐在榻上，任由溫月給他擦著頭髮。「月娘，明天我想帶葛東去山裡轉轉，看看能不能打到什麼野味。」

「怎麼又要進山？外面全是流民，山上估計也獵不到什麼。」溫月伸出手指，幫方大川輕輕按揉著太陽穴。

「家裡已經好幾天沒吃肉了，光吃魚怎麼行，妳沒發覺咱們的滿兒都瘦了？」方大川心疼地說。

「瘦？」溫月挑眉看著方大川，戲謔道：「咱們滿兒那小肉臉，哪裡瘦了？我天天監督她少吃，就是希望她瘦些，她要是真能瘦，我都謝天謝地了！」

「小孩子胖些好，我一直不能理解，妳幹麼非讓孩子減什麼肥啊？咱們滿兒現在這個樣子多好，又漂亮又可愛，身子也壯實，多少人都羨慕著呢！」對方大川跟溫月來說，兩個人至今不能達到共識的就只在滿兒的身材上了。

溫月出於女人愛美的角度，希望滿兒能瘦一些，免得將來成為一個胖姑娘。而方大川卻覺得自己的女兒怎麼樣都是好的，他跟溫月辛苦賺錢是為了什麼，不就是為了孩子能過上好日子嗎？好不容易有了好生活，卻又不讓孩子吃飽，這是什麼道理？

「我不是不讓她吃，現在她還小，肉肉的也還可愛，若是將來長大了，還肉肉的可就算是胖了，要是因為胖害她將來嫁不出去，到時愁的可就是咱們兩個了。」溫月苦笑說。

「妳啊！」方大川拍了拍溫月的手說。「嫁不出去咱們就養著她，才多大點兒事？」

溫月聽到方大川這孩子氣的話，無奈道：「你就胡說吧，你還能養她一輩子啊？若真是剩在家裡了，你肯定比誰都愁。」

「不管那些了，反正我姑娘想吃我的就得讓她吃上，明兒個我就跟葛東進山去，就算是不為了孩子，也要給妳和娘好好補補。」方大川說完，見溫月還想說話，乾脆將溫月拉進懷裡，直接用嘴將溫月沒有說出口的話全都吞進肚子裡。

而聽說方大川要進山，最高興的人就數滿兒了，她一路將方大川送出了外門，對著已經走遠了的方大川大聲喊道：「爹，雞腿，捉野雞！」

自方大川走後，滿兒就時常守在兩個弟弟的身邊，話說個不停。「弟弟、弟弟，想不想喝湯？奶奶煮的雞湯好喝，等爹回來，咱們就有湯喝。娘說過，多喝雞湯，身體棒棒，快快長大！」

李氏在一旁笑到不行。「哎喲，我們滿兒可是懂事了，自己想喝雞湯，也想著要分給弟弟們一些，真是好姊姊。」

溫月也笑著看向滿兒，她不止一次地慶幸，她生的第一胎是個女兒，如果是個兒子，會不會有這麼貼心懂事，那可就不一定了。

「娘，弟弟們又吃腳！」滿兒拉著溫月叫道。

雙胞胎現在每天的任務就是努力地學習翻身再自己翻回來，所謂三翻六坐七爬，可據溫月觀察，兩個孩子不像滿兒小時候那麼硬實，雖然一直在喝她的母乳，可還是差了一些。他們兩個出生時，體重可要比滿兒差了不少，體質自然也弱了些。

滿兒也是因為聽溫月說過這事情後，就一直把弟弟的身體放在心上，甚至比溫月還要操心，陰天就吵著要給弟弟加件衣服，天熱了就說要給弟弟多洗澡，將溫月照顧她的這一套流程全都搬到了兩個弟弟身上。

也正因為如此，她才會說讓弟弟們喝有營養的雞湯，這讓溫月十分欣慰，只希望以後他們長大了，姊弟的感情會一直這樣好。

在滿兒苦等之下，方大川跟葛東總算在傍晚前趕了回來，只是他們帶回來的不只有野味，還有一個面色慘白、昏迷不醒的男孩。

「這是怎麼了？誰家的孩子啊？」李氏還來不及高興方大川跟葛東帶回了那麼多的獵物，便看著葛氏跟牛氏上前從方大川的背上將那個男孩接了過來，找了一間客房將他安頓好。

方大川沒有馬上回答李氏的問題，反而對溫月問道：「月娘，這孩子發燒了，家裡有沒有藥？」

「有，還有一些。」在流民事件剛爆發的時候，溫月就去鎮上抓了一些常用藥做備用。

「那快去煮來給這孩子喝吧。」方大川看那男孩虛弱的樣子，擔心地說道。

溫月點頭。「知道了，我會安排好的，你跟葛東先去把髒衣服換下來吧。」

方大川帶回來的這個男孩著實讓溫月他們忙碌了一會兒，等給那男孩擦了身子、餵了藥後。溫月摸了摸他滾燙的額頭，怕他燒壞了腦子，又取了一些白酒給他擦拭起身子來。

男孩看起來大約七、八歲，身上那套月白色的衣服料子極其考究，再看他腰間掛的玉珮也非俗物，絕對不是普通人家的孩子所能擁有的，只是這樣一個富貴人家的孩子，方大川到底是在哪裡找到他的？

等方大川再次過來時，這孩子的體溫已經慢慢地降了下來，於是溫月才開口問：「大川，到底是怎麼回事啊，這孩子是誰？」

方大川搖了搖頭說：「我也不知道，我跟葛東在山上獵了不少東西，正高興著下山呢，就在半山腰看見他倒在草坷垃（注）裡。我見他這麼大點的孩子，又生著重病，周圍一個人也沒有，所以就把他帶回來了。」

那孩子昏睡了一個晚上後，總算在第二天早上清醒了過來，可是不論溫月他們怎麼問他話，他都只是沈默不答，眼裡的防備之色特別明顯。

方大川猜測這孩子大概是遭了什麼難，才會有現在這種表現，既然救了他回來，也算是一種緣分，家裡多養一個孩子也沒什麼負擔，於是也不再問他的來歷，想用他們的關心，慢慢化解這孩子眼裡的防備之色。

只是事情並沒有他們想像中那樣簡單，六、七天過去了，這孩子的身體在他們的悉心照料下已經完全康復，可是他的心理情況卻沒有一點兒轉變，他像隻小狼一樣，看著每一個想要靠近他的人。

這天夜裡，滿兒趁著身邊沒有大人，悄悄地出了屋，一路蹦蹦跳跳往那男孩住的屋子走去，因為溫月他們不讓滿兒來找他玩，於是滿兒便自己溜了出來。

當滿兒推開房門，悄悄將小腦袋伸進屋裡四下觀望的時候，就聽到漆黑的屋裡傳來一個並不友善的聲音。「誰？」

「小哥哥，是你嗎？你在哪兒？屋子黑，我看不到。」滿兒四下看了看，屋裡太黑了，

注：草坷垃，意指土塊。

她有點不敢向前。

滿兒在門口等了又等，屋裡還是黑漆漆的一片。「小哥哥，你不點燈嗎？我冷，想進去，可你屋子黑，我怕。」滿兒顫抖的聲音裡帶著一絲哭意，小短腿已經開始向後移動了。

當柯晉宇點亮屋內的燭火，向門外看去時，映入眼簾的是一雙閃著淚花的圓圓眼睛，不，不只眼睛，臉也圓的，紅紅的小嘴也是圓的，可愛得讓他想起自己吃過的大紅蘋果。

滿兒見屋裡亮起了燈，還沒乾的淚水掛在臉上，可是嘴角卻咧開了一個大大的笑容。

「小哥哥，你真漂亮。」

柯晉宇一向最討厭別人說他漂亮，在他聽來，這個用來形容女人的詞放在他的身上，那是對他的貶低，可是看著眼前這個笑容甜甜的豆丁小人，他卻怎麼都沒辦法像從前那樣反駁。他彆扭地轉過身，不理會門口的滿兒，又坐回炕上。

對於柯晉宇的冷淡，滿兒似乎毫無所覺，她蹬蹬蹬幾步追上了他，扶著炕努力地想要往上爬，但小小個子的她根本就爬不上去，沒有辦法，她又只能眼巴巴看著柯晉宇說：「漂亮哥哥，我也要坐。」

滿兒肉肉的小手在他眼前不停地晃著，柯晉宇突然發現，小姑娘的雙手也是那樣圓乎乎的，柯晉宇忍不住仔細打量起滿兒，想看看她有哪裡不是圓的。

「漂亮哥哥，漂亮哥哥！」滿兒以為柯晉宇沒有聽到她的話，又連著叫了兩聲。

終於，柯晉宇還是伸出手，把她抱到了炕上。他有些擔心滿兒會掉到地上，所以在抱她上炕的時候，還將她往炕裡放了放。

滿兒的眼睛骨碌碌地轉了幾下，略有些笨拙地爬到炕沿邊，學著柯晉宇的樣子，將兩條短短的小腿搭在了外面。

她坐在柯晉宇旁邊好一會兒，才後知後覺地發現了柯晉宇的冷淡，為了引起他的注意，滿兒故意將一雙小短腿前後搖晃著。「漂亮哥哥，看我的腳，好玩唄。」

「幼稚。」柯晉宇完全不給面子地說道。

滿兒見她的計策沒有成功，有些氣餒，安靜地坐在一邊，不知道該說些什麼好，只能悄悄打量著柯晉宇。過了好半天，實在受不了如此沈悶氣氛的她，又一次開口說道：「月亮，嗯……兔兔，花好香。」

原來是滿兒看到柯晉宇在抬頭看著天上的月亮，想到溫月給她講過的故事，雖然表達不出那麼多，卻也急著跟她喜歡的小哥哥分享。

柯晉宇一張漂亮的小臉因為滿兒這亂七八糟聽不懂的話，而全都糾結在一起，好半天，在他看到滿兒手指著天上的月亮時，才有些理解了滿兒的話。

滿兒見小哥哥還是不說話，以為小哥哥沒聽懂她說什麼，有點著急地道：「兔兔！」

打開話匣子的滿兒漫無邊際地說著，雖然還是那麼亂七八糟，可糯糯的童聲像是有著讓人放鬆的魔力，這些日子以來，一直像有重石壓著的柯晉宇第一次忘記了他心中那揮之不去的陰霾，有了一絲傾訴的願望。他終於忍不住開口。「我在看我娘。」

終於聽到柯晉宇說話的滿兒，轉頭看著他，咬著手指，忽閃著大眼睛，重複了一句。

「娘？」

「手拿出來，髒死了。」柯晉宇看到滿兒在吃手指，嫌惡地說著。但還是將她的手指從嘴中抽了出來，用隨身的帕子幫滿兒把手擦乾淨。

第四十八章

給滿兒擦淨手，柯晉宇看著這個懵懂得連話都說不利索的小妹妹，突然有了傾訴的慾望。「我娘在月亮上呢，妳知道嗎？」

這個她知道啊，滿兒點了點頭，雖然她說話不是很流利，可是娘跟她講的故事她都記得呢。「月亮上有漂亮姨姨。」

柯晉宇認真地點了點頭，說：「是啊，我娘真的很漂亮，我以為只有我自己能看到呢，原來妳也能看到。可是我好想她，想她跟我說說話，告訴我她過得好不好，是不是很孤單。」

滿兒見小哥哥竟然哭了，便伸出肉乎乎的小手往柯晉宇的臉上擦去，她不知道柯晉宇為什麼哭，她以為他不知道那個月亮的故事，所以又很盡力地複述了一遍，想以此安慰柯晉宇。

柯晉宇抽泣著看著滿兒。「妳是說，我娘在月亮上有人陪著她，她不孤單是不是？」

「是！」雖然不太清楚是怎麼回事，可滿兒還是很認真地回答，但卻奇異地給了柯晉宇安慰，這真的是一個美麗的誤會。

柯晉宇似信非信地閉上了眼睛，口中喃喃地叫著。「娘、娘……」

第二天一早，當李氏因為四處找不到滿兒正慌亂不已的時候，葛氏恰巧來到柯晉宇屋裡，就見到和柯晉宇並排睡得正香的滿兒而吃驚不已。

溫月隨後也來了，她無奈地看著滿兒，對一邊同樣吃驚的方大川小聲說：「別看了，把她抱回去吧。」

「她怎麼跑到這兒了？」方大川邊抱起滿兒邊問道。

溫月哭笑不得地說：「我怎麼知道，她這些天一直吵著要來看這個孩子，我怕他身體沒好，滿兒來了只會打擾他休息，所以應付她說等這孩子病好了就讓她來。哪想到你閨女竟然這麼心急，自己偷偷跑來了。」

「那看來，他們相處得很好。」方大川想到那孩子的衣袖上已經被滿兒流下的口水浸濕了一塊，不禁感覺有些抱歉。「月娘，給那孩子做幾身新衣服吧。」

「牛嫂子已經給他做了，大概也該做好了，一會兒就拿來給他換上。」溫月輕聲道。

當滿兒醒來時，發現她正睡在溫月的房裡，小弟的腳丫子不知怎的又被大弟抱在嘴裡啃得正歡，他自己好像也覺得不是特別舒服，卻又掙扎不開。這把滿兒笑得夠嗆，而正在屋外給柯晉宇準備衣服的溫月，聽到滿兒的笑聲便進了屋。「娘，您看，大弟又啃小弟的腳了。」

溫月忙伸手把希仁的腳從希清的嘴中解救出來，點了點滿兒的鼻尖道：「看把妳笑的，以後看到了，要幫著弟弟分開，知道嗎？」

滿兒吐了下小舌頭。「知道。」

「還有，妳昨兒個大晚上的跑到別人的房間睡覺，羞不羞啊妳？」溫月擰了下滿兒的小臉蛋說：「你們昨天都說什麼了？」

「說了好多……」滿兒嘰嘰喳喳地把昨天晚上的事情都跟溫月說了。「……娘，我告訴漂亮哥哥，以後要是想娘，閉上眼睛就行，我還說，可以把您分給他一半。」

「小丫頭，就這麼把娘給分出去了？就因為那個小哥哥漂亮？」溫月對於滿兒這麼小的年紀就能清楚分辨美醜感到十分吃驚，也沒人教過她，她是怎麼明白的呢？不過那孩子確實是很漂亮，就連她每次見到都會驚嘆，等那孩子長大了，還不知會變得怎樣好看呢。

不過也因為滿兒透露出來的這些訊息，大概可以斷定這孩子的來歷複雜，忽然，溫月開始擔心，會不會因為他們救了這個孩子而給自家帶來麻煩？

就在溫月猶豫的時候，因為昨晚滿兒的陪伴而心中寒冰漸融的柯晉宇，竟然主動找上了方大川跟溫月。

面對著進屋後就對他們夫妻一跪在地的柯晉宇，方大川連忙將他扶了起來。「你這孩子，有話好好說，跪下來幹什麼？我們都是普通的莊戶人家，沒有那麼多的規矩，你若是不嫌棄，叫我們一聲叔嬸就好。」

「叔叔、嬸嬸，謝謝你們肯救我一命，只是我現在身無長物，不能報答你們的救命之恩。但請你們放心，只要我柯晉宇在這世上一日，我定不會忘記你們夫妻對我的大恩大德。」柯晉宇說著，又跪了下來，給方大川和溫月重重地叩了三個響頭。

「哎呀，你這孩子，快起來、快起來！我救你，也沒想過要你回報，當時你那樣出現在我的眼前，我又怎麼可能不救你呢？」方大川無奈地又一次站起身，把他扶了起來。

「孩子，能跟我說說，你是怎麼進的山裡，家裡還有什麼人嗎？」相較於方大川面對柯晉宇的侷促，溫月則更關心他的來歷，為了避免讓這孩子心生反感，溫月給他倒了杯水，儘量友善地問道。

柯晉宇在猶豫了半天後，才像是下了極大的決心，將他的來歷娓娓道來，這是一個常見的故事，一個世家公子不甘寂寞，在外面養了一個外室，還生了一個兒子。可有一天，他在外面養外室、有兒子的事情被家中的妻子知道了，沒有哪個妻子能夠容忍這種事情發生，如果外室生的是女兒還好，偏偏還是個兒子，且這個外室又深得男人喜歡，這個兒子還很聰明伶俐，威脅到正室兒子的地位。

於是那正室索性一不做二不休，趁著洛水鎮鬧流民的機會，找了些人冒充流民，在夜裡摸進了外室的家來個殺人滅口、斬草除根。只是那外室也還機警，讓家中的忠僕帶著錢財跟兒子逃了出來，一路上又驚嚇又傷心，再加上被人追殺，實在走投無路之下，兩人只好冒險跑進了大山裡。

可後來因為他們老的老、小的小，根本跑不過那些追上來的人，忠僕在將少爺藏好後，自己便引開那些人去了別的地方。而少爺也因為太過疲憊，一腳踏空滾落山崖，不過也是他命大遇上了方大川，不然就算他不病死，也會成了狼口下的食物。

雖然還只是個孩子，可是當他在描述這些天他所經歷的一切時，那種刻骨銘心的恨意卻讓溫月跟方大川非常心驚，在他的眼底，甚至可以看到點點嗜血的光芒。若不是在提到他母親與忠僕時那抑制不住的眼淚，溫月還真不確定是否要聽方大川的意思將他收留下來了。

「那你現在有何打算？要去找你的父親跟他說明一切，尋得他的幫助嗎？」方大川確實有想過，如果柯晉宇實在無處可去，他可以收留他。但現在聽到柯晉宇的話後，方大川反而有些猶豫了，因為這孩子的身世還有背後的故事，怕不是他這個小人物能摻和進去的。

「叔叔、嬸嬸，我想厚顏求二位收留，我母親已經不在了，如此的深仇大恨，我怎麼可能還跟那個家或那個人有牽扯？就算是找了那個人，他又怎麼可能會為了我的母親而跟他的妻子交惡？搞不好我的命也會一起留在那裡了，至於以後會怎麼樣，我真的沒有想過。」柯晉宇說得落寞，小小的身子充滿了跟他年齡不相符的滄桑。

「不然這樣吧，你就在我這裡住著，你還太小，等你長大能夠自食其力了，再去考慮要走的路吧。」雖然方大川這樣說，可是心裡還是感慨，雖說只是七、八歲的稚兒，可言談之間卻也是穩重老練，心底大概已經對今後有了主意。

既然已經救了他回來，也算是他們之間的緣分，總不能將這個小兒就這麼推出門去，由他自生自滅吧。這事他做不出來，也不願那樣做，只希望在以後的日子裡，他們一家人的關心能讓這孩子多些快樂。

而滿兒自從知道漂亮哥哥會留在自己家後，簡直快樂傻了，從前只跟在葛燕兒身後的她，現在則是每天跟在了柯晉宇的身後，幸好滿兒還小，不然溫月真的會覺得自己的女兒是個小色女了。

而柯晉宇對滿兒也非常好，在跟別人來往的時候，他整個人都是冷冰冰的，始終保持著一定的距離，不親近也不遠離。

可對著滿兒的時候，會看到他笑，會看到他被滿兒的淘氣鬧到無奈地撓頭，也會看到他充滿耐心地教導滿兒寫字、背詩，用李氏的話來說，只有在與滿兒相處的時候，柯晉宇才像是個有溫度的人，充滿了人氣。

金秋九月，麥浪滾滾，金色的麥田裡到處都能聽到人們的歡聲笑語。

方家的田地裡，遠遠走過來一個身穿淺粉色襦裙的荳蔻少女，她不似時下少女流行的那樣身材纖細，比起她們，女孩略顯圓潤，但卻不是臃腫肥胖，還有些嬰兒肥的臉上始終帶著淺淺笑容，兩個小梨渦更顯甜美可愛。

她的左手拎著一個食籃，右手牽著一個虎頭虎腦、年約四、五歲的小男孩，正調皮掙開她的手想要去追那隻在他眼前飛來飛去的蝴蝶。女孩也沒有阻止，只是叮囑他小心一些，結果淘氣的男孩沒幾步就摔了一跤，女孩的表情有些緊張，可那小男孩卻像沒事人似的，爬起身來繼續追著蝴蝶跑，看在女孩的眼裡，只能無奈地笑了。

等到了田埂邊，她對著還在地裡彎腰低頭、脊背朝天的人大聲叫道：「爹、石爺爺、葛叔，吃飯了！」

方大川從那金黃的稻田中直起身，回頭對著女孩應了一聲。「好的，滿兒，我們馬上就來！」

這女孩便是方大川與溫月的大女兒滿兒，而那壯實的男人，自然就是方大川了。距那次天災過後又過了幾年，滿兒早已由一個咿呀稚兒變成了娉婷少女。他們夫妻也在這些年裡，又添了兩兒一女，而這三胞胎的到來，當時還在整個洛水鎮引起了轟動。

生下三胞胎後不久，溫月在一次偶然機會中得知葛東家從前是做釀酒生意的，於是她便心血來潮地拉著葛東跟她一起研究一種叫「蘭陵酒」的美酒，溫月將這酒形容得天上有、地上無，勾起了全家人的興趣。而方大川對溫月的創造力早就深信不疑，溫月說能成，他就相信一定能成，便由著溫月去做，他則像勤勞的黃牛一樣，不厭其煩地為溫月找尋著各種奇特的原料。

經過了近一年的反覆試驗，無數次的失敗讓所有人都覺得沒有希望，連溫月自己都沒了信心，可方大川卻始終堅信著溫月一定能成功，不停鼓勵她、支持她，陪著溫月走過了最鬱悶的那段時期，終於迎來巨大的成功。

這酒果然如溫月所說的那樣，香氣撲鼻，金色的液體看著就讓人有一飲而盡的慾望，更重要的是，即使喝多了、喝大了，第二天起來，竟不會頭疼也不會口乾舌燥。也正是因為這酒的成功，才讓方家與朱家的關係更加緊密，在朱洵之品嚐過這酒之後，竟是天天苦求著讓他們一定要將這酒賣給朱家。

方大川跟溫月雖沒有客氣，但也沒有獅子大開口，他們將這酒的方子做了四成乾股入到了朱家，更厲害的是，溫月不知道從哪兒得來了一首專門寫蘭陵酒的詩，此詩在蘭陵酒還沒有推出時，就已經請朱公子找人傳遍了天下，人們紛紛讚嘆這一絕句時，更是四處打聽到底何為蘭陵酒。

就是在這種人人渴求的情形下，朱家的蘭陵酒一上市，就成了各家瘋狂搶購的商品，一罈酒就算賣到十兩銀子，也依然是供不應求。朱公子也因為這酒的成功，為朱家帶來巨大利益的同時，也一舉奪下了朱家下一任家主的位置，而方家也被他視為是自己的福星，三不五時地頻頻走動。

因為與朱家的這層關係，方家的雜貨鋪不只是整個洛水鎮最大、品種最全的雜貨鋪，也慢慢地變成了唯一的雜貨鋪。

雖說家裡的日子好過了，可一向崇尚低調節儉的方家人，並沒有因為手中有錢而肆意妄為，他們仍然過著最平凡的日子，卻因為一家人的相親相愛，而異常幸福。

方大川站在田裡，遠遠看著女兒嫋嫋婷婷地站在那裡，除了感嘆時間催人老之外，這幾年的生活更是如書頁般在眼前一點點地掠過。

「爹、爹，你快來！」小兒子方希成在田埂上等得不耐煩，一蹦老高地揮著手叫著。方大川笑了下，輕聲說了句「臭小子」後，便對還在幹活的葛東和石全福說：「石叔、葛東，咱們過去吃點兒吧，今天下午幫著佃戶們搶收一會兒，明兒個咱們就不用過來了。」

如今方家早已經不是只有三百畝地的方家了，在李地主死後，他的幾個兒子不想繼續住在李家溝這窮鄉僻壤，便找上門來希望方家能夠買下他們家的地，方大川很痛快地答應了。對李家的兒子們來說，這裡是窮鄉僻壤，可對方大川跟溫月來說，這裡卻是他們想要廝守一生的地方，多置一些地，也可以為將來的生活擁有更多的保障。

買下李地主家的地後，李家溝三分之二的土地幾乎都在方大川的手裡，現在的方家已經是名副其實的大地主了，而方大川也不是那苛刻之人，他對這些歸了方家的佃戶們都很友善，他們一個個都對方大川感恩戴德，將方家視為大恩人一般地尊敬。

第四十九章

「爹，你餓不餓，我跟大姊來送飯，你高不高興？我有幫大姊拎東西喔，希澤跟瑞姝沒有來，只有我最乖，是不是，爹！」希成像小狗一樣討好地湊到方大川跟前，一副求表揚的樣子。

滿兒輕拍了下他的頭。「你明明是想要逃避娘安排的功課才跑出來的，這會兒在爹這裡裝什麼乖寶寶？」

被自家大姊毫不留情揭穿了他的小心思，希成嘿嘿笑了兩聲，就一頭鑽進石全福的懷裡，「石爺爺、石爺爺」地叫著。石全福一生無兒無女，他已經完全把方大川這幾個他看著出生、長大的孩子當成了自己的孫子，能被方希成這樣撒嬌，他心裡早已樂開了花。

「你這臭小子，別鬧你石爺爺了，快讓你石爺爺吃飯。」方大川笑罵道。

可還沒等他們吃完飯，突然一陣狂風吹過，才一會兒的工夫，就從遠處飄來了一大片烏雲，方大川見天勢不好，這是要下大雨的樣子，便趕忙收拾了東西，抱起方希成大步往家裡趕。

果然，他們前腳剛進門，後腳瓢潑大雨就傾盆而下。「幸虧咱們走得快，不然肯定全身都得濕透了。」方大川看著外面的大雨，心有餘悸地道。

「爹爹，你回來了！」突然，兩道一男一女的清脆聲音在方大川的身後響起，方大川轉過身，就看到兩個一紅一藍的小小身影向他衝了過來，顧不得身上還沾著泥巴，怕兩個孩子摔到的方大川忙一把將他們攬進了懷裡。「瑞姝、希澤，今天有沒有聽話啊？」

「有！」兩人異口同聲地說。

「行了，你們兩個快下來吧，讓爹爹去把髒衣服換下來，休息一會兒再陪你們玩。」在他們的後面，溫月正笑盈盈地看著他們。歲月雖在她的眼角留下了幾條淺淺的魚尾紋，但也給她帶來了年輕女人所沒有的淡然與從容。

每每方大川在看到這樣的溫月時，就覺得有種叫幸福的感覺從心底直溢而出，溫月比年輕的時候更加吸引他的全部心神。

而方大川這呆頭鵝的樣子，溫月已經由最初的好笑，到小小的竊喜，最後演變成今天的無奈。滿兒也對這樣的情景見怪不怪，她拉著三胞胎的手跟溫月打了聲招呼後，便偷笑著離開。

溫月見孩子都走了，這才嗔怒著說：「方大川，我就這麼好看？」

「嗯。」方大川沒有一點不好意思，笑著把溫月摟進了懷裡。

「哎呀，放開我，把我的衣服都弄髒了。」溫月輕捶了下方大川的後背。

「嘶！」方大川佯裝不悅地瞪著溫月。「月娘，我發現妳現在越來越不在乎我了，以前妳心裡只有孩子，把我排在後面，我也就不說什麼了。可現在這是怎麼回事，我竟然連一件衣服都不如了？」

溫月被他氣笑了。「方大川，你又鬧什麼呢，一把年紀怎麼越來越纏人？行了，別鬧了，快去換衣服吧，滿兒走的時候都笑咱們了，你怎麼越來越不知羞？」

「有什麼好害羞的？」方大川嘴硬地說。「咱們這是告訴女兒，什麼叫夫妻感情，什麼叫相濡以沫。」

溫月看著他因害臊而泛紅的耳朵，輕啐了他一口道：「你不在乎？你不在乎的話那你耳朵紅什麼？」

「嘿嘿，換衣服，換衣服去。」

吃晚飯的時候，三胞胎中的希成依然是最活潑的那一個，他也是溫月這幾個孩子裡，最讓人操心的，打小在他身上費的精力就要比其他幾個孩子多上不少。雖說方家的飯桌上沒那麼多的規矩，可是對於太沒有規矩的方希成來說，溫月跟方大川還是對他加強了管教。

「月娘，明天孩子們就都要回來了吧？」李氏問道。

溫月點點頭。「是的，娘，他們明天就要放年假了。」

「太好了，小小年紀非去那麼遠的地方唸書，好幾天才回來那麼一次，你們夫妻兩個也真捨得。」每次說起這個話題，溫月跟方大川就要受到李氏的一通埋怨。

兩年前，在學業上一直表現優異的柯晉宇，以十七歲的年紀便得了頭名解元，在當年的童生試時，他也是以第一名的成績高居榜首。而他的優秀也引起了一個在洛水鎮過著半隱居生活的當代大儒何老的注意，在經過幾次暗地裡的觀察之後，他主動上門提議想收柯晉宇為弟子。

面對一個桃李遍天下、在廟堂上也有弟子的大儒所拋來的橄欖枝，柯晉宇當然不會拒絕。而託柯晉宇的福，希清和希仁也得到了跟隨大儒學習的機會，能得到這樣的好機會，一直心有遺憾的方大川怎麼可能會放棄，於是便高高興興地給他們三人打包送了過去。

雖說相比於柯晉宇，希清和希仁這兩個孩子有些不夠看，但因這兩個孩子性情敦厚，大儒倒也十分喜愛。只是他以多年的經驗告訴方大川，這兩個孩子將來在學業上的成就，比之柯晉宇來說定是不足的。

自己的孩子比不過別人，方大川的表情沒有一絲一毫的變化，這落在大儒的眼裡，卻成了淡定與心胸寬廣。其實殊不知是這些年在柯晉宇優於常人的表現下，方家人早已經被打擊慣了。

至於三個小的，溫月的目光從他們身上一一掃過，雖然只有五歲，可是大約也能看出他們將來的性格。希成活潑好動，對舞刀弄棒的事最感興趣，做事情經常三分鐘熱度，不能堅持。

而希澤性子則乖巧靦覥，十分喜歡讀書，所以幾個孩子裡他最崇拜的就是晉宇，但當大儒出現後，他便將對柯晉宇的崇拜轉移到大儒身上。不過，相比於希清跟希仁，大儒也更看好希澤，還說讓方大川明年也將這兩個孩子送去他那裡，他會幫著好好教導。

至於瑞姝，相比於從小膽子就大、嘴巴甜的滿兒來說，她則顯得過於安靜，但是溫月每次看到她那在眼眶裡不停轉動的黑眼珠時，就忍不住頭疼。這孩子的鬼點子忒多，常常是她出主意，希成去執行，沒事還好，若是真惹了禍事，腦子轉得快的希澤總能幫他們找到收尾的辦法。

三個人配合得非常有默契，常常讓溫月哭笑不得，也不知道她這幾個孩子到底是怎麼生出來的。有時還真懷疑是不是她給瑞姝的小名取錯了，不應該叫她「六兒」，竟滑溜得像條泥鰍一樣。

而當視線落在滿兒的身上時，溫月有種吾家有女初長成的煩惱，就在昨天，竟然已經有媒人登門，說有人想聘滿兒過門。溫月當時嚇了一跳，聽都沒聽那戶人家是誰，就客氣地將媒人請了出去。

自己的女兒才十三歲啊，這個在前世還在讀小學的年紀，就有人來求娶了？這也太不可思議了。當溫月把心裡的想法說給方大川聽時，方大川毫不以為意地說了一句。「姑娘不小了，妳十六歲的時候可已經有滿兒了。」

聽完方大川的話，溫月更鬱悶了，晚上作夢都是滿兒小小年紀挺著個大肚子，手裡又牽著一個孩子，遠遠地對自己娘啊娘地叫著，溫月被反覆嚇醒了幾次，這真是惡夢啊。

隔天，孩子們回來了，讓本就熱鬧的家裡更添了幾分喜氣，李氏拉過希清和希仁上下打量，看了又看，問了又問，葛氏夫妻也把跟著他們一起去鎮上學習的葛蛋兒拉到自己身邊瞧著。

溫月笑著對站在後面被弟弟、妹妹們包圍的柯晉宇招了招手。「最近老師安排的功課多嗎？怎麼又瘦了？」

柯晉宇任由溫月在他的肩膀與胳膊上捏了又捏，笑著說：「嬸嬸，老師家新雇了一個廚子，專門做淮安菜，特別好吃，我覺得自己都胖了。」

「又胡說，我也不是沒眼睛，你胖了瘦了我還看不出來？」溫月根本不接受他的話，直接戳穿了他。

正被李氏拉著問長問短的希清聽到了溫月跟柯晉宇的對話，大聲道：「娘，妳都只疼晉宇哥，都不問我跟弟弟吃好沒有睡好沒有！」

「喲！」溫月笑著看向嘸著嘴的希清跟希仁，笑著說：「是我不關心還是你們不想娘啊？明明你們一進來，就衝到奶奶懷裡了，看都沒看娘一眼，要不是你們晉宇哥過來看看娘，娘都要傷心得哭了。」

「娘！」本來還故意開玩笑的小哥兒倆，見溫月傷心地低下了頭，心裡愧疚得不得了，一下子就都撲了過來。溫月將他們兩個抱了個滿懷，只這一下，溫月就覺得心中一直空著的地方瞬間被填滿，再一次有了將孩子們留在家裡的衝動。

晚飯時，李氏滿足地看著自己的這些孫子、孫女，高興之餘，便感慨了一句。「時間過得可真快啊，轉眼間孩子們都這麼大了，連滿兒也有人來提親了，看來我真是老嘍！」

「什麼？」李氏的話如一枚重磅炸彈，將不知情的孩子們都驚掉了下巴。

方大川無奈地叫了一聲。「娘，孩子們都在呢，說這個幹什麼？」

滿兒已經羞紅了臉，恨不得將臉埋到飯桌下面，雖說都是自家人，可是當著弟弟、妹妹的面被人說起親事來，還是讓人太害羞了。

柯晉宇看著滿兒那已經跟衣服一樣顏色的臉，慢慢地勾起嘴角，開口道：「叔叔、嬸嬸，我這裡還真有一件事要跟你們說，這月二十，是先生的五十大壽，先生邀請你們一起去參加。」

柯晉宇的話成功地給滿兒解了圍，大家的注意力瞬間轉移到柯晉宇帶來的消息上。「晉宇啊，你先生為何要請我們啊？這個……我們兩個去了，會不會給你丟人？你先生的壽筵上，來往的應該都是那種有學識的人吧。」

方大川非常沒有底氣，他在面對有錢人或權貴的時候，都沒有像面對先生時的心虛氣短。沒辦法，做一個半吊子的讀書人，在大儒的跟前，他只覺得自己太過渺小。

「先生說，他很想念小四、小五，師母也惦記著小六，所以讓你們一起去。」柯晉宇看著幾個弟妹笑著說。

當初他帶著這三個小蘿蔔頭去先生家裡送年禮，沒想到這三個孩子竟然一下子就入了先生的眼，尤其是希澤，先生已經無數次地表示要收他做關門弟子了。

「我們這是借了孩子的光了。」方大川傻呵呵地笑了起來，接著就興奮地拉著溫月討論那天要帶什麼禮物去才好。

趁著大家沒注意，柯晉宇看向了滿兒，見她正看向自己，便對著她微微眨眼，滿兒隨即露出了那對精緻的小梨渦。

溫月因為對這些事情並不是很感興趣，她的心思大多還放在幾個孩子身上，所以滿兒與柯晉宇之間的互動自然也落在了她的眼底。她在心中嘆了口氣，柯晉宇對滿兒的不同，溫月從來都是看在眼裡，可他心底究竟是怎麼想的，溫月卻完全不瞭解。

但滿兒的這顆少女心溫月卻是知道的，女兒在面對柯晉宇的時候，總是有說不完的話、撒不完的嬌，也有掩蓋不住的依戀。只是她雖然看在眼裡，卻從沒有提點過滿兒，只讓她以為她這樣的情感只是普通的兄妹之情，所以懵懵懂懂的滿兒現在還不明白，在她心裡柯晉宇代表著什麼。

按理說，柯晉宇在她的跟前已經生活了這麼多年，這些年裡他是個什麼樣的人溫月也是瞭解的，可就是因為瞭解，溫月才不看好滿兒跟他之間的這段感情。柯晉宇確實很優秀，作為一個旁觀者，溫月甚至挑不出他太大的缺點，可在他的身上，確實存在著一個最大的問題，那就是他心中的仇恨。

若是沒有這份仇恨，他不會這些年都在埋頭苦讀，給自己一個又一個的壓力；若是沒有這仇恨，他也不會日漸冰冷，除了面對滿兒，他的臉上幾乎都不曾出現過發自內心的笑容。若滿兒嫁給一個心中滿是仇恨的人，又怎麼可能得到幸福？

這世上，最自私的人莫過於母親了，為了孩子的幸福，懦弱的母親可以變堅強，善良的母親也可能作惡，只要是為了孩子，沒有什麼是不能付出的。可溫月卻不能要求柯晉宇放棄他的弒母之仇，所以她能做的，就是趁滿兒在什麼都還不懂的時候，將這剛萌芽的情感扼殺掉。

「聽到有人向妳提親，高興嗎？」飯後，滿兒和柯晉宇坐在後院的花藤下，悠閒地喝茶聊天，看著弟弟、妹妹們在那裡嬉笑玩鬧。

滿兒圓圓的眼睛瞪得老大，不高興地說：「晉宇哥，你說什麼呢？怎麼連你也這樣開我的玩笑啊，我才多大，我不嫁人的。」

「可妳還是要嫁啊，哪有不嫁人的姑娘啊？傻ㄚ頭！」柯晉宇笑道，對於滿兒的小脾氣根本不在意。

「那怎麼辦啊？晉宇哥哥，我不想嫁人，我不想離開爹和娘！」心中苦惱的滿兒也沒注意到柯晉宇那笑容裡的不尋常。

柯晉宇似乎也很煩惱，皺著眉說：「這可難了，女子嫁了人，就一定要離開父母去婆家生活的。」

「啊！」滿兒整張小臉都皺在了一起。

「不過……」柯晉宇又接著說：「妳可以選擇一個能嫁給妳的男人，只要讓他嫁進妳家，不就可以了嗎？」

「晉宇哥你又騙我，哪有男人會嫁進女人的家裡啊？」滿兒生氣地說。

「怎麼沒有——」柯晉宇耐心地給滿兒解釋著，聽得滿兒不停地點頭，又不時地陷入沈思之中，完全沒有發現柯晉宇眼中不時閃過的狡黠之色。

第五十章

「想什麼呢？」一直沈浸在要去見大儒的方大川，興奮地跟溫月說了半天要送什麼禮，卻沒得到溫月的回應，抬起頭才發現她的心思早不知道飛去了哪裡。

「我在想……要給滿兒找個什麼樣的婆家。」溫月聲音飄忽地說道，顯然她還沒有從自己的思緒裡出來。

方大川奇怪地看著她，拿手在她眼前晃了晃。「妳今天是怎麼了，昨天不還說女兒太小，捨不得讓她出嫁嗎？今天怎麼就想著給她找婆家了？」

「我也沒說讓她馬上嫁，先找個好人家把親事定下來，等過兩年歲數到了，再成婚不也可以嗎？」溫月橫了方大川一眼。

「不對，」方大川搖了下頭，往溫月身邊近了近說：「不是這個理由，妳說說看，到底是什麼原因讓妳突然改變了主意？」

「呵！」溫月無奈地笑了出來。「你還真是瞭解我啊。大川，其實我這心裡一直有件事情很是放心不下。」

「什麼事？」方大川已經很久沒見溫月露出這樣的愁色了。

「晉宇的事。是這樣的……」

就在溫月跟方大川說著她心中擔憂的事情時，滿兒卻已經被柯晉宇說得心花怒放。「晉宇哥哥，你果然是最聰明的，我明天就去跟娘說，讓她找找這樣的人去。」解決了心頭的重擔，滿兒無比崇拜地看著柯晉宇說。

柯晉宇看著眼前這個熱情卻又如此迷糊的女孩，心中一片溫暖，雖說她沒能聽懂自己的話，他多少有些鬱悶，可是沒關係，她早晚都會明白他的心意的。剛剛晚飯時聽到奶奶說有人跟滿兒提親時，他的心都快緊張得跳了出來，就擔心嬸嬸已經答應了。

小丫頭是他看著長大的，在很早的時候，他就已經認定了這個女孩便是他一生的陪伴，他只是覺得，她現在還小，想讓她再大一些，明白什麼是男女之情的時候，再跟叔叔、嬸嬸求親。可他根本沒想到，自己一直放在心尖上、如珠如寶喜歡的女孩，竟然被外人惦記上了，若他還是像從前那樣慢吞吞的，估計便是近水樓臺也沒用了。

唉！也罷，就趁著她還什麼都不懂的時候，早早地把她給定下來吧。免得待她再長兩歲，學會了嬸嬸的精明，再想將她娶回來，可就難了。想到被溫月死死抓在手心而不自知的方大川，柯晉宇不禁顫了幾下。

「雖然我的主意是不錯，可我真的不是故意打擊妳，這樣的人不好找啊，妳想想是不是這個道理？」柯晉宇此時就如同一隻狡猾的狐狸，單純的滿兒又怎麼會是他的對手？

「那怎麼辦啊？晉宇哥，你一向是最有辦法的，你再幫幫我啊！」滿兒情急之下，拉了柯晉宇的手。

柯晉宇的身子微微一頓，只覺得與滿兒肌膚接觸的地方滾燙得讓他臉紅，他輕咳了一聲，壓下心底想要擁她入懷的悸動，強作鎮定地道：「妳還真找對人了，我知道有個人可以幫上妳。」

「誰？」

「遠在天邊，近在眼前。滿兒，那個人就是我。」柯晉宇目不轉睛地看著滿兒，不容許她有一絲的退縮。

「你？」滿兒的聲音有些大，讓正在一邊下棋的希清他們都循聲望了過來。

見弟弟們都好奇地看向她，再看著柯晉宇眼中自己的倒影時，她猛地一下站起身，紅著臉扭頭跑開了。

「大哥，姊姊怎麼了？」希仁問道。

「沒事，你姊姊她只是害羞了，你們玩，我去看看。」柯晉宇看著滿兒那有些落荒而逃的背影，臉上的笑容越來越大。

知道害羞就好，他最怕的就是自己的話一出口，滿兒還是毫無反應。既然會害羞，就足以證明，在她的心裡，他，不只是哥哥。

而還在那裡絞盡腦汁想著要給滿兒尋一門什麼樣親事的溫月，根本就不會想到，當她第二天早上醒來時，竟然會面對這樣的情景，自己的女兒與柯晉宇之間，比從前又多了幾分的親暱。兩人每次的眼神碰撞，溫月都能看到他們眼中那迸著叫「愛」的火花，感覺到陣陣頭痛的溫月在心裡無聲地吶喊，誰能告訴她，只這一晚的工夫，到底發生了什麼事？

不過溫月的疑惑並沒有持續太久，事件的當事人柯晉宇便主動開口了，他十分真誠地請求方大川跟溫月能夠同意將滿兒嫁給他。

方大川驚訝地看向溫月，雖說昨天溫月跟他說了滿兒與柯晉宇之間的不尋常，但在他看來溫月就是杞人憂天，完全沒有當一回事。

可現在柯晉宇這樣明確地表明他想要跟滿兒在一起時，方大川卻是樂得合不攏嘴。這個好，這個真是好啊！柯晉宇是什麼樣的孩子，他能不知道嗎？從小便在他們的身邊長大，彼此瞭解，知根知底，更重要的是感情好，滿兒和這樣的男人在一起過日子，他還有什麼不放心的？

他很滿意，可溫月卻是冷汗直流。越是怕什麼就越來什麼，想到滿兒今天跟柯晉宇之間相處的氣氛，她就覺得腦仁一跳一跳地疼。

溫月的反應清楚地落進了柯晉宇的眼裡，他的心略有些沈，他是知道方叔一定不會反對，但是嬸嬸竟然會沒有一點喜色，這著實出乎他的預料。

為什麼？是他哪裡做得不夠好，才讓嬸嬸對他沒有信心，不能安心將滿兒交給他？

「嬸嬸？」柯晉宇突然有些發慌，如果不能得到嬸嬸的認同，那他就不能跟滿兒在一起。一股與當年失去母親時一樣的恐懼感迅速爬上了他的心頭，滿兒是母親離開他後第一個給他溫暖的人，也是這些年一直給予他力量、勇氣和幸福的人。

從他在懂得了男女之情後，他的心裡就認定了滿兒。此一生，他的身邊就只能有滿兒的陪伴，他也只需要滿兒的陪伴，滿兒，是他唯一的需要。

方大川看了溫月一眼，雖不明白她到底不滿意柯晉宇哪一點，可是在看到柯晉宇眼裡的驚慌時，他覺得溫月確實是有些擔心過頭了。

「月娘！」見溫月還不說話，方大川看著柯晉宇覺得可憐，也跟著叫了一聲。

溫月的眼睛終於動了一下。「對不起，晉宇，我剛剛走神了。」溫月吸了口氣，接著說道：「晉宇，在我看來，滿兒於你還是有很大的差距的，我說明白些，就是我覺得我的女兒有些配不上你。你有似錦的前程，你的未來是外面的廣闊天空，而我的女兒我瞭解，她只是一隻家養的雀鳥，根本沒有陪你飛翔的能力。」

對於溫月的婉拒，柯晉宇並沒有生氣，反而隨著溫月的話，眼裡聚起了滿滿的感激之情。「嬸嬸，我很高興在妳和叔叔的眼裡，我是這樣的優秀，在你們的眼裡，我怕是沒有一點缺點的吧！」

他幸福地笑著，略有些哽咽地說：「只有父母，才會覺得自己的兒女是那麼的優秀，即使有著諸多的不足，可在父母的眼裡，孩子仍是世上的唯一。我常常在夜裡幸福地驚醒，感嘆自己如此幸運的同時，也常常害怕自己會失去你們給我的溫暖。」

他看向溫月跟方大川，流露出孺慕之情。「所以，嬸嬸，您說錯了，我其實並不是那天上高飛的雄鷹，我更願意跟滿兒一樣，做一隻永遠生活在你們羽翼下的雛鳥。我想娶滿兒，是因為她是我早就認定的女人，與你們的救命之恩無關，與家世無關，我想要擁有她。與其說她高攀不起我，不如說是我離不開她，我其實才是她一生的負擔。」

「這孩子，又說什麼傻話呢？什麼負擔不負擔的。」方大川聽到柯晉宇自我貶低，不贊同地說道。

「叔叔！」柯晉宇動容地看著他，激動地說：「我說的是實情，您不能因為喜愛我，就忽略了我性格上的缺點與心理上的缺陷。」

方大川默然，柯晉宇說得沒錯，相比於常態生活的人來說，柯晉宇的心底到底是有些陰暗面的，這與他年少時的經歷不無關係。

柯晉宇自嘲地笑了笑。「怎麼會是滿兒配不上我呢？我又算什麼，一個外室之子，無家無根，連庶子都算不上，這身分走到哪裡都是讓人不齒與唾棄的，該是我連累了滿兒才是。但是嬸嬸，即使是這樣，我也不能放棄滿兒，您說我自私也好，無恥也罷，我需要她。」

溫月在心中長嘆一聲，柯晉宇的眼神是那樣堅定，這一刻她突然生出一種感覺，若是她再繼續阻攔，便會成為那棒打鴛鴦的狠毒之人。可是，為了女兒的幸福，該問的還是要問清楚。

「晉宇，你也是嬸嬸看著長大的，嬸嬸瞭解你，也知道你，所以你不需要這樣妄自菲薄。我也不是覺得你不好，我只是不放心，你應該知道你的心中有道魔障，而這魔障是仇恨，一個心中有仇恨的人，如何能幸福，又如何能給自己所愛的人幸福？我擔心某一天，你遇到一個可以親手復仇的機會時，會不顧一切，忘記了愛你的人，那我的滿兒，該怎麼辦？」

溫月直直地看著柯晉宇的臉道：「我不能要求你放棄心中的仇恨，你是我看著長大的孩子，我知道那段往事對你意味著什麼，我將你當孩子看，所以我不可以那樣自私。可是，晉宇，我又是滿兒的母親，我也是自私的，我不想眼睜睜地看著我的女兒走上一條不確定的路，尤其是在我的女兒那樣喜歡你的情況下，你能理解嗎？」

柯晉宇聽了溫月的話，不但沒有喪氣，反而是迸發了新的希望。「嬸嬸，您這樣說，就是並不反對我跟滿兒在一起，只要我不會因為報仇而傷害到她，是不是？」

溫月猶豫了下，點了點頭。「是。」這是她的底線。

「嬸嬸，請您給我兩年的時間，滿兒現在也還太小，我只是怕您將她許給了別人，所以才急著跟你們道明我的心意。兩年，不，或許只需要一年的時間，我就可以將這段仇恨徹底地解決，到時候，您再將滿兒嫁給我可好？」柯晉宇語速飛快，緊張地看著溫月說道。

溫月不知道他許下這樣的時間，是哪裡來的信心，可既然他自己定下了兩年之約，溫月也願意退這一步。兩年時間說起來短，可是卻也能發生許多事情，這其中的變數誰又能預知？只當是給他們一個緩衝的時間吧，反正兩年後滿兒也才十五，什麼都還來得及。

解決了心中所愁之事，溫月也總算是有心思來考慮柯晉宇所說的兩年之約的意義。「晉宇，我雖不反對你為你娘報仇，可是我希望這一切都是在你不受到傷害的前提下進行。你要明白，這世上沒有一個做母親的，不希望自己的孩子能夠平安幸福，如果你因為心中的執念而讓自己受到傷害，你娘在地下也不會安心的。」

「叔叔、嬸嬸，請你們放心，我不會做那種殺敵一千自損八百的事，他們也不值得我那樣做。」柯晉宇非常自信地說道。

方大川在一邊長吁了口氣，他對柯晉宇的話還是深信不疑的。「那就好，你要怎麼做，我跟你嬸嬸就不追問了，可是有一樣，如果真的需要什麼幫助，可一定要跟我們說。」

「嗯。」柯晉宇眼中一熱，忙低下頭掩去了眼中的脆弱。

自從柯晉宇在溫月跟方大川這裡報備後，他與滿兒在一起時就越發顯出跟從前的不同來，溫月看著自己女兒那情竇初開、依戀滿滿的樣子，感嘆著女大不中留。而相比於溫月的感慨，家裡的幾個小蘿蔔頭就可以用吃醋來形容了。

就連一直對柯晉宇十分崇拜的希澤，最近也對自己的姊姊被柯晉宇霸占而表露出明顯的不滿。溫月經常看到幾個孩子圍在一起密謀著怎樣能從柯晉宇的手裡奪回姊姊，不過，在手段上到底是因年紀小略輸一籌，失敗是常有的事。

可幾個孩子從不氣餒，屢敗屢戰，最後竟然採用了最無賴的辦法，成功地將滿兒全部的時間通通占據，成為史上最亮的電燈泡。於是，柯晉宇在極其無奈的情況下，與他們簽訂了無數不平等條約，這才又重新擁有了跟滿兒單獨相處的權利。

就在溫月恨不得去哪裡找把瓜子好好坐在一邊看熱鬧的時候，她的男人、孩子們的爹竟然也在這個時候鬧起了彆扭。就像此時，溫月正窩在他的懷裡跟他說著今天幾個孩子又使出了什麼手段爭奪滿兒的注意力，又是怎麼被柯晉宇不動聲色地一一化解，講到好笑處時，溫月才剛笑出聲，就聽到方大川十分不滿地「哼」了一聲。

「你又怎麼了？」溫月有些不高興，這人也太掃興了些，怎麼就非要在別人高興的時候來潑冷水啊！

方大川一聽溫月的口氣不對，忙將她往懷裡緊了緊道：「好夫人，我不是氣妳，我是在生晉宇的氣呢。」

「晉宇？」溫月從方大川的懷裡坐起來，不解地看著他。「怎麼了？晉宇一向不是你最喜歡的孩子嗎？在你眼裡他向來是零缺點的，這會兒怎麼又說他不好了？」

「我什麼時候說他好了？」方大川豎著眉毛反駁道，當看到溫月用那種鄙視的目光看著他時，他才心虛地道：「我看走眼了還不行嗎？這臭小子太會欺騙人了，我根本就是被他騙了。」

「到底怎麼了啊？」溫月見他一臉落寞的表情，笑著問。

「月娘，這臭小子把我的女兒搶走了！」方大川突然跟那受了委屈的孩子似的，可憐兮兮地看著溫月說：「打從他回來後，滿兒不是跟他在一起練字讀書，就是畫畫彈琴的，除了吃飯，我都看不到她了。這個渾小子！不行，我過幾天要去大儒那裡問問，能不能不給他們放年假，讓他趕快回去。」

溫月聽了，又是好氣又是好笑。「我告訴你啊方大川，兒子好不容易才回來多住幾天，你要是敢將他們又給弄回鎮上，我跟你沒完。」

方大川見溫月反對得這麼激烈，整個人一下子就垮坐了下來。「月娘，妳就不難過嗎？咱們寶貝了這麼久的女兒，如珠如寶養大的孩子，就這麼被那個臭小子騙走了。我現在一想到滿兒要離開我去嫁人，就有把她藏起來的衝動。」

「喲，你這人變化還真大，才幾天的工夫就把自己說的話給忘了啊，要不要我提醒你啊？」溫月白了他一眼，陰陽怪氣地說道。

方大川苦笑了下。「月娘，妳可真是越來越小心眼了。」見溫月的臉色不好，他趕緊道：「我哪想得到啊，這臭小子會整天霸著咱們閨女，這還沒嫁給他呢，之後若要是真嫁了他，咱們怕是想見閨女一面都難了。也不知道他都跟滿兒說了些什麼，咱們滿兒現在張口一個晉宇哥說，閉口一個晉宇哥說，妳可要知道以前從她嘴裡說出來的可都是我，我啊！」

溫月又一次給了方大川一枚大大的白眼。「方大川，你知道你這叫什麼嗎？嫉妒，吃醋，因為你覺得你不是女兒最崇拜的無所不能的父親了。」

「真的？我竟然是這麼想的？我這麼幼稚嗎？」方大川將信將疑地看著溫月，周身充滿著傷感的氣息。

「是的，你就是這樣想的，大川啊，其實在我心裡，你比柯晉宇那臭小子強多了，滿兒她只是暫時被迷惑了，真的。」好吧，女兒控的父親真的讓人傷不起。

明明女兒是從她肚子裡出來的，明明她想到女兒要嫁人時心情也不好，可是現在看著這個像是被人拋棄的小狗一樣可憐的方大川，溫月也只能輕輕拍著他的背脊安撫著他。

第五十一章

也不知道方大川這一夜是怎麼想的，竟然在第二天早飯的時候宣布要帶柯晉宇、希清、希仁還有葛蛋兒進山打獵，說是要訓練他們男子漢的堅強意志跟體魄。

溫月雖然心裡擔心，覺得方大川是在胡鬧，可當看到方大川眼裡閃動的興奮時，溫月只能輕嘆一聲。

溫月明白，方大川這是想透過這種方式向孩子們展示一下他的能力，隨著孩子們的成長，閱歷的增加，他們已經不像小時候那樣，對父母抱有盲目的崇拜。

作為父母，在高興的同時，也難免會覺得失落。也許從前這種感覺還不明顯，可因為滿兒這件事情的發生，刺激到了方大川，才讓他有了今天這個決定。雖說他這樣做是有點幼稚，不過還真……挺可愛的。

從山上回來的方大川神采奕奕，幾個孩子也是超級興奮，圍著溫月講述著他們這一天的冒險經歷。在說到方大川矯捷的身手跟那幾乎是百發百中的箭術後，不只希清、希仁，就連柯晉宇也眼睛發亮，還沒跟溫月把事情說完，就又圍到了方大川的身邊，求著方大川教他們射箭。

三個小的也忙跑過去湊熱鬧，只剩下溫月和滿兒遠遠地坐著，看著方大川樂呵呵地任由孩子們在他身邊吵吵鬧鬧。

「滿兒，妳爹這次進山完全是因為妳，妳知道嗎？」溫月轉頭看向滿兒，小聲地說道。

滿兒吃了一驚，指著自己的鼻子說：「為我？娘，為什麼？我沒饞肉啊！」

溫月看著滿兒那一臉天真的樣子，笑著說：「妳爹他嫉妒晉宇了，因為妳這些日子只顧著跟晉宇在一起，妳爹他啊，現在很失落呢。妳是我們兩個人的第一個孩子，他對妳傾注的感情，是妳的弟弟、妹妹所不能比的。所以滿兒，得空的時候多陪陪妳爹，從前妳都是跟著他練字的，可這些日子妳卻從來沒有找過他。」

溫月看向在那邊講著年輕時抓黑熊經歷的方大川，每講到危險之處，他那聽到孩子們發出陣陣驚嘆聲時臉上洋溢著的滿足笑容，溫月的心也跟著暖暖的。

「娘，對不起，我不是故意的。」突然，滿兒愧疚的聲音在溫月的耳邊響起。

溫月這才看到滿兒天天都帶著笑的小臉現在皺成了一團，眼裡還閃著點點淚光，她忙拉著滿兒的手說：「娘跟妳說這些，不是說妳做錯了，事實上錯的人是我們。孩子們就像是雛鳥，當羽翼豐滿時，早晚都是要離開父母的懷抱，這是世間規律。妳做得沒錯，是因為我們做父母的離不開兒女，才會這樣要求妳，給我們一點時間，我們會慢慢習慣的，好嗎？」

溫月知道她的話會讓滿兒多少有些難過，也知道善良的滿兒肯定也會對她這些日子的行為感到自責，可即使這樣，溫月也想讓滿兒明白，她的人生裡不只有柯晉宇，還有父母，還有弟弟、妹妹這些親人，他們都是需要她的。

她不能因為愛情，就忽略了這些情感，忽略了這些愛她、關心她的人。不然，這樣的愛情也會變成一種辜負，當兩個人的世界裡只剩下彼此，往往會應了那幾個字——「情深不壽」。沒有一個父母希望自己的孩子經歷這樣的情感，組成人一生的情感應該是多樣化的，不能只由愛情來支撐。

被孩子們恭維崇拜了一整天的方大川似乎又找回了年輕時的感覺，整個人充滿了活力。「月娘，明天咱們去先生那裡時，就把我們今天打的獵物帶上吧，這都是孩子們參與的成果，雖然不值什麼錢，卻是孩子們的一片心意。」

溫月知道方大川出於他那顆見偶像的心，肯定是想送大儒最能顯出他誠意的禮物。「再帶上兩罈酒，還有我去年繡的那幅雙面桌屏也一起送去吧，太寒酸了也不好看，咱們總得給孩子們撐點面子。」溫月在一邊笑著補充道。

「妳笑什麼？」方大川被溫月笑得有些發毛，本來想忍著不問的，可是這會兒見溫月還是盯著他笑，他終於忍不住問了出來。

溫月起身坐到方大川身邊，用胳膊肘輕拐了下方大川，笑嘻嘻地問：「大川，心情好啦？」

方大川嘿嘿一笑，手摸著後腦，似乎對這一天的經歷頗為回味。「月娘，妳說像今天這種活動，我以後是不是該多辦幾次？孩子們的身體也確實太差了些，我現在才明白妳當初說的學習好也需要有一副好身體是啥意思。」

「算了吧你！」溫月鄙視地看著方大川。「你明明就是想滿足一下你的虛榮心。」

被戳穿心事的方大川絲毫不見羞愧，反而一本正經地點頭說：「妳別說，這種感覺還真好！」

「懶得理你！」溫月笑著起身去了浴房，把還在飄飄然的方大川扔在身後。

帶著幾個孩子從大儒家出來後，溫月帶著一大家子人去了百味居。你問他們為什麼去那裡，很簡單，因為沒吃飽。文人家的聚會，講究的是風雅，吃喝之事根本就是那高談闊論之下的附庸風雅。每一道精美的食物上桌，那些人第一個動作不是拿起筷子，而是幾人交頭接耳地小聲品論，或是一人深思半晌，然後便是無數讚譽的詞彙和勉強應景的詩詞。

在這種氣氛下，怎麼可能吃得飽？而這種可以用折磨來形容的聚會也直接導致了方大川在吃飯的時候，不停地向柯晉宇他們確認，平時在大儒家吃飯是不是也像這樣，能不能吃飽？在得知只有今天才這樣，平時在大儒家裡吃飯皆很正常的時候，方大川這才放下心來。

酒足飯飽之後，準備取車的方大川才剛走出百味居，迎面就衝過來一個蓬頭垢面的女人，慌張的她只看到來人是個衣著不俗的男人，就一把跪倒在方大川的身前，緊緊抱著方大川的雙腿道：「大爺，救命，救命，救命啊！」

方大川皺著眉，往後退了兩步，想要掙開那女人的糾纏，可那女人抱得太緊，與方大川這兩相用力之下，差點害他摔了一跤。

這個時候，周圍已經聚了一些人，正對著他們指指點點，方大川的眉頭皺得更緊了。

「怎麼了這是？」溫月帶著孩子們走了出來，看到眼前這一幕，驚訝地問道。

方大川也不明白，搖了搖頭。「不知道，我一出來這女人就衝過來了。」

那個女人低著頭，也看不清她長什麼樣子，只能聽到她不停地祈求方大川救她一命，就

當大家都在議論紛紛，方大川極力想掙脫那個女人的箝制時，人群裡突然衝出幾個男人，一下子就把她拉倒在地。「臭娘兒們，妳膽子還挺大的，想跑？妳往哪兒跑，妳再跑啊！」說著，伸手就搧了她幾個耳光。

「不要、不要，救命啊，救命啊！」那女人像瘋了一樣地不停晃著腦袋，手在空中不住揮舞著，可依然阻止不了那幾個壯實男人的拖拽。

「等等！」突然，方大川開口說道。

那幾個男人全都表情不善地看向方大川，威脅道：「小子，你別多管閒事啊！」

方大川雙手抱拳，客氣地說道：「幾位大哥，我只是想問這個女人一句話，不知能不能請幾位大哥行個方便？」

溫月不解地看向方大川，不明白方大川要跟這個女人談什麼，那幾個男人也是一臉警惕，這時，站在他們身後的柯晉宇走到了那幾個男人跟前，給剛剛說話的那人手裡塞了幾個碎銀子，那人這才鬆了口。「那行，你就在這裡問吧，時間不要太久。」

「大川？」溫月見方大川真的向那女人走了過去，不放心的她馬上跟在後面，當聽到方

大川張口叫了一聲「郭麗娘」的時候，溫月吃驚地看向已經趴在地上的女人。

只見那女人猛地抬起頭，用手扒拉開擋在她臉上的頭髮，然後像看到了救星一樣，對著方大川大叫了一聲。「方大川，救救我！」

方大川後退一步，與郭麗娘拉開了距離後，冷冷地問道：「妳怎麼會在這裡？方同業呢？」

郭麗娘突然放聲大笑說：「你想知道他在哪裡嗎？把我救下來，我就告訴你。」接著，她又轉頭對著那幾個男人大聲說：「你們看到沒有，他是我兒子，你們要多少錢，跟他要，然後快把我放了！」

「休要胡說，我與妳沒有任何關係，妳只需告訴我，方同業在哪裡？」方大川怒聲說道。

郭麗娘詭異一笑，道：「想知道嗎？假如你救我，我就告訴你。不然你休想知道，他現在的日子可不好過，若是救晚了，他可能就要死了。」

方大川臉色一變，在沒有方同業的這段日子裡，他從來就沒有想到過那個男人，也不想提起那個男人。可是今天在看到郭麗娘之後，他卻沒有辦法視而不見，因為郭麗娘太落魄了，她都如此了，方同業又是怎麼樣的情況？不論後面怎麼做，他現在總要知道一下方同業的下落，這也是趙氏彌留時心裡唯一的掛念。

「幾位大哥，不知道這個女人可不可以轉交給我？」方大川與那幾個人商量道。

那幾個男人對視一眼，帶頭的男人開口說道：「五兩銀子。」

方大川搖了搖頭，指著郭麗娘說：「幾位大哥，我找她只是要打聽一條消息而已，這個女人於我並沒有什麼多大的用處，五兩銀子買一條並不太重要的消息，這個價錢也太高了些。我只出二兩，幾位若是覺得可以，咱們就成交，如果覺得不行，那就算了。」

帶頭的男人點了點頭，很快地就從方大川手裡拿過錢，高高興興地離開了。方大川看著郭麗娘道：「這下妳可以說了嗎？」

「我餓了，我要吃飯，還有，我這身衣服穿著不舒服，我要換身乾淨的！」郭麗娘不知道怎麼想的，得意地跟方大川提出要求。

方大川從袖口裡拿出一錠銀子，在郭麗娘的眼前晃了晃說：「看到了嗎？告訴我妳知道的，這錠銀子便屬於妳的。」

「我要十兩！」郭麗娘眼睛沒有離開過那錠銀子，獅子大開口道。

面對郭麗娘得寸進尺的要求，方大川的神情平靜得可怕。「可以，妳說吧。」

「我餓了，我要吃飯。」郭麗娘覺得她似乎是抓到了方大川的弱點，神情近乎有些猖狂。

方大川看了郭麗娘一會兒，就在郭麗娘以為方大川會又一次妥協的時候，他卻突然開口道：「晉宇，你去把那幾個人叫回來，就說我要把人退回去。」

「不！」郭麗娘淒厲地大叫一聲。「你不能這樣對我，方同業的消息只有我一個人知道，沒有我，你什麼都不會知道的。」

「我不在乎，妳也知道，他是死是活，我根本就不關心。我不過是看到了妳，所以好奇想問問而已，如果妳不說，我也無所謂。」方大川鄙夷地看著郭麗娘，嘲笑她的看不清形勢。

直到這一刻，郭麗娘才明白方大川已經不是幾年前那個心軟、手段稚嫩的男人了，她有些驚恐地看著方大川，如倒豆子般將她與方同業離開後的事情說了出來。隨著她越說越多，方大川的表情也越來越冷，當說到她被賣進了暗娼館，方同業被那幾個人帶走生死不知後，方大川的臉上終於有了反應。「所以說，妳根本就不知道他被帶去了哪裡？」

郭麗娘點了點頭，可當她看到方大川的神色時，忙補充道：「可是我當時聽他們說，要用方同業的命寫封信跟你訛一筆錢，他們帶走了郭麗雪那個小賤人，應該會去找你們的。

「方大川，我知道的全說了，我現在是不是可以走了？」郭麗娘爬起來，顧不得衣服上沾染的塵土，有些怯怕地問道。

「走？」方大川看著郭麗娘。「妳做了那麼多的虧心事，因為你們，害死了我奶奶，妳還想去哪兒？」方大川陰沈地看著郭麗娘說道。

「你要幹什麼？」郭麗娘越來越害怕，一步步地向後退去，卻突然看到方大川對著她身後抱了下拳，說出了讓她如墜冰窖的話。

「幾位大哥，這人我送還給你們了，但方某只有一個要求，我不要她舒服地活著。」

那幾個人一聽，樂了，這是好事啊，白得了一筆錢，人又還了回來，可以再賣一次了。「放心吧，兄弟，我們原本就是想把她賣給深山裡一個老鰥夫的，那個老頭，可不是什麼好人。」那被柯晉宇叫回來的男人笑著對方大川說道。

「那就多謝各位了。」方大川點點頭，不再理會郭麗娘厲聲的咒罵與悲慘的哭求，便抬腳離開了。

溫月嘆了口氣，帶著幾個摸不著頭腦的孩子跟在了後面。

車上，孩子們也因為感受到了父母的低落情緒，一反常態地不再嬉笑打鬧，全都老老實實地坐在一邊，偶爾小聲交談著。一路安靜到了家，臨下車時，一直沈默的方大川才對著孩子們交代。「今天的事情，你們不要告訴奶奶，知道嗎？」

一夥人帶著笑容去給李氏請安之後，方大川這才跟溫月一起回到了自己的院子，等進屋後，他就不再維持臉上的笑容，沈聲對溫月說：「月娘，妳還記得娘當年有段時間神思恍惚，還收到過信的那件事嗎？」

「記得，你是說……」溫月看著沈默的方大川。「你是說娘收到的信，就是郭麗娘說的那封勒索信？不會吧，娘膽子這麼小，要是真收到這樣的信，她怎麼可能會自己瞞著，不跟咱們說？而且，你不也說娘不識字嗎？」

方大川苦笑了下，道：「那天，我看到娘在收拾爹剩下的那些舊書時，把那些講才子風流畫本之類的書全都扔了，妳說，她不識字嗎？」

溫月在聽了方大川的話後，覺得有些難以置信，李氏竟然是識字的，而且她還瞞得這樣好。她那樣一個膽小的人，竟然藏著這麼大的一個秘密，這讓她怎麼能相信？

「我想我應該猜得沒錯，不過不管是不是真的，咱們都不能去跟娘求證。方同業這些年發生的事情，一定不能讓娘知道，省得壞了她的心情。」提到方同業，方大川還是一臉的厭煩。

「那方同業呢？你打算怎麼辦？」溫月試探著問道。

「不怎麼辦。」方大川神色如常地說。「他若是過得好，我就要想辦法讓他過得不好；他若是過得不好，那就是老天開眼了。奶奶為什麼會走得那麼早，還不是因為他跟郭麗娘造的孽，沒有道理他們傷害了別人，還能過得幸福。」

第五十二章

郭麗娘的出現，就如同是平靜的湖面被人丟進了一顆小石子，只泛起了一陣小小的漣漪，便又很快地恢復了平靜。

轉眼又過了兩個收穫季，當方家的糧食全都收進倉裡後，報喜的鑼聲也敲響在方家的門前。柯晉宇以會試第一的成績成為頭名會元，這一刻，方家的門檻幾乎要被前來道喜的人給踩破了。如果說從前方大川走在路上，人們敬他是因為他的財，那麼現在他走在路上得到的尊重，則是因為柯晉宇的身分。

方大川在感嘆這種身分上的變化而帶來的人情冷暖之時，家中幾個孩子也一樣感受頗深，就連從前最不喜歡讀書的希成，也開始每天悶頭苦讀，好似變了一個人一樣。

溫月怕累壞了他們，經常勸他們不要這麼辛苦，可是孩子們的一番話說得讓溫月與方大川紅了眼睛，她的孩子，真的長大了。

「爹、娘，我要讓你們將來也因為我們的優秀而受到別人的尊重，讓別人看到你們的時候，不會在背後說三道四，說你們是走了好運氣，收養了好兒子，因為我們是你們親生的孩子。」

孩子們會說這番話還有一個原因，這些日子，方大川跟溫月除了收到許多祝賀之外，也收到了來自眼紅之人的惡言惡語，說什麼他們夫妻臉皮厚，撿了別人家的孩子，不知道幫孩子找親人，反而還收留他，這目的就是看這孩子從小不凡，長大定會有出息，搶了人家的孩子還要搶人家的福氣。

一時間，方同業當年的事情也被有心人翻了出來，各種污水全都潑向了方大川跟溫月兩人。雖說他們夫妻並不在乎這些事，可他們卻沒有想到這些事情竟然全落在了孩子們的耳朵裡，帶來了這麼大的影響。

看著他們一張張認真的小臉，溫月跟方大川在好生感動之後，又開始對孩子們做新一輪的心理疏導。他們不想讓這種事情影響了孩子們的成長，也不想因為閒言碎語而破壞了他們與柯晉宇之間這麼多年的兄弟之情。

不過這些閒言碎語，柯晉宇並不知道，他這些日子一直被邀請參加各種名義上的宴會，為了不影響他的心情，溫月一家人全都將這事瞞了下來。

這天，柯晉宇拿著一張請柬，面色陰沈，晦暗不明。

「怎麼了？這次又是誰家的？要是不想去就推了吧，你這些天不是已經推了好幾個了嗎？」滿兒見柯晉宇表情這麼難看，輕聲勸說道。

柯晉宇抬手拍了拍滿兒的頭說：「這次不一樣，這回是要來咱們家見我。」

「誰啊？」滿兒好奇地問。

柯晉宇將帖子交到她的手裡，滿兒接過後，一個大大的燙金「柯」字便映入眼簾。見滿兒吃驚得小嘴半張的樣子，柯晉宇陰鬱的心一下子便明亮了起來，笑著牽起滿兒的手道：「走吧，咱們去叔叔那裡。」

到了方大川的屋子，柯晉宇便把帖子交到方大川的手上，方大川看了看，開口道：「柯家人怎麼知道你在我這裡？還有，你會不會有危險？你那個嫡母……」

「應該是我前幾天去參加知府家的宴會時，被柯家人發現了吧。」柯晉宇笑了笑後說道。

方大川沈吟了片刻，問道：「你打算見他們嗎？會不會有什麼危險？」沒有得到柯晉宇的正面回答，方大川又追問了一句。

柯晉宇看著方大川，站起身對著他深深鞠了個躬後，道：「叔叔，我知道這個時候與柯家人見面，可能會給你們帶來一些困擾，可是我有不得不見的理由。我之所以這麼努力，是因為我想讓我娘能夠有個光明正大的身分，讓她能夠重回柯家，葬進柯家的祖墳，她已經做了這麼多年的孤魂野鬼，我必須讓她有個身分。還有就是……」

他看向滿兒，深情款款地道：「我想給滿兒一個完整的婚禮，那麼我就需要一個身分，而這個身分，我也只能問柯家要。」柯晉宇說到後面，神情有些沈冷。

「晉宇哥！」滿兒一看他這個樣子，就知道柯晉宇又想到什麼不好的事情了，忙叫了一聲，將他從負面的情緒中拉了出來。

方大川看向溫月，柯晉宇的話讓他找不到反對的理由。身為人子，柯晉宇想讓母親有名有分，這沒錯；而他身為人父，當然也希望自己女兒嫁的人，是一個有根可查的人。

「晉宇，你若是回了柯家，我們滿兒嫁去那裡，我不放心啊。」溫月一想到滿兒如果進了那傳說中會吃人的後宅，頓時就湧出反對他們這樁婚姻的想法。

而柯晉宇又怎麼會不知道他們的顧慮，連忙道：「嬸嬸，別說您了，就是我也不放心讓滿兒住在那裡啊。說到這個，我還得求您跟叔叔一件事，希望能幫我在咱們家附近劃個宅基地，我要在那裡建新房。」柯晉宇說著說著，耳根後竟然有了可疑的紅暈。

每每這個時候，方大川就會忍不住想樂，覺得柯晉宇這小子跟他太像了，連害臊羞紅的地方也相同。

「這些你不用操心。可是你想回柯家，有那麼容易嗎？」溫月不知道柯晉宇哪來的信心，豪門世家認子，哪裡是那麼容易的？

柯晉宇冷笑了下，說：「嬸嬸，當年那個害了我母親的女人，早在四年前就已經化成土了，至於他的那兩個兒子，也已經廢了。如今這柯家，只等著我去給他們撐起那所謂的百年門庭呢。」柯晉宇嘴角的譏諷之意毫不掩飾。

待柯晉宇走後，溫月把準備跟柯晉宇一起離開的滿兒留了下來。「滿兒啊，剛剛晉宇跟我們的談話，妳都聽到了吧？」

滿兒天真地點點頭。「是啊，怎麼了？」

溫月見滿兒這單純的樣子，嘆了口氣，說道：「滿兒，雖說晉宇計劃得很好，可是有的時候，人算不如天算。如果說，晉宇沒辦法脫離柯家，最後要住在那裡，那麼妳嫁給他就必須在那個家裡生活，妳知道那意味著什麼嗎？」

「娘！」滿兒拉住了溫月的手，看著溫月的眼睛，認真地說：「我當然明白，我已經不是兩年前那個什麼都不懂的女孩了。這兩年裡，您對我的用心良苦，我都能感受得到。我知道，嫁給晉宇哥意味著什麼，如果他真的沒辦法脫離那個家，真的要在那個家裡生活，那我也只能陪著他，然後努力充實自己，讓自己變強。

「娘，不能一切只靠晉宇自己的努力不是嗎？我總也要付出些什麼，要能跟得上他的腳步，是不是？您不是常跟我說，愛不只是接受，也一樣需要付出嗎？」

滿兒的話聽在溫月心裡，又是欣慰又是心酸，看來女兒在她不知道的時候，已經悄悄長大了。「可是滿兒，那樣的話，妳會很辛苦的。妳知道我們做父母的，總希望兒女能活得輕鬆些，我一想到妳也許要面對那樣混亂、處處需要防備的生活，我這心裡——」

「娘！」滿兒靠進溫月的懷裡，輕聲說：「我既然已經認定了他，那就要接受他全部的一切，包括他的生活。娘，您相信我，我可是您的女兒啊，只要我願意，沒什麼是我做不到的事情。我跟晉宇哥，會像您跟爹爹那樣幸福的，我也想做像您一樣的母親，所以娘，相信我吧。」

溫月輕輕地「嗯」了一聲，便摟著滿兒不再說話。孩子已經說到了這個分兒上，她這當娘的又能說什麼呢?若她從沒有帶著記憶而來,與這時代的所有女人一樣,那她可能會拚死攔著滿兒,不讓她走進那樣複雜的婚姻生活裡。可惜她不是,她帶著前世的記憶,她願意尊重兒女們的意見,就連她本人都不贊同盲婚啞嫁,她又怎麼可能做到強硬拆散這對小情侶呢?

這種矛盾、忐忑,恨不得能提前看到孩子未來每一步選擇的結果,能讓他們提前規避一切苦難的心情,也許真的只有做了父母才會懂。多希望他們都還是那牙牙學語的時候,只在自己的照顧下生活,他們不知何為煩惱,她也不需要每天為了這些事情憂心不已。

最終,柯晉宇沒有同意讓他的父親來方家,而是將見面的地點選在鎮上,他堅決地拒絕了方大川想要陪他去的想法,一個人十分輕鬆地離開了家門。直到柯晉宇徹底地消失在視線裡後,方大川才說道:「月娘啊,妳說孩子自己去成不成,會不會吃虧啊?」

「他長這麼大,你什麼時候見過他吃虧啊?他不讓別人吃虧就不錯了。你別擔心了,你沒聽晉宇說嗎?那家裡已經沒有能拿得出手的男丁了,他們家一切的希望應該都在晉宇的身上,哄著他還來不及呢,怎麼可能讓他受到傷害?放心吧。」溫月安慰著方大川,也同樣安慰著自己。

在與柯家人見過面後,柯晉宇整個人的狀態又好上不少,柯家痛快地答應將柯晉宇的娘以貴妾的身分迎進柯家的祠堂,她的衣冠塚也進了柯家的祖墳,將他母親的身後事安排好,柯晉宇覺得一直壓在他心頭的仇恨總算是煙消雲散。

他費盡心思讓那女人的兩個兒子成為酒色之徒，想讓那女人眼睜睜地看著自己的兒子成為廢人，毀了她全部的希望，讓她嘗嘗什麼叫痛不欲生，可他也沒想到那女人竟然會被自己的兩個兒子給氣得一命嗚呼，這算不算是報應不爽，蒼天有眼？

如今，他一直想做的事情已經做到了，剩下的，就該是他履行對滿兒承諾的時候了，以後的人生，他要為了滿兒，為了他們的家庭努力奮鬥。

在柯晉宇著手蓋房子的時候，溫月跟方大川才發現，柯晉宇竟然是那麼的富有。起初，溫月跟方大川還以為這些錢是柯家給他的，但隨著柯晉宇花錢如流水，溫月跟方大川開始擔心柯晉宇花太多柯家的錢，以後如果有個什麼事情，會因為這些錢的原因被柯家掣肘。

於是他們不放心地找來柯晉宇，將他們的擔心說了出來，方大川更是告訴他，滿兒不需要嫁得那麼虛榮，只需要柯晉宇按著自己的能力來娶就行。

柯晉宇當時就跪在溫月跟方大川的跟前，深深地一叩在地。這些年，他雖然一直對方大川夫妻心存感激，提醒著自己要回報這對夫妻對他的大恩大德，可卻也只是這樣。他一直告訴自己，這對夫妻不是他的親生父母。所以在與他們的相處上，雖然表現得很親近，可心裡卻始終保持著一段距離，遠遠看著他們一家人其樂融融的畫面，雖心裡羨慕著，卻從不主動靠近。

直到這一刻，當他放下了心中的仇恨，更加清明地看清這個世界的時候，他才知道這些年他到底犯了什麼錯。他這份刻意的疏遠，根本就是對方大川夫妻的一種侮辱和褻瀆，這樣的他怎配擁有這對夫妻這麼無私的撫育呢？

他心中千迴百轉，不敢抬頭看方大川跟溫月的眼睛，便將他這些年暗地裡所做的事情一一跟他們交代，也將他現在所用之錢的來歷都明白地告訴了他們。

說完後，他半天都沒聽到頭頂上有聲音傳來，心中一緊，準是他背地裡做的事情讓叔叔、嬸嬸傷心了，這可怎麼辦才好？

事實上，當方大川跟溫月聽了柯晉宇的話之後，已經完全驚呆了，他們根本想不到，這孩子會在這麼小的年紀裡做了這麼多的事情，擁有了那麼一大筆的財富。投資海上貿易，那需要冒多少的風險、擔多大的責任，還需要多大的魄力才敢作出這樣的決定，要知道現在這個時代可是閉關鎖國的，這根本就是非法走私啊！

方大川不管不顧地將柯晉宇劈頭蓋臉地罵了一頓，溫月見方大川罵得凶，可卻也沒有阻攔，這孩子做的事實在是太讓人生氣了，不罵罵他，以後不定還會做出什麼冒失的事呢。就算他不為自己想，不為這些關心他的人想，也要為了滿兒想想啊。

方大川訓了半天，也不見柯晉宇給個反應，他還以為是自己話說重了，讓柯晉宇不高興。想想也是，柯晉宇現在不同以往，若是運氣好，也可以等到一個官職了，做官的哪次出門不是前呼後擁的？不過那也得罵，他就是那天王老子也是他的孩子，歸他管他就得罵。

方大川心裡正怪著柯晉宇不將他們當長輩呢，卻看到柯晉宇滿臉笑容地抬起頭。「叔叔、嬸嬸，我錯了，我再也不敢了。以後我保證再想做什麼事情的時候，一定會先跟你們商量的，就原諒我吧。」

這是柯晉宇第一次像個孩子一樣跟方大川與溫月如此親近，這份親近一下子讓方大川紅了眼睛，哽咽得再也說不出一句話來。而溫月作為母親，相比於自己的孩子，她對柯晉宇的愛還是少一些的，這點她從不否認，可是方大川卻是實打實地像愛著自己的孩子一樣愛著柯晉宇。所以這一刻，方大川才會這樣的百感交集，落在溫月眼裡，也替他覺得高興。

不論溫月有多不捨得，滿兒出嫁的日子還是很快就到來了，面對著這套她從來沒有見過的古代嫁女習俗，參與其中的溫月沒有一點的興奮和新奇，她整個心都被女兒要嫁人的傷感給占據了。

看著在她眼裡還是孩子一樣的女兒穿上了嫁衣，梳上了婦人頭，她突然覺得她還有太多的話沒有跟女兒說。沒跟她說怎麼樣才能經營好一段婚姻，沒告訴她兩個人的生活裡應該多一些包容和體貼，沒告訴她成為人妻後就不可以再像從前那樣的孩子脾氣。

她還有那麼多的話沒有說，可是屋外已經傳來了迎親的嗩吶聲，當蓋上蓋頭的滿兒給她鞠躬的時候，溫月的眼淚終於沒能忍住。「孩子，一定要幸福！」

第五十三章

最近，小六兒很是煩躁，原因是她那不服老的爹娘在五十多歲高齡的時候，突然說要出門遠遊。這怎麼行，這麼大的年紀真要出點什麼事情，他們這做兒女的可怎麼辦？可不論她怎麼勸說，就是沒辦法讓他們兩人改變心意。沒辦法，她只好寫信給自己的哥哥、姊姊們，一人力小，大家一起勸總是可以的吧。

就在她又一次去門房詢問有沒有信來的時候，一個溫潤如玉的男人迎面走了進來，看到小六兒在門口四下張望時，關心地問道：「怎麼樣了，瑞姝？哥哥他們還沒來信嗎？」

「沒有，你說都這麼多天了，他們怎麼還不回信啊！」小六兒又是急又是氣地看著他說道。

男人耐心地安撫著她。「放心吧，這麼大的事，哥哥姊姊們一定會回信的。」

「不行！」小六兒還是有些不放心。「賢之，你明天就不要去學堂了，陪我去娘那裡一趟，我真怕他們兩個偷著就跑了。」

那叫賢之的男人噗哧一聲笑了出來，無奈地說：「看妳說的，岳父跟岳母哪會是那樣的人，他們要是走，一定會告訴咱們的。」

「怎麼不會，你忘了前年爹跟娘過什麼珍珠婚，不就是偷偷跑的？一走就是七、八天沒消息啊。」

見小六兒急得瞪眼，賢之只好向她投降。「好、好，妳別急，我去跟父親說一聲，讓他明天替我去授課。」

陽春四月，乍暖還寒，方家的院子裡卻一片熱火朝天的景象，寬敞的馬車旁邊站著一對老年夫妻，此時那男人正一臉賣弄地跟那女人說著些什麼，每當那女人點頭讚揚他的時候，男人就會萬分得意地大笑起來。

這對夫妻自然就是方大川跟溫月，他們現在都已經不再年輕，鬢角處染上點點白霜，歲月在他們的臉上留下了深深的痕跡。這些年，他們如所有的普通夫妻一樣，日子過得幸福而平淡，孩子們都已經長大有了屬於自己的路，一個個都離開了他們的身邊。

滿兒與晉宇婚後不久，晉宇便在殿試上一舉奪魁，至此，他便以獨中三元的好成績入了聖上的眼，被欽點為侍郎，從此留在京中任職。

希清與希仁兩個在幾經努力之後，終於考上了舉人，可同時他們兩個也像是完成了任務一樣，共同決定不再走科舉的道路，而是選擇他們一直以來的理想。

希清自小就喜歡經商，溫月就將家裡的雜貨鋪生意交到他的手上；希仁則去學了他一直嚮往的醫術。後面的日子，兩個孩子也沒有辜負溫月跟方大川的信任，在他們各自喜歡的領域也都小有成就，還找到了他們生命中的另一半，小日子過得很幸福。而為了將事業發展得更好，兩人不約而同地將自己的小家全都設在了青州，每逢年節的時候也會回來看看溫月老倆口。

至於三個小的，在滿兒初有孕的時候，放心不下的溫月跟方大川曾帶著他們去了趟京城，而就在那裡，希成遇上了他生命裡的貴人。一直喜歡持刀弄棒的他，在一次路見不平中遇到了他最崇拜的鎮遠大將軍，一老一小不知怎的竟成了忘年之交。而隨後，希成就立下了保家衛國、做熱血男人的志向，並拜鎮遠將軍為師，說要一直追隨他。

對於希成的選擇，一向從不干涉孩子的溫月跟方大川第一次極力反對，如果只是為了強身健體，希成怎麼折騰，溫月都無所謂。可保家衛國去當兵，這一點溫月完全不能接受，這並不是一個和平的年代，三年一小戰，十年一大戰，已經成了像是一年有四季一樣的存在，且邊關那裡時常會與西域人發生戰爭，這樣危險的生活，溫月又怎麼可能同意自己的兒子去？

可無論他們怎麼說，希成就是不肯收回他的決定，強不過他的溫月只能讓家裡的幾個孩子輪番去勸，卻也沒一個人成功。就在溫月想著要給希成鎖在家裡的時候，他竟然偷偷跟著鎮遠將軍跑去了邊關，這一走就是六、七年。每年他都會給溫月寫很多封信，除了道歉外，就是講述他在邊關的訓練和生活，目的就是讓溫月明白他有多麼地喜歡那裡。

時間久了，溫月也能感覺得出希成那發自內心的快樂，雖說還是有些不甘心，可到底是自己的孩子，只好無奈地答應了希成的選擇。誰知道等那小子回來後，不但人長高，也黑了、壯了，還給他們帶回來一個大著肚子的漂亮女人，這臭小子竟然在邊關娶了妻。

希成妻子的出現，讓溫月跟方大川的滿腹埋怨全都化成了驚嚇，這女孩的父親是鎮遠將軍手下的一個校尉，在郎有情、妾有意的情況下，鎮遠將軍豪邁地給他們主持了婚禮。

但溫月跟方大川覺得那將軍太不靠譜了些，怎麼能在人家父母都不知道的情況下，就隨便將別人家孩子的婚事給定了呢？可這時候埋怨又有什麼用，他們連孩子都有了，溫月跟方大川只好又專心地照顧起自己的新兒媳婦。

直到他們將孩子生下來，又在這裡生活了半年後，希成急著要回邊關去，溫月不想讓他們夫妻分離，也不想讓孩子這麼早就跟母親分開，於是大手一揮，放他們一家三口離開了。

那時候，溫月不知道她這麼多的兒女，竟然會沒有一個留在他們的身邊，就在希成離開的時候，一直跟著大儒學習的希澤因為在詩文上的突出表現，很快就已經天下聞名，而在後來的殿試裡，只比柯晉宇差一些，得了探花。

雖說不是狀元，可也是夠光宗耀祖的了，更讓大家始料未及的是，方家因為培養出了一個狀元、一個探花、兩個舉人的原因，又一次在天下學子跟前露了臉。一時間，青州洛水鎮便成了學子都想要遊學的一個地方，誰不想沾沾一門狀元、探花的喜氣，圖個吉利呢？

面對這種情況，溫月跟方大川除了無奈，更多的是驕傲，但也沒讓他們驕傲太久，一道聖旨便將希澤也留在了京中，那位龍椅上的人愛惜希澤的才氣，讓他留在京中編纂古籍。溫月跟方大川頓時就懵了，因為那個時候，小六兒也早就嫁給了大儒的孫子，住在了洛水鎮。

育有六個兒女的溫月跟方大川，在臨老的時候，竟然沒有一個孩子是留在他們身邊的。

這若是放在現代，他們就是人們口中所說的空巢老人了，這是他們無論如何也沒想到的。每當方大川覺得寂寞的時候，就會跟溫月埋怨說生兒養女根本就沒有用，早知道這樣，當年就不讓溫月受那生育之苦。

不過孩子們當然也不是那不孝順的，不論是滿兒還是希清他們，都說過要將溫月夫妻接到他們那裡生活，可是溫月跟方大川在李家溝生活了一輩子，已經習慣了鄉下的日子，根本就不想臨老的時候去陌生的地方生活。幾個兒女見說不動他們，就商量著把孫子輩的孩子留下來，陪著溫月跟方大川，家裡熱鬧了，他們也能多些樂趣。

溫月跟方大川本就是愛孩子的人，他們在年輕時就從未想過要跟孩子分開，以己度人，他們又怎麼可能這樣要求自己的兒女？所以兩人堅決拒絕了這個荒謬的提議，繼續彼此相守在這片土地上。可是想得雖然好，但對於身子硬朗的他們來說，五十幾歲這個年紀還是太吃力了些。

想幹活，力氣卻有些跟不上；不幹活，又閒得難受。方大川每天都跟那籠中鳥一樣，三天兩頭地唉聲嘆氣，在這種情況下，某天溫月無意中說了一句。「要是能出去走走，看看這大好河山就好了。」

沒想到她的無心之語，卻讓方大川找到了新的目標，將這事當作一個計劃跟溫月商量了幾天，兩人想來想去都覺得這個想法十分可行。最後由溫月拍板，跟小六兒說了一聲後，兩人就開始為出門做起了準備，也就有了現在的這一幕。

此時正是方大川向溫月展示他為了這次遠行而專門訂製的馬車，車廂寬敞，車內全都是軟包設計，車坐板摺疊伸展後就成了一張床，而車廂底部的板子可以拉升起成為桌子，夾層裡則可以放很多雜物。這車完全將出遠門的所有需求全都囊括了，有了這樣的車，他們這對老頭、老太太的遠行，應該會舒服一些。

「月娘，咱們都收拾好了，什麼時候走？」方大川躍躍欲試地看著溫月問道。

溫月轉身就往屋裡走。「我就奇怪了，你這年紀越大，脾氣怎麼越來越急啊！你看看現在都什麼時候了，要走也得明天一早走啊，你現在走，半夜住哪兒？」

方大川跟在溫月身後，笑道：「還說我急，妳的這脾氣也不慢，我這不是怕走晚了，六兒把孩子們都找回來了，那咱們還走得成嗎？」

「放心吧，明兒咱們一早就走，哪個也回不來。」溫月已經進了屋，準備去給孩子們留封信，交代一下。

方大川站在門口，欣賞了會兒他弄回來的馬車，自言自語道：「就算你們回來，我們也要走，就以為你們年輕能走是不是？」

第二天，當小六兒和她的夫君緊趕慢趕回來的時候，家中除了兩個老僕外，溫月跟方大川早就沒了蹤影。

小六兒一下就慌了，屋裡屋外不停地叫著，即使僕人已經告訴她溫月他們不在家，可她還是找個不停。最後還是賢之抓住了已經狂躁的小六兒，將溫月留下的書信放到她的手裡。

信上也沒有寫什麼，只說他們夫妻這一生都在為了家庭、為了兒女付出，如今老了，李氏也不在了，沒什麼負擔的他們決定為自己好好活一回。趁著身子骨還硬朗，出門走走看看，長長見識，興許以後高興了，會去每個孩子家看看。

小六兒看完信一下子就哭了，拉著賢之的手道：「爹娘簡直太偏心了，要去哥哥、姊姊家看看，那走的時候怎麼不來咱們家呢？幹什麼非把咱們家給撇下了，就是偏心眼！」

本來見媳婦哭了的賢之還挺慌的，可當聽到小六兒哭的原因後，他倒是有些哭笑不得，邊給她擦眼淚邊說：「好了，快別哭了，現在哪是挑剔這個的時候啊？還是問問他們爹娘都帶誰走了，再去給哥姊們寫封信，讓他們動用關係找找爹娘他們在哪兒。既然他們非要走，咱們又攔不住，也只能暗中注意一下，妳說是不是？」

而溫月跟方大川兩人出了青州後，一路向南走去，古代的旅遊因為各種原因，定是沒有前世坐著飛機又快又舒服。以安全跟他們的身體承受力來考量，溫月跟方大川也只能沿著寬敞的官道走，中途經過了不少大的州府，可就算是這樣，溫月也覺得她大開了眼界。

等他們終於來到了此行的目的地，也就是南方的海邊時，已經是十月了。在北方老家，這個時候已經是秋收過後、穿著厚冬衣的時候，可在這裡，溫月跟方大川卻是一身的夏天裝扮。

海邊是溫月跟方大川最終的目的地，這裡溫暖宜人的氣候讓他們決定在這裡住久一些，待過了年，天氣暖和後再往回返。於是溫月給孩子們寫了信，說了他們的想法後，便與方大川在當地租了房子，雇了幾個僕人，安心地住了下來。

前世的溫月也是一直生活在北方，那種白沙、椰林、碧海藍天的景色，從來只存在於那首歌裡。而現在，好不容易有了這個機會，溫月怎麼可能會錯過。雖說年紀已經一大把，可她還是每天拉著方大川在海邊追海浪、拾貝殼，赤腳在沙灘上走來走去，任由海浪拍打著她的腳面。

這天清晨，溫月一大早起床便拉著方大川去海邊看日出，灰濛濛的天色將海岸披上了一層薄薄的灰紗，墨綠色的海面顯得十分陰沈，就連那白天聽起來十分浪漫的海浪聲都變得有些磣人。空曠的海邊只有她跟方大川兩個站在那裡，涼風一陣陣地吹在她的身上，若不是方大川陪在她的身邊，溫月搞不好早已經嚇得逃走了。

過了好一會兒，海天交界處終於出現了一抹淡淡的紅，慢慢的，這淡淡的顏色越來越濃，一道弧線出現在她的眼裡。溫月很激動，兩世為人的她終於親眼見到了海邊日出的壯觀景象，就在她滿心激動地等待著太陽全部跳出海面的時候，身邊的方大川突然開口。「月娘，來生我們還能再做夫妻嗎？」

愣了下的溫月看著日出的方向，微笑著問：「大川，你願意嗎？」

方大川認真地點點頭，也與溫月看向同一處，說道：「我願意，但是我希望來生，我能與真正的妳結為夫妻，而不是現在這個頂著別人外殼的月娘。」

「大川！」溫月張口結舌地看著方大川，沒有心思再欣賞這日出的景象，她從沒有想過，方大川竟然看出了她的來歷。

方大川直視著溫月。「月娘，我早就知道妳不是真正的月娘了，可是我很高興，因為遇見了這個妳，我才有了幸福的生活。所以月娘，來生我們還在一起好不好？跟真正的妳在一起，天涯海角，我去尋妳。」

他從懷裡拿出了一對碧綠色翡翠嵌金鐲，慢慢地套在溫月的手上。「月娘，聽過那句詩嗎？『何以致契闊？繞腕雙跳脫』，今生我們已經做到了，來世，我也會經由它找到妳，妳願意的吧？」

溫月紅著眼睛，哽咽地說道：「傻瓜，都替我戴上了還問我，就算你不來，我也會去找你的，我們是兩世的緣分，怎麼可能輕易斷了？」

方大川鬆了口氣，輕輕抹去溫月臉上的淚水。「那就好。月娘，快看，太陽出來了！」

火紅的光芒穿透了天上的雲彩，一道道金光打在方大川跟溫月的身上，耀眼的光芒下，他們似乎又回到了三十幾年前初見的那個夜裡，那時他們都還年輕，他們的感情也才剛剛萌芽。

「爹、娘！」

就在方大川跟溫月沈浸在兩人過往溫馨的回憶中時，小六兒的聲音卻突然出現在他們的耳邊，溫月與方大川回過頭去，就看到他們的孩子齊齊地站在那裡。

溫暖的陽光灑在沙灘上，溫月跟方大川靜靜地並肩而坐，遠處，是他們的兒女帶著他們自己的孩子在那裡嬉戲玩耍。生命就是這樣，在不知不覺中，一代代的繼承與輪迴，此生，擁有這樣一個體貼的男人與這樣一群孝順的孩子，她的人生再也沒有任何缺憾。

「想什麼呢？走吧，咱們兩個也去跟孩子們玩一會兒。」方大川拉起溫月的手，向著孩子們所在的方向走去。

陽光下，碧綠的手鐲閃動著跳躍的光點，慢慢地連成一條線，在無人注意的時候，繞上了方大川的手腕……

——全書完

醫嬌百媚

她堂姊不識藥材、未讀藥書，夫君卻視如珍寶，唯願娶之；
她努力辨藥、苦讀藥書，卻被棄如敝屣，話不投機。
原來，她這輩子的存在，不過是個笑話罷了……

妙手回春冠扁鵲，起死回生賽華陀／上官慕容

為了討夫君歡心，被公婆貶為妾的寇彤幾年來努力辨藥，
每當夫君需要，而她立即就拿對藥時，總會得來夫君一笑，
這個時候，她便覺得自己真是世上最幸福的女子了，
只要夫君喜歡她，願與她同房生子，她便沒什麼好擔心的。
整日盼呀盼的，終於，離家一年的夫君被她盼回來了，
但，他卻穿著大紅喜袍，還笑容滿面地與人拜堂成親！
她當場吐血身亡，幸得老天垂憐重生，回到未嫁前，
原本她是打算此生鑽研醫術，好好帶著寡母過活就好的，
偏偏，永昌侯世子關毅卻闖入了她平靜的世界，
照理說，他們這輩子應該是很難有什麼交集才對，
壞就壞在她曾一時心軟，救了身上帶傷倒地的他，
說實在的，那就是道小傷，對她來說是個微不足道的小忙，
可自此後他就看上了她，對她百般的好，還要以身相許！
若說對他沒好感是騙人的，但她實在是怕了男人的無情背叛，
面對他這份上天送來補償她的大禮，她是收還是不收啊？

文創風 248-250

芳草扶疏雁南歸

全套三冊

未來公公是上一代戰神，
親爹是這一代戰神，準夫婿是下一代戰神，
有三代戰神從旁護持，你敢惹她?!

擅寫甜寵文．深情入你心 ／月半彎

上一世的姬扶疏，作為神農山莊最後一位傳人，她受盡寵愛。
這一世重生為陸扶疏的她，成了爹和二娘認定的掃把星，
小小年紀就和大哥被送到這貧瘠得草都不長一根的小農莊，
雖然過著自己吃自己的生活，但她卻快樂似神仙！
這世她不想情情愛愛，只想低調過日，
偏偏老天爺讓她遇見前世自己救過的那個小不點兒楚雁南，
竟已長成驚天地、泣鬼神的絕世美男，還對她疼寵得不行，
意外露了一手本事也攪亂了她平靜的日子……

前世，當她是小菜一碟處理了，
這世，她教你懂得——什麼叫高人不好惹！

藥香襲人

降服城府深的腹黑男，妳可得有一顆七巧玲瓏心……

綿柔裡藏著犀利與深情／維西樂樂

上　二十一世紀的中醫師穿越成了架空時代的小姑娘，
這喬家雖然不是名門高府，卻要鬥繼祖母，救親叔叔，鬥姨娘，
幫娘親生小弟弟，還要幫爹爹賺大錢。
不過她再聰穎，還是遭人算計，
嫁了個冷酷、武功高強的腹黑大男人顧瀚揚當平妻，
她嫁的這位爺，可得打起十二分精神好好伺候呢！

下　當初她是不得不嫁，他呢可有可無地娶了。
如今，她不想他待她的只是因為應諾了師傅，
她希望他眸子裡的冷酷淡漠可以添上溫暖，
他待她的周全維護是出自於對她的喜愛……
過往那些傷害他、教他變得如此冷情寡愛的因，
可以在她的全心付出、溫柔呵疼下轉變成彼此真心相屬的果。
就算扯入朝廷權力鬥爭，甚而得拿命去搏，她也甘心相隨……

如果可以，人家不嫁！
不得不嫁，人家不做小妾！
來生再約，人家不做平妻！
你可是答應了喔，老爺！人家可不許你賴！

家有幸福寶貝

寶貝們，are you happy～？

又到了年底探訪我們寵物情人蹤跡的時候啦！
回首過往荊棘路之後，
繼續向前走的寶貝們是否聞到玫瑰花香了呢？
就讓我們來聽聽：
家有幸福寶貝的把拔馬麻們分享和寶貝的點點滴滴，
也為那些還在努力找家的寶貝們加油吧！

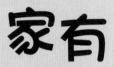

第227期 毛妹

溫暖汪汪 / 中彰地區

雖然由於工作忙碌，和毛妹相處的時間可能不算多，但我還是很慶幸領養了毛妹。我們家有院子、有樹，也有草皮，從熟識的朋友那將毛妹接回家後，就看到牠在空曠無拘的院子探索了起來，接著相當興奮地開始跑步活動。見牠很快就大致熟悉了新環境，我們全家人鬆了口氣。

而之後的日子也證明了毛妹和我們家人之間和諧愉快的相處，偶爾帶牠出去溜溜，牠圓滾滾的可愛眼睛彷彿也在笑一樣；而且孩子騎腳踏車時，活潑頑皮的牠還會跟在旁邊小跑步。我們全家都很高興家裡多了這隻可愛的狗成員！

第228期 查理

查理王子的家人 / 中彰地區

查理在十月來到我們家，高大帥氣的外型，乖巧穩重的個性，就像一位家教良好的優雅王子一樣，讓人很快就喜歡上牠。雖然查理有點年紀了，但或許因為這樣，反而讓牠很多舉動都很貼心──牠會安靜地等我下班，會悠閒不失控地和我一起散步，而吃東西、上廁所等事也都不需要我們擔心。

不過這麼穩重的查理王子其實也會露出孩子氣的一面。當牠撥著玩具玩耍，或者好奇地咬著牠感興趣的東西遞到我們面前時，那可愛的模樣總是使我們微笑；甚至當牠每每不顧形象地翻肚肚賣萌時，那逗趣的樣子更讓我們忍俊不禁。而且我們帶牠出遊，查理一定都會露出非常開心的表情。從牠咧嘴的笑容中，你彷佛可以清楚看到何謂幸福，令我們感動之餘，也隨牠一起覺得真的好幸福！

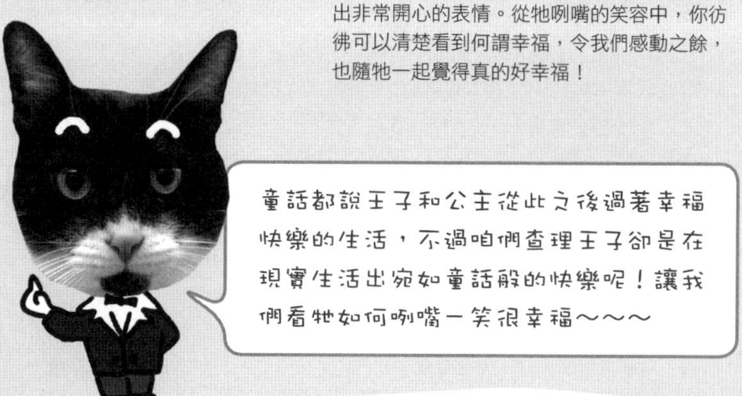
童話都說王子和公主從此之後過著幸福快樂的生活，不過咱們查理王子卻是在現實生活出宛如童話般的快樂呢！讓我們看牠如何咧嘴一笑很幸福～～～

第233期卡妞

李小姐 / 台北市

可愛的卡妞在發出送養訊息後，被工作室樓上的人家相中，帶去結紮。為了先讓卡妞習慣新環境，看看兩方生活起來的情況如何，於是說好讓卡妞暫時住到他們家，等卡妞結紮傷口痊癒了再做出決定。

可惜樓上人家的孩子因為卡妞的關係，夜間作息受到影響，卡妞便又回來我們養貓的工作室，和其他三隻貓一起生活。不過變成前主人的樓上人家還是很愛卡妞，所以他們將之前添購的所有用具和飼料罐頭都轉送過來，並且天天都來探視牠、陪牠玩。而我們也捨不得再送養已經培養出感情的卡妞了。

現在，卡妞接受兩家人的愛，安穩快樂地在工作室裡生活，也陪伴我們工作。工作途中，偶爾瞧瞧卡妞安安靜靜睡在電腦旁邊的身影，真是可愛得心都要融化了呢！

第237期荳荳

徐女士 / 新北市

某天，孩子的朋友宋小姐撿到荳荳，因工作緣故於是請我們代為照顧一陣子。可憐的荳荳來前便因車禍骨折，開刀過後不久，卻不小心被我們家養的貓傳染長了癬，後來還拉肚子。

那段時間對荳荳來說簡直多災多難。才三個月的小小身體，就得承受這麼多病痛，很讓人心疼，卻始終不減牠的可愛程度。幸好宋小姐的朋友有意飼養荳荳，約好一個月後來看看荳荳的情況，然而一個月後卻是毫無消息。詢問了才知道：原來他們等不及，早已先行領養了其他隻貓。

荳荳因此繼續待在我們家，但家裡已經有了四隻貓，所以當時並未考慮領養荳荳。後來，黑貓妹妹過世了，年紀最小的旦旦因此顯得很寂寞，因為老貓早就不大理會年輕人，另一隻則是腳行動不便。剛好那時荳荳腳傷漸漸痊癒，開始能活潑好奇地跑來跑去。

不知不覺中，兩個小小毛孩子常一起行動，一隻跟著另一隻地玩在一塊兒，彷彿成為好朋友。本來我們抱起荳荳時，荳荳只肯臉和身體朝外、不向著我們，如今卻願意乖乖趴在我們胸前。甚至當我呼喚荳荳時，牠不再轉頭就跑，而是回過頭來靠近我，偶爾還會親暱地用頭輕輕拱拱我的腿。

荳荳從此真正走入我們家，成為旦旦的好朋友，也成為我們的小家人，用牠的可愛驅散了妹妹死後的寂寞。

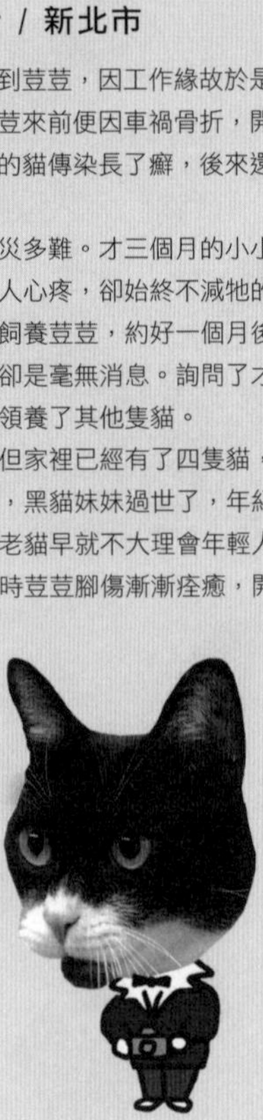

同為ㄉㄡˋ家人，荳荳果然也有這種堅強又療癒的能力～姊妹一定要幸福啊！

牠們都還在找家中！

如果願意給牠們一個機會，歡迎聯絡

229期 Lucky

Lucky雖然曾被主人遺棄在荒涼山區，但有著狼犬般俊俏外型的牠，對人類是一如既往地信任，如果你願意，牠將是你最忠實顧家的good boy！（聯絡人：李小姐→celiamimidudu@yahoo.com / 0987627488）

234期 迪弟 & 西瑟

善解人意的乖寶貝迪弟，和開朗近人的好朋友西瑟。兩隻狗不一定要一起領養，但希望領養人不要關籠飼養，給牠們一個無拘無束的快樂環境，讓牠們天天可愛地對你撒嬌。（聯絡人：宋小姐→a5454571@yahoo.com.tw / 0922572023）

235期 黑黑 & 白白

還記得流浪在菜市場裡的黑黑、白白嗎？親人且很會自己找樂子的牠們相當適合第一次養貓的人。現在牠們正眨巴著純真眼睛，殷殷期盼有人帶牠們回家喵喵～（聯絡人：宋小姐→a5454571@yahoo.com.tw / 0922572023）

文創風
254

家好月圓 下

國家圖書館出版品預行編目資料

家好月圓 / 恬七著. --
初版. -- 臺北市 : 狗屋, 2014.12
冊 ; 公分. --（文創風）
ISBN 978-986-328-395-9（下冊 : 平裝）. --

857.7　　103022415

著作者　恬七
編輯　王冠之
校對　黃薇霓　周貝桂
發行所　狗屋出版社有限公司
地址　台北市104中山區龍江路71巷15號1樓
電話　02-2776-5889～0
發行字號　局版台業字845號
法律顧問　蕭雄淋律師
總經銷　知遠文化事業有限公司
電話　02-2664-8800
初版　103年12月
國際書碼　ISBN-13　978-986-328-395-9
原著書名　**《穿越农妇好生活》**，由北京晉江原創網絡科技有限公司授權出版

定價250元
狗屋劃撥帳號：19001626
網址：love.doghouse.com.tw　E-mail：love@doghouse.com.tw